Swen Artmann

Ending Stories

Stunden, die Leben verändern

Kurzgeschichten

Über dieses Buch:

Kurzgeschichten sind weitaus mehr als nur kurze Geschichten. Sie sind mehr als belanglose Zwischendurch-Lektüre oder Fast-Food-Leseerlebnisse für den gestressten Konsumenten von heute. Gute Kurzgeschichten erscheinen zuweilen dichter, intensiver, nachhaltiger und eindrucksvoller als so manches 1000-Seiten-Werk. Und das, obwohl sie oftmals auf nur einer einzigen Idee, einem einzigen Bild, einem einzigen Gefühl basieren.

„Ending Stories" ist eine Zusammenstellung der besten Kurzgeschichten von Swen Artmann. Alle Texte dieses Buches entstanden zwischen 1990 und 2016 und wurden größtenteils bereits im Internet, in Anthologien, im Rundfunk oder in Journalen und Zeitungen veröffentlicht.

Über den Autor:

Swen Artmann, geboren 1972, schreibt seit mehr als 25 Jahren Songtexte, Gedichte, Kurzgeschichten und Bücher. Einige seiner Texte und Geschichten wurden bei bundesweit ausgeschriebenen Literatur- und Kurzgeschichtenwettbewerben preisprämiert.

Nach der tragikomischen Trilogie über den kleinen Finanzbeamten Karl Bauer (2010 – 2012) und dem derb humorvollen „Glaubt mir, ich bin ein Lügner!" (2014) ist „Ending Stories" Artmanns fünftes Buch.

Der Autor lebt mit seiner Familie in Billerbeck / NRW

Swen Artmann

Ending Stories

Stunden, die Leben verändern

Books on Demand, Norderstedt

Infos:

www.swen-artmann.de

ISBN 978-3-837-00945-3

„Eine Kurzgeschichte ist eine Geschichte, an der man
sehr lange arbeiten muss, bis sie kurz ist."
(Vicente Aleixandre)

„Kurzgeschichten sind wie die Kugel eines
Scharfschützen. Schnell, präzise, zielsicher und oft
schockierend. Sie können das Gute schlecht machen und
das Schlechte schlechter. Und sie können das richtig
Schlechte gut erscheinen lassen."
(Jeffrey Deaver)

„Sie werden überrascht sein,
wie viel auf eine Seite passt.
Ein Tag, ein Jahr, manchmal ein ganzes Leben.
Oder auch nur ein einziger Augenblick."
(Markus Walther)

„Kurzgeschichten sind spannend oder sentimental,
moralisierend oder verrucht. Sie wollen nichts als
unterhalten. Und zwar in der kürzesten Zeit
und mit den kräftigsten Mitteln."
(Edith Oppens)

Für die unzähligen Menschen,
die mich während der letzten 25 Jahre inspiriert
haben, die vorliegenden Geschichten
zu schreiben.

Und für die,
die mich in der Zukunft noch
inspirieren werden.

Im Zug

„Sind Sie sich sicher, dass Sie das wirklich wollen?"
Ich sah den Mann, den ich ungefähr auf mein Alter schätzte
und der mir direkt gegenübersaß, überrascht an.
„Wie bitte?"
„Entschuldigen Sie meine Aufdringlichkeit", erwiderte er
freundlich. „Aber es würde mich wirklich interessieren, ob
Sie sich Ihren Entschluss auch gut überlegt haben. Wenn
Sie diesen Schritt nämlich erst einmal gegangen sind, gibt
es nur ganz selten ein Zurück. Wenn ich mich recht erinne-
re, ist bisher erst einer zurückgekehrt. Und bei dem ist man
sich da auch nicht so ganz sicher. Man hört ja so einiges."
Ich runzelte die Stirn, hustete lautstark in mein Taschentuch
und faltete es anschließend wieder sorgsam zusammen.
Dann sagte ich:
„Werter Herr, ich glaube, ich kann Ihnen noch immer nicht
ganz folgen. Wenn Sie sich bitte ein wenig klarer ausdrü-
cken möchten."
Der Andere lächelte nachsichtig und wies mit einer dezen-
ten Kopfbewegung auf meinen Mantel, den ich, aus Er-
mangelung eines geeigneten Hakens, sorgsam neben mich
auf den Sitz gelegt hatte.
„Das Faltblatt in der Innentasche", antwortete er und lächelte entschuldigend. „Ich war vorhin zufällig Zeuge, wie Sie
es hineingesteckt haben. Bitte sehen Sie es mir nach."
Ich spürte, wie ich errötete, was bei mir, angesichts meines
fortgeschrittenen Alters, ansonsten nur äußerst selten vorkam.
„Ich verstehe noch immer nicht."
„Ich habe das Faltblatt gesehen, das Sie bei sich führen."
„Ach das", winkte ich unwirsch ab, während ich erneut das
Bedürfnis verspürte, den Schleim, der sich in Lunge und

Rachen angesammelt hatte, abzuhusten. „Das ist nur so ein Info-Blatt, das man mir eben am Bahnhof in München zugesteckt hat."

Der Mann auf der gegenüberliegenden Sitzbank, in dessen Gesicht sich während der vergangenen Jahrzehnte tiefe Falten gegraben hatten, verzog scheinbar amüsiert den Mund.

„Selbstverständlich, der Herr. Ich hatte vergessen, dass die Mitarbeiter von *Exitorus* ihre Kundschaft mittlerweile an öffentlichen Plätzen und in Bahnhofshallen ansprechen. Verzeihen Sie mir meine Dummheit."

„*Exitorus?*"

„Bitte, der Herr", entgegnete der Mann. „Nehmen Sie mich nicht auf den Arm. Ich mag ja zuweilen ein wenig verwirrt, beschränkt und einfältig auf Fremde wirken, aber glauben Sie mir: Ich bin es beileibe nicht. Zumindest noch nicht komplett. In meinem alten Oberstübchen greifen die Räder allesamt noch recht störungsfrei ineinander."

„Aber …"

„Nichts aber", unterbrach mich der Mann. „Lassen Sie uns doch auf diesen Unsinn verzichten. Ich denke, dass uns beiden unsere verbleibende Zeit für solchen Schmarrn zu kostbar sein sollte, oder etwa nicht?" Er beugte sich ein wenig zu mir herüber und sprach weiter.

„Passen Sie auf, mein Freund: Sie sind ein Mensch weit jenseits der besten Jahre, husten andauernd herzerweichend blutige Brocken in Ihr Taschentuch, während Sie ein Gesicht machen, als befände sich ein rostiger Nagel in Ihrer Lunge. Sie reisen allein und mit leichtem Gepäck in die Schweiz und haben zu allem Überfluss auch noch einen Prospekt von *Exitorus* dabei. Da müsste man ja mit dem Klammerbeutel gepudert sein, um nicht zu begreifen, dass Sie sich auf Ihrem einsamen und heroischen Trip gen Sonnenuntergang befinden."

Endlich verstand ich.

„Sie meinen ...?"

„Jetzt verkaufen Sie mich bitte nicht für blöd. Natürlich meine ich! Sie fahren in die Schweiz, um sich dort der allerletzten Behandlung Ihres Lebens zu unterziehen, wenn ich das mal so flapsig formulieren darf."

Ich lehnte mich zurück und schaute eine Weile auf die vorbeifliegende Landschaft. Schließlich sah ich meinen Gesprächspartner wieder an.

„Sie irren sich. Ich muss Ihnen zwar eine ausgezeichnete Beobachtungsgabe bescheinigen, Sie befinden sich aber dennoch auf dem Holzweg."

Mein Gegenüber grinste, und seltsamerweise wirkte es weder herablassend noch hochnäsig auf mich.

„Hören Sie, Herr ...?"

Ich überlegte einen Augenblick, ob ich dem Fremden meinen richtigen Namen nennen sollte und entschied mich schließlich dagegen.

„Müller."

Der Andere zwinkerte mir zu.

„Müller? Großartig! Ich hätte dasselbe geantwortet. Wie dem auch sei. Sie sollten sich sagen lassen, dass ich mir nichts vormachen lasse. Und schon gar nicht von einem Todgeweihten, der entschieden hat, seinem Leben ein Ende zu bereiten, bevor dieses ihm jegliche Möglichkeiten nimmt, selbstständig und eigenverantwortlich zu handeln. Glauben Sie mir, ich kenne Menschen wie Sie. Ich war vor meiner Pensionierung über 30 Jahre lang Chefarzt in einer Universitätsklinik."

„Aber ..."

„Lassen Sie mich bitte ausreden", fuhr mir der ehemalige Mediziner bestimmt ins Wort. „Von mir aus können wir uns noch bis Zürich über belanglose Themen und das Wetter unterhalten, doch ich glaube, dass das tief in Ihrem Inneren gar nicht Ihr Wunsch ist."

Ich hustete erneut kräftig in mein Taschentuch, fuhr mir mit dem Handrücken über die glühend heiße Stirn und warf dem Fremden einen missmutigen Blick zu. Ich war stets ein zuvorkommender und höflicher Mensch gewesen, aber so langsam ging mir dieser seltsame Kauz gehörig auf die Nerven.

„Jetzt passen Sie mal auf", setzte ich an. „Mein Wunsch ist es, überhaupt nicht mit Ihnen zu sprechen. Nicht über belanglose Dinge, nicht über das Wetter und schon gar nicht über Ihre abstrusen Hirngespinste."

Das Gesicht des Fremden zeigte keinerlei Regung.

„In Ordnung, der Herr. Das kann ich akzeptieren. Vorausgesetzt, dass Sie mir eine letzte Frage beantworten."

Ich verdrehte die Augen und sah wieder aus dem Fenster.

„Und welche?"

„Warum Sie sich für diesen finalen Schritt eine Organisation im Ausland ausgesucht haben. Ein Mann Ihres Formates und Ihrer Intelligenz hätte doch auch in Deutschland Mittel und Wege gefunden, seinem Leben ein adäquates Ende zu bereiten."

Ich warf dem Mann einen zornigen Blick zu.

„Jetzt passen Sie mal auf, Sie Nervensäge! Wenn Sie weiterhin so dummes Zeug quatschen, werde ich gleich *Ihrem* Leben ein adäquates Ende bereiten, ist das klar?"

„Wie ich sehe, legen Sie keinen Wert auf eine gepflegte Konversation", entgegnete der Andere ohne Groll. „Dann respektiere ich jetzt Ihren Wunsch und halte meine Gosch."

„Vielen Dank."

Der Fremde schaffte es tatsächlich, sich zehn Minuten lang schweigend hinter einer aufgeschlagenen Zeitung zu ver-

stecken. Gerade als wir jedoch durch einen langen Eisen-
bahntunnel fuhren, vernahm ich erneut seine Stimme.

„Haben Sie eigentlich Angst?"

Der Zug verließ den Tunnel, und ich musste die Augen zu-
sammenkneifen, um wegen der Sonne, die direkt in unser
Abteil schien, überhaupt etwas sehen zu können.

„Angst?", fragte ich vielleicht eine Spur zu laut. „Wovor
sollte ich Angst haben?"

Der Mann faltete die Zeitung zusammen und sah mich offen an.

„Vor dem Tod."

Resignierend drehte ich den Kopf zur Seite und atmete tief
durch. In meinen Luftwegen und Bronchien brodelte es wie
in einer Waschküche, und ich antwortete, bevor ich wieder
schmerzhaft abhusten musste.

„Ich denke, dass ich nicht mehr oder weniger Angst vor
dem Tod habe als jeder andere Mensch auch."

„Ach", meinte der Fremde, und ich sprach weiter.

„Er verursacht bei mir nicht permanent Panikattacken oder
schlaflose Nächte, herbeisehnen tue ich ihn allerdings auch
nicht."

Der Mann nickte verstehend und leicht abwesend, wobei er
für einige Sekunden in einer anderen Welt zu sein schien.
Schließlich räusperte er sich.

„Aber warum haben Sie sich dann entschlossen, den Tod in
Zürich zu suchen?"

Ich hob die linke Hand und schlug so heftig auf das kleine
hochgeklappte Tischchen unterhalb des Fensters, dass die
Flasche Wasser, die darauf stand, polternd zu Boden fiel.

„Jetzt hören Sie mir verdammt noch mal gut zu! Ich fahre
nicht in die Schweiz, um mich umzubringen, kapiert? Ich
bin lediglich ein Mensch, der nicht die Zeit hat, sich ordnungsgemäß von einer heftigen Grippe zu erholen, weil ihn

dringende Termine nach Zürich zwingen. Und jetzt halten Sie gefälligst Ihre Klappe. Und verschonen Sie mich mit Ihren kindischen Vermutungen und Spinnereien."

Die vielen Wörter hatten Kraft gekostet, und ich lehnte mich erschöpft zurück, während der Andere nachdenklich mit seiner Zeitung spielte.

„Sie wollen mir also weismachen, dass Sie nicht sterbenskrank sind und nicht vorhaben, sich selbstständig in der Schweiz das Leben zu nehmen?"

„Ich will Ihnen das nicht weismachen, ich will es Ihnen nur mitteilen", antwortete ich und verschränkte die Arme vor der Brust. „Ich bin gläubiger Katholik, und für mich wäre Selbstmord eindeutig eine Sünde und ein Vergehen am Leben."

Mein Gesprächspartner zog die Brauen hoch.

„Also verurteilen Sie Menschen, die für sich diesen Schritt wählen?"

„Ich habe nicht das Recht, andere zu verurteilen", stieß ich scharf hervor. „Ich sage nur, dass für mich ein solcher Schritt nicht in Frage käme. Für mich wäre es nur eine Flucht."

„Und wenn Sie so krank wären, dass die Sie behandelnden Ärzte Ihnen jegliche Hoffnung auf Heilung nähmen und Sie von Ihrem Leben nur noch Schmerzen und Qualen zu erwarten hätten?"

„Werter Herr", erwiderte ich gedehnt. „Mein Leben bestand oftmals ausschließlich aus Schmerzen und Qualen, und doch sitze ich jetzt hier bei Ihnen und höre mir Ihren Schwachsinn an."

„Aber warum dann das Faltblatt von *Exitorus* in Ihrem Mantel?"

„Ich sagte doch, dass es mir zugesteckt worden ist", entgegnete ich unwirsch. „Und ich habe es angenommen, weil ich einfach ein höflicher Mensch bin. Bisher hatte ich leider noch keine Möglichkeit, es zu lesen oder wegzuschmeißen. Aber wenn Sie das Thema so interessiert, können Sie das Ding gerne haben."

Der Fremde schüttelte langsam den Kopf und schaute auf seine zusammengefaltete Zeitung. Nach einer Weile des Schweigens griff er in sein Jackett und zog ein ähnliches Faltblatt hervor, wie ich es in meinem Mantel hatte. Der einzige Unterschied bestand darin, dass es wesentlich abgenutzter und zerknitterter war.

„Kein Bedarf", murmelte er leise, während er es fast liebevoll betrachtete. „Ich habe bereits seit Jahren ein eigenes Exemplar. Und mir ist es, im Gegensatz zu Ihnen, auch nicht in irgendeinem Bahnhof zugesteckt worden."

Er hob den Kopf, und ich erkannte Tränen in seinen Augen, als er flüsterte:

„Und zum Glück bin ich auch kein Katholik."

Perfekt

Der Wind war so eisig, dass Chris seine Finger kaum mehr spürte. Wenn er sich selbst gegenüber ehrlich war, spürte er noch nicht einmal mehr den Wind.

Vielleicht hätte ich doch Handschuhe anziehen sollen, dachte er, während er sich bückte, zugriff und die Filmrequisite in die Höhe wuchtete. Hatte er bei der akribischen Ausarbeitung und Analyse des Drehbuchs nicht sogar Handschuhe in Erwägung gezogen, ja, sogar fest eingeplant?

Scheiß drauf!

Was tut man nicht alles für seinen Ruhm. Da sind im Namen der Kunst schon ganz andere Opfer gebracht worden. Hatte sich Stallone für den Film „Cop Land" nicht sogar extra über 30 Kilogramm angefressen?

Seine trainierten und ausgeprägten Muskeln spannten sich, schwollen an, und er drehte sich so, dass die neuen Tattoos auf seinem rechten Oberarm grandios zur Geltung kamen.

Perfekt!

Und in dieser Sekunde erinnerte er sich daran, dass das genau der Grund dafür gewesen war, warum er sich gegen Handschuhe entschieden hatte. Sein enges T-Shirt und diese groben Handschuhe hätten ästhetisch einfach nicht zueinandergepasst. Hätten, im Gegenteil, sogar das eindrucksvolle Bild, das sein Körper erzeugen würde, zunichtegemacht.

Aus den Augenwinkeln heraus sah er die Kamera, die jede seiner Bewegungen einfing, jede seiner Aktionen für die Ewigkeit festhielt und für die Nachwelt konservierte.

Die Kamera, die ihn bekannt und zum Star machen würde.

Es war die Rolle seines Lebens, das wusste er. Wenn Klara ihn nicht so weit gebracht hätte, hätte er sich wohl nie getraut, sie anzunehmen. Er wäre wohl niemals bereit gewesen, vor einem Objektiv sein Innerstes nach außen zu kehren.

Wenn er Glück hatte, würde der Film deutschlandweit zu sehen sein, vielleicht sogar im benachbarten Ausland. Auf jeden Fall würden sie Ausschnitte im Internet bei YouTube bringen, und er würde zum Klick-Star avancieren.
Alle würden sie über ihn reden, und seine darstellerische Kraft würde sie hypnotisieren, sie faszinieren und zugleich schockieren.
So wie Jack Nicholson die Welt mit seinem weltentfremdeten Wahnsinn in „The Shining" hypnotisiert, fasziniert und zugleich schockiert hatte.

Er stöhnte und schnaufte, während ihm Schweißtropfen auf die Stirn traten und aufs T-Shirt tropften.
Gut, dass es bei dieser Außenaufnahme in erster Linie nicht auf den Ton ankam. Der würde bei seiner Ausstrahlung, seiner Aura später keine große Rolle spielen. Und ihm war es wichtig, dass er mit authentischen Gegenständen arbeitete. Er hasste und verabscheute Requisiten und Nachbauten aus Pappmaschee oder Sperrholz.

Wenn da nur nicht diese Kälte gewesen wäre.

Wie war das jetzt hier an dieser Stelle eigentlich nochmal gewesen? Sollte er lächeln oder doch eher verbissen, entschlossen und ernsthaft aussehen?

Er blickte kaum wahrnehmbar zur Kamera, doch sowohl der Regisseur als auch der Kameramann ließen ihn gewähren. Sie wussten allem Anschein nach um seine Genialität. Und wenn sie es noch nicht wussten, so spürten sie dennoch wahrscheinlich, dass hier gerade etwas wirklich Großes geschah – etwas Perfektes.

Klara hatte ihn mal einen Versager genannt. Einen Taugenichts. Und dann hatte sie ihm doch noch diese Filmrolle, diese einmalige Chance besorgt. Hatte ihn am Casting vorbeigeschleust und direkt an den Set gebracht. Und der Regisseur, der Produzent und die Aufnahmeleitung hatten ihn akzeptiert, angenommen und motiviert – ohne ihn auch nur einmal zu testen.

Geliebte Klara. Ich werde dich nicht enttäuschen. Schon sehr bald wirst du spüren, was in mir steckt. Wozu meine Gefühle zu dir mich beflügeln.

Wie verabredet erblickte er in diesem Augenblick das kleine, rote Auto. Auf die Sekunde genau kam es auf ihn zugefahren.

Ja, hier waren Profis am Werk. Hier überließ man nichts dem Zufall.

Perfekt!

Das Licht war genial, die Sonne stand am Himmel wie bestellt und anmontiert, und der Wind ließ seine Haare sogar ein wenig verwegen aussehen. Wenn nur diese Kälte nicht gewesen wäre.

Scheiß drauf! Noch ein paar Sekunden, dann ist die Szene im Kasten. Dann geht's wieder in den Wagen – zum Aufwärmen.

Er lächelte, drehte sein Gesicht noch einmal in Richtung der Verkehrsüberwachungskamera, spannte erneut die Muskeln, fixierte das kleine, rote Auto und warf den 50 Kilogramm schweren Gullydeckel genau im richtigen Moment über das Geländer der Autobahnbrücke.

Perfekt!

Elterngespräch

Es war kurz nach sieben, als Sven an der Tür des schmucken Einfamilienhauses klingelte. Wenige Momente später wurde ihm von einer äußerst gepflegten und zierlichen Frau geöffnet, die er spontan auf Anfang fünfzig schätzte. Sie blickte ihn mit einer Mischung aus Überraschung und Sorge an.

„Herr Klauser. Das ist aber mal was Besonderes. Was führt Sie zu uns?"

Sven senkte seinen Blick ein wenig und überlegte genau, was er als Nächstes sagen sollte.

„Guten Abend, Frau Dernekamp. Entschuldigen Sie bitte die Störung, aber ich müsste dringend mit Ihnen reden."

Die Frau, die mit einem teuren, grauen Designerkostüm gekleidet war, griff sich an die Brust und schnappte nach Luft.

„Oh mein Gott, geht es um Katarina? Ist irgendwas in der Schule passiert?" Sven räusperte sich verlegen.

„Könnten wir das wohl im Haus besprechen?"

„Ja, natürlich! Wie unhöflich von mir. Kommen Sie herein, Herr Klauser."

Frau Dernekamp ließ ihn eintreten und führte ihn anschließend durch einen schmalen Flur ins große, lichtdurchflutete Wohnzimmer.

„Mein Mann ist noch oben, um sich umzuziehen. Wir wollen heute Abend mit Freunden in die Oper."

Sven setzte sich auf ein Sofa und blickte die Frau ernst an.

„Würden Sie ihn wohl rufen? Ich glaube, das Thema geht Sie beide an."

Frau Dernekamp nickte langsam und verließ das Zimmer wieder in Richtung Flur.

***

18

Herr Dernekamp war ein stattlicher und gut aussehender Mann Anfang sechzig. Auch er war elegant und teuer gekleidet. Seine leicht geröteten Wangen und seine schimmernde Kinnpartie verrieten, dass er sich gerade frisch rasiert hatte. Er kam auf Sven zu und reichte ihm leicht argwöhnisch die Hand. Dann setzte er sich zu seiner Gattin auf den Zweisitzer.

„Herr Klauser, was führt Sie zu uns? Meine Frau sagte, es geht um Katarina."

„Richtig", erwiderte Sven und stützte die Ellenbogen auf die Knie, während er die Hände faltete. „Und die Sache ist wahrlich nicht sehr angenehm."

„Was ist denn los?", wollte Frau Dernekamp aufgeregt wissen. „Geht es um Katarinas Noten? Hat sie Probleme in der Schule? Oder wird sie gemobbt?" Herr Dernekamp legte seiner Frau beruhigend eine Hand aufs Knie.

„Jetzt lass Herrn Klauser doch mal zu Wort kommen."

Sven lächelte dankbar und atmete tief durch.

„In der Schule läuft eigentlich alles normal, zumindest soweit ich es beurteilen kann. Ich unterrichte Ihre Tochter allerdings auch nur in Mathematik und Deutsch."

„Aber was ist es dann?"

Sven hörte die Ungeduld aus der Stimme der Frau heraus, die sich nur schwerlich beherrschen und kontrollieren konnte.

„In Ordnung", begann er schließlich. „Ich erzähle Ihnen die Geschichte so, wie sie sich zugetragen hat. Es begann vor etwa einem Monat. Ich stellte fest, dass Ihre Tochter mir eine Freundschaftsanfrage bei Facebook gestellt hatte, die ich unmittelbar danach annahm. Sie müssen wissen, dass ich mit vielen meiner Schüler im Internet und in den sozialen Netzwerken verbunden bin. Das schafft in der heutigen

Zeit viele Vorteile und ist für zahlreiche jüngere Lehrer mehr oder weniger völlig normal."

Herr Dernekamp verengte seine Augen zu schmalen Schlitzen, während er den Kopf anhob, was ihm ein leicht aristokratisches Aussehen verlieh.

„Nach einigen Tagen begann Katarina damit, mir Nachrichten zu schicken. Erst ging es um belanglose oder schulische Dinge, später wurden ihre Nachrichten persönlicher."

Frau Dernekamp errötete.

„Persönlicher?" Sie warf ihrem Mann einen vielsagenden Blick zu. „Hat sie auch über die Familie geschrieben? Etwa über meinen Ehemann und mich?"

Sven sah sie verblüfft an.

„Gibt es da denn Schwierigkeiten, die Katarina belasten könnten?"

„Keine besonderen", beeilte sich Herr Dernekamp forsch zu sagen. „Halt die üblichen Familienprobleme. Nichts Ernstes."

„Dann ist gut", erwiderte Sven. „Nein, sie schrieb nur über sich. Sie wissen ja, wie 17-Jährige sind. Da geht es zumeist um pubertäre Dinge: Liebeskummer, Schwärmereien, der erste Freund, Angst vor Klassenarbeiten."

Sven bemerkte, wie Frau Dernekamp erleichtert aufzuatmen schien, während ihr Gatte sich nichts anmerken ließ.

„Ich dachte mir anfangs nichts dabei. Es ist mir wichtig, eine vertrauensvolle Beziehung zu meinen Schülern aufzubauen. Schließlich bin ich nicht nur Wissensvermittler, sondern immer auch noch Pädagoge."

„Erzählen Sie weiter." Herr Dernekamps Stimme klang heiser und lauernd zugleich, so als ahnte er, was als Nächstes kommen würde.

„Irgendwann schlug Katarina mir vor, unsere Unterhaltungen in einem geschützten Chat-Bereich fortzuführen. Sie wollte irgendwie nicht, dass unsere Nachrichten gespeichert und archiviert wurden."

„Und Sie haben sich darauf eingelassen?" Der Unmut in der Stimme des älteren Mannes war deutlich herauszuhören.

„Ja, das habe ich. Mittlerweile sehe ich ein, dass es ein Fehler war. Ich hatte mir wirklich nichts dabei gedacht. Meine Frau, mit der ich mich darüber unterhalten hatte, hatte mir auch davon abgeraten, doch mir ging es wirklich nur darum, Katarina die Möglichkeit zu geben, über ihre Gedanken und Sorgen sprechen zu können. Ich weiß, wie wichtig es ist, dass Jugendliche während der Pubertät und der Schulzeit erwachsene Ansprechpartner haben, um sich auszutauschen."

„Was geschah dann?", bohrte Herr Dernekamp stoisch nach.

„Nach einigen Nachrichten, in denen sie schrieb, wie toll sie meinen Unterricht finde und was ich für ein interessanter Lehrer sei, beichtete sie mir vor einer Woche, dass sie sich in mich verliebt habe. Ich antwortete ihr direkt, dass ich glücklich verheiratet sei und ich sie lediglich als meine Schülerin sähe, doch sie steigerte sich immer weiter in ihre Gefühle zu mir hinein. Sie schrieb mir unzählige Liebesbekundungen, verfasste Gedichte und bat mich allen Ernstes, mich privat mit ihr zu treffen. In der Schule wich sie mir stets aus, sodass der Kontakt immer nur über das Internet stattfand – eben bis vor einer Stunde."

***

„Ich hatte heute Nachmittag noch eine Probe mit der Theater-AG. Nachdem alle Darsteller und Helfer nach Hause gegangen waren, überraschte Katarina mich hinter der Bühne. Sie trug nur eine enge Bluse und eine kurze Sporthose und fing direkt wieder damit an, dass sie mich liebe und dass sie wisse, dass ich sie auch wolle. Sie bedrängte mich und versuchte mehrfach, mich zu umarmen und zu küssen."

„Meine Güte", murmelte Herr Dernekamp, während seine Frau wie abwesend auf den Boden starrte. „Was ist dann passiert?"

„Ich sagte ihr erneut, dass ich meine Frau liebe, dass ich in ihr lediglich eine minderjährige Schülerin sähe und dass sie mit diesem Verhalten aufhören müsse. Ansonsten würde ich es Ihnen und der Schulleitung sagen müssen. Sie reagierte völlig überzogen, panisch und fast schon irgendwie … verrückt. Sie ohrfeigte mich, warf einen Kleiderständer nach mir und schrie mich an, dass sie dafür sorgen würde, dass, wenn sie mich nicht bekommen könnte, auch keine andere Frau mit mir glücklich werden würde."

Das Ehepaar sah nun geschlossen zu Boden. Herr Dernekamp war ein wenig in sich zusammengesunken, riss sich jedoch nach kurzer Zeit wieder zusammen und meinte tonlos:

„Weiter!"

Sven fuhr sich mit der Hand übers Gesicht.

„Irgendwann konnte ich sie ein wenig beruhigen. Doch innerhalb weniger Augenblicke waren da wieder diese unbändige Wut und Verzweiflung in ihr. Sie sprang hysterisch vor mir herum, brüllte mich an, zerriss sich vor meinen Augen ihre Bluse, zerkratzte sich Gesicht und Dekolleté mit ihren Fingernägeln und drohte mir immer wieder, dass sie mich fertigmachen würde. Sie …"

Sven stockte und schluckte. „Sie stieß sogar ihren Kopf mehrfach gegen eine Holzwand, sodass eine hässliche rote Stelle an der Stirn entstand."

„Unfassbar", flüsterte Herr Dernekamp fassungslos. „Weiter!"

„Sie verließ den Bühnenbereich, rannte davon und schrie dabei, dass sie mich vernichten und bei der Polizei wegen versuchter Vergewaltigung anzeigen würde. Sie beteuerte, dass ich es noch bereuen würde, sie nicht so zu mögen, wie sie es verdiene."

„Und hat sie es getan?", fragte Herr Dernekamp kraftlos. „War sie bei der Polizei?"

„Ich weiß es nicht", antwortete Sven leise, während er verlegen mit seinen Fingern spielte. „Ich bin direkt nach dem Vorfall ins Lehrerzimmer gegangen und habe die Adressliste der Klasse gesucht. Anschließend bin ich sofort zu Ihnen gefahren."

„Glauben Sie, dass sie in der Lage wäre, tatsächlich zur Polizei zu gehen?", wollte Frau Dernekamp mit schwacher Stimme wissen.

„Ich kenne Ihre Tochter natürlich nicht so gut", begann Sven. „Hinter der Bühne wirkte sie jedoch äußerst entschlossen auf mich."

„Was sollen wir denn jetzt tun?", fragte Herr Dernekamp, der während der letzten Minuten um zehn Jahre gealtert zu sein schien.

„Wir können nur abwarten", antwortete Sven und blickte das Ehepaar offen an. „Sprechen Sie mit Ihrer Tochter, wenn sie nach Hause kommt. Hören Sie ihr in aller Ruhe zu, lassen Sie sie ihre Version erzählen und beruhigen Sie sie."

„Und wenn sie bei der Polizei gewesen ist?", flüsterte Frau Dernekamp.

„Dann machen Sie ihr keine Vorwürfe. Katarina befindet sich in einer Ausnahmesituation und braucht jetzt Menschen, die sie in den Arm nehmen und ihr Kraft und Si-

cherheit geben. Sie braucht jemanden, der ihr verzeiht, sollte sie tatsächlich schon eine Anzeige gemacht und diese
Lügengeschichte verbreitet haben."

„Aber wenn sie Sie tatsächlich angezeigt hat", hakte Katarinas Vater nach. „Wie geht es denn dann weiter?"

„Wissen Sie, so eine Anzeige kann nicht zurückgenommen
werden. Sollte sie bereits bei der Polizei gewesen sein,
muss sie dort ihre Aussage unbedingt revidieren. Reden Sie
in diesem Fall mit Ihrer Tochter und bringen Sie sie zur
Vernunft."

„Und wenn sie sich nicht beruhigen lässt? Wenn sie sich
weigert, den wahren Tathergang zu schildern?" Frau
Dernekamp klang so, als würde sie jeden Moment anfangen
zu weinen.

Auf Svens Gesicht erschien plötzlich ein dunkler Schatten.
Er hustete, fuhr sich erneut über das Gesicht und antwortete
ernst:

„Dann werde ich noch morgen eine Gegenanzeige wegen
Verleumdung, übler Nachrede und Vortäuschung einer
Straftat erstatten müssen. Alleine aus Selbstschutz. Sie wissen, was Vorwürfe dieser Art mit der Karriere und dem
Leben eines Lehrers machen können. Wenn sie mich an-
zeigt, ist es der Öffentlichkeit doch völlig egal, ob ich
schuldig bin oder unschuldig. Irgendwas bleibt immer hängen, auch wenn ich in einem halben Jahr vor Gericht freige-
sprochen würde. Dann kann ich mein Haus verkaufen, mit
meiner Frau und den Kindern in eine andere Stadt ziehen
und irgendwo als Nachtwächter arbeiten."

Herr Dernekamp stand langsam auf und schritt nachdenklich zum Fenster, um in den Garten hinauszusehen.

„Wir werden mit unserer Tochter reden, das verspreche ich
Ihnen." Er drehte sich um und sah Sven eindringlich an.

Seine Augen schimmerten feucht. „Auf jeden Fall danke ich Ihnen, dass Sie mit der Geschichte direkt zu uns gekommen sind. Sie hätten ja auch sofort zur Polizei gehen können."

„Herr Dernekamp, es geht mir hier in erster Linie nicht um Straftaten oder um meinen Stolz. Es geht mir um das Wohl Ihrer Tochter. Sie ist jung, unglücklich verliebt, innerlich zutiefst verletzt, wütend und verunsichert. In so einer Situation haben schon ganz andere Leute über die Stränge geschlagen. Ich will gar nicht darüber nachdenken, welchen Blödsinn sie in dieser Situation sonst noch so alles machen könnte."

Frau Dernekamp riss entsetzt die Augen auf und hielt sich eine Hand vor den Mund.

„Sie meinen, sie könnte sich was antun?"

Sven zuckte traurig und mitfühlend mit den Schultern.

„Sie wäre nicht der erste Teenager, der sich aus Liebeskummer versucht, das Leben zu nehmen. Was Katarina jetzt braucht, sind verständnisvolle Eltern, die sie wegen ihrer Gefühle und ihrer … etwaigen Taten nicht verurteilen."

„Angenommen, Katarina hat Sie noch nicht angezeigt. Und angenommen, wir können die Angelegenheit unter uns bereinigen", begann Herr Dernekamp und kam wieder einige Schritte auf Sven zu. „Glauben Sie, dass es gut wäre, sie weiterhin in Ihrer Klasse zu unterrichten?"

Sven dachte einen Moment lang nach, ehe er antwortete.

„Ich denke, dass es besser wäre, wenn Ihre Tochter und ich erstmal ein wenig Abstand voneinander hätten. Ich spreche morgen vertrauensvoll mit meinem Schulleiter über die Angelegenheit. Aber ich finde, dass es sinnvoll wäre, wenn Katarina selbstständig unter einem Vorwand die Schule wechselt. Sie verstehen, dass das für alle Seiten die beste und friedvollste Möglichkeit ist. Auf diese Weise wäre die Schule wegen Katarinas Verhalten und ihrer falschen Anschuldigungen nicht gezwungen, sie zu suspendieren."

Das Ehepaar Dernekamp sah sich betroffen an und nickte einander zu.

„Das denke ich auch", unterstrich Herr Dernekamp schließlich Svens Vorschlag. „So würde der Alltag sowohl für Sie als auch für unsere Tochter erträglicher und einfacher. Und Katarina könnte an einer anderen Schule neu anfangen, ohne tagtäglich mit der Geschichte oder Ihrer Person konfrontiert zu werden. Außerdem würde erst gar kein Gerede in der Klasse, im Lehrerkollegium oder im Dorf entstehen. Sie müssen wissen, dass ich der Leiter der Sparkasse hier im Ort bin. Da käme mir eine öffentliche Verurteilung meiner Tochter sehr ... ungelegen."

Sven erhob sich.

„Dann sollten wir alle jetzt mal die nächsten Stunden abwarten. Herr und Frau Dernekamp, ich bedanke mich für das Gespräch, auch wenn es einen unangenehmen Hintergrund hatte. Ich weiß, dass Katarina bei Ihnen in sehr guten und verantwortungsbewussten Händen ist. Ich glaube, es ist besser, wenn ich nun nach Hause fahre. Meine Frau und meine Kinder machen sich bestimmt schon Sorgen, weil ich so lange unterwegs bin."

Herr Dernekamp kam auf Sven zu und reichte ihm die Hand.

„Herr Klauser, ich muss Ihnen nochmals danken. Sie haben hier und heute bewiesen, dass Sie ein hervorragender Pädagoge und wertvoller Mensch sind. Viele andere hätten sicherlich nicht so ruhig und besonnen reagiert. Ich verspreche Ihnen, dass ich die Sache mit meiner Tochter regeln werde."

Sven drückte die Hand des Älteren sanft, wobei er diesem direkt in die Augen sah.

„Eine Sache noch: Sie sollten wissen, dass Katarinas Geschichte unter Umständen sehr logisch, plausibel und authentisch klingen wird, Herr Dernekamp. Glauben Sie mir, ich spreche aus langjähriger Erfahrung. Junge Mädchen können zuweilen meisterlich lügen. Vor allem, wenn sie selbst von der Wahrheit ihrer Geschichte überzeugt sind. Sie können dann kaum noch zwischen Realität und Unwahrheit unterscheiden."

„Nur gut, dass wir die Wahrheit jetzt kennen", meinte der Banker und nickte. „Wir kriegen das hin. Ich versichere Ihnen, dass sich diese Sache nicht negativ auf Sie, Ihre Familie oder Ihr Leben auswirken wird."

„Danke, Herr Dernekamp. Sie haben mein größtes Vertrauen."

In diesem Augenblick ertönte die Haustürklingel.

„Das wird sie sein", wisperte Frau Dernekamp mit zitternder Unterlippe. „Sie hat heute Morgen ihren Schlüssel hier vergessen."

Herr Dernekamp überlegte ein paar Sekunden, schritt zur Terrassentür und öffnete sie.

„Ich würde vorschlagen, Sie gehen durch den Garten. Wir sollten ein Zusammentreffen zwischen Ihnen und unserer Tochter jetzt unbedingt vermeiden."

Sven nickte erleichtert. Ihm fiel eine tonnenschwere Last von der Seele.

„Sehe ich auch so. Vielen Dank."

***

Er ging zügig über den Rasen, stieg über den weißen Jäger-
zaun und befand sich wenige Augenblicke später auf der
Straße. Er sah vorsichtig und mit eingezogenem Kopf zur
Tür des Einfamilienhauses hinüber und stellte fest, dass
Katarina bereits eingetreten war. Mit wild pochendem Herzen lief er zu seinem Wagen, stieg ein, startete den Motor
und fuhr davon. Und während er das Eigenheim der Dernekamps, das brav bürgerliche Wohngebiet, die arme Katarina
und dieses unerfreuliche Ereignis immer weiter hinter sich
ließ, ballte er die rechte Faust und zwinkerte sich im Innen-
spiegel grinsend zu.

Wie immer

Der Mann griff nach der Kaffeekanne und goss sich seine Tasse halb voll. Anschließend gab er Zucker und Kaffeeweißer hinzu. Während er das dampfende Getränk umrührte und sich dem einlullenden Geräusch hingab, das der Löffel auf dem porzellanenen Grund der Tasse erzeugte, ertönten aus dem Wohnzimmer sechs scheinbar gelangweilte Kuckucksrufe.

„Wann kommst du heute nach Hause?", fragte ihn die Frau, die ihm seit mehr als dreißig Jahren werktags um diese Zeit nahezu dieselbe Frage stellte.

„Wie immer", antwortete er wie immer, hob die Tasse und setzte sie sich an die Lippen.

„Autsch!", stieß er hervor und stellte die Tasse wieder ab. „Jetzt hab ich mir die Zunge verbrannt."

Die Frau reichte ihm eine Stoffserviette über den Tisch, die sie vorsorglich bereits in kaltes Wasser getaucht hatte – und zwar lange bevor er die Tasse überhaupt zum Mund geführt hatte.

***

Sie stand an der Garderobe, seinen Mantel über dem Arm, die Aktentasche in der Hand und seinen Hut in der anderen.

„Danke", sagte er, während er ihr zunächst den Mantel, dann die Aktentasche und schlussendlich den Hut abnahm.

„Ich habe dir heute drei Brote eingepackt", meinte sie. „Die Scheiben waren so klein, da dachte ich, es könne nicht schaden."

„Danke", entgegnete er tonlos.

Die Frau betrachtete prüfend sein Gesicht, steckte einen Daumen in den Mund und wischte dem Mann anschließend etwas Marmelade von der Oberlippe.

„Da war noch was", meinte sie, bevor sie den Daumen anhob, um die Marmelade abzulecken.

„Danke", wiederholte sich der Mann erneut, beugte sich vor und gab der Frau einen Kuss auf die Stirn. „Bis heute Abend."

„Ja, bis heute Abend", antwortete die Frau. „Und viel Spaß im Büro."

„Danke."

„Zum Abendbrot gibt es Nudelauflauf. Freust du dich?"

„Ja."

Als er schon im Treppenhaus stand, rief die Frau ihm noch etwas hinterher.

„Möchtest du nicht deinen Schirm mitnehmen? Im Radio haben sie gesagt, dass es heute regnen soll."

Der Mann drehte sich um und sah seine Frau an.

„Danke, nein."

Die Frau setzte eine verwunderte Miene auf.

„Aber die im Radio …"

„ … haben gestern auch schon behauptet, dass es regnen soll", unterbrach sie der Mann emotionslos. „Und vorgestern auch. Und, hat es gestern geregnet? Oder vorgestern?"

Die Frau rieb sich nachdenklich am Kinn.

„Ich glaube nicht."

„Da siehst du es", murmelte der Mann. „Und deshalb nehme ich auch keinen Schirm mit. Ich schlepp mich doch nicht dumm und dusselig, nur weil so Wetterleute im Radio ihren Job nicht ordentlich machen. Außerdem sitze ich den ganzen Tag im Büro. Da ist es trocken."

Er griff sich an den Hut, hob ihn kurz an und setzte ihn sich wieder auf den Kopf.

„Bis heute Abend. Und schaffe was!"

„Werde ich", antwortete die Frau und schloss die Wohnungstür.

* * *

Der Mann lief bis zur Bushaltestelle, setzte sich auf die Bank im Wartehäuschen und legte die Aktentasche auf seine Knie. Dann sah er auf die Uhr.

Es war 6 Uhr 22.

Er lag wie immer gut in der Zeit.

Gegen halb sieben sah der Mann den Bus um die Ecke biegen, und eine Minute später saß er bereits auf seinem Stammplatz direkt hinter dem Fahrer, die Aktentasche auf den Knien.

* * *

In der Innenstadt stieg er aus, überquerte die Straße und betrat ein kleines Café. Die Fassade des Hauses wirkte bröckelig und heruntergekommen, doch das interessierte den Mann nicht. Er wollte lediglich einen Kaffee und einen Schnaps trinken. Und für diesen Zweck war das Café so gut wie jedes andere auch.

Nachdem er Mantel und Hut an der Garderobe abgelegt hatte, ging er zu einem Tisch im hinteren Bereich des Cafés. Er stellte die Tasche ab, öffnete sie und zog die Zeitung heraus, die er zu Hause eingesteckt hatte. Dann setzte er sich.

„Wie immer?"

Der Mann hob den Blick und bemerkte den Wirt, der, mit Block und Bleistift bewaffnet, vor ihm stand.

„Wie immer", antwortete er. Der Wirt kritzelte umständlich etwas auf seinen Block, nickte und verschwand wieder. Drei Minuten später kam er zurück und stellte dem Mann einen Becher Kaffee und einen Kurzen auf den Tisch.

„Ich war so frei, schon Zucker und Kaffeeweißer hineinzugeben", grummelte er. „Ich hoffe, das war in Ordnung."

„Kein Problem", erwiderte der Mann, der sah, dass der Kaffee genau die gewünschte Färbung hatte.

„Danke."

***

Pünktlich um zehn Uhr legte der Mann drei Euro fünfzig auf den Tisch, verstaute die ausgelesene Zeitung in der Aktentasche, ging zur Garderobe und zog sich an. Anschließend verabschiedete er sich vom Wirt, indem er kurz den Hut lüftete.

Auf der Straße sah er sich um und wandte sich nach rechts. Er lief, den Kopf gesenkt, an den zahlreichen Schaufenstern vorbei und wirkte wie einer, der es eilig hat.

In einer Kirche zündete er eine Stunde später für dreißig Cent ein Teelicht an, stellte es zu den anderen und deutete eine kurze Verbeugung in Richtung Altar an. Danach schlurfte er gedankenverloren durch den Mittelgang. Vorbei an zahllosen stummen Eichenbänken, auf denen schon viel zu lange niemand mehr gesessen hatte.

***

Gegen zwölf Uhr erreichte der Mann schließlich seinen Park. Er schlenderte die gepflegten Kieswege entlang, begutachtete mit geschultem Blick die gestutzten Sträucher und Hecken, setzte sich auf die Bank am Ententeich und legte sich die Aktentasche auf die Knie.

Auf der anderen Seite des Teiches erkannte er einen Anderen, der eine Papiertüte in den Händen hielt und Enten, Tauben und Schwäne fütterte. Der Mann auf der Bank schüttelte den Kopf.

„Rentner", murmelte er verbittert. „Zerstören das ökologische und biologische Gleichgewicht der Natur. Und das nur, weil sie nicht wissen, was sie mit ihrer Zeit anfangen sollen."

Er öffnete die Aktentasche, zog die Butterbrotdose hervor und stellte sie neben sich. Danach klappte er die Dose auf, wählte ein Brot mit mittelaltem Gouda und biss lustlos hinein.

Nach dem dritten Brot sah er auf die Uhr, griff in die Mantelinnentasche und zog sein altes Mobiltelefon heraus.

„Ich wollte mal anrufen", sprach er, nachdem sich die Frau zuerst mit ihrem und anschließend mit seinem Namen gemeldet hatte.

„Und?", erwiderte sie. „Wie ist es heute im Büro?"

„Wie immer", antwortete der Mann wie immer, während er ein Pärchen beobachtete, das eng umschlungen an ihm vorbeiging. „Nur dass der Huber heute krank ist."

„Ach", ließ die Frau verlauten. „Ist das nicht der, der im letzten Jahr wegen des Stresses auf der Arbeit Burnout hatte?"

„Genau", sagte der Mann. „Dadurch haben wir anderen jetzt natürlich mehr zu tun. Die Arbeit macht sich ja nicht von alleine."

„Ja, ja", seufzte die Frau mitfühlend. „Pass du mal gut auf, dass du nicht auch noch Burnout kriegst."

„Mach ich", erwiderte der Mann. „Und bei dir? Schaffst du was?"

„Hab schon Wohnzimmer und Schlafzimmer."

„Dann sehen wir uns heute Abend", meinte er und legte auf.

***

Als sich auf dem Spielplatz unweit der Bank ein Mädchen den Kopf an einer Kletterstange stieß, begann es zu regnen. Der Mann stellte den Kragen seines Mantels hoch, griff nach der Aktentasche und verließ den Park.

Als der Regen stärker wurde, bestellte er sich an einem Kiosk einen Coffee to go. Er trank ihn im Stehen mit Zucker und Weißer unter dem farblosen Sonnenschirm des Kiosks, wo es halbwegs trocken war. Als der Regen nachließ, warf der Mann den Pappbecher in einen Mülleimer und ging weiter – schnell und scheinbar zielstrebig, so als hätte er es eilig.

***

Um kurz vor halb fünf hatte er es geschafft. Er drängte sich wie immer mit Tausend anderen Berufstätigen in einen viel zu kleinen Bus. Mantel und Hut des Mannes waren triefnass vom Regen, der während der letzten Stunden immer mal wieder stärker und schwächer geworden war.

Er musste stehen, sein Platz hinter dem Fahrer war besetzt. Es roch nach Schweiß, Parfüm und Knoblauch. Seine Aktentasche stand in einer Wasserlache zwischen seinen verschmutzten Schuhen.

* * *

Als der Mann die Wohnungstür öffnete, erwartete die Frau ihn bereits im Flur.

„Hättest doch mal besser den Leuten im Radio geglaubt."

„Blödsinn!", konterte der Mann unwirsch, hängte die nassen Sachen an die Garderobe und gab der Frau, die am Telefon stets zuerst ihren und dann seinen Namen nannte, einen Kuss auf die Stirn.

„Warum Blödsinn?"

„Wenn ich immer auf diese unfähigen Wetterfrösche hören würde, hätte ich gestern und vorgestern schon meinen Schirm mit mir herumgeschleppt. Weißt du, wie blöd das aussieht, wenn man bei Sonnenschein mit einem Schirm durch die Stadt läuft?"

„Aber jetzt bist du nass geworden."

„Dafür bin ich aber gestern und vorgestern trocken geblieben", gab der Mann zurück, drängte sich an der Frau vorbei, betrat die Küche und setzte sich an den gedeckten Tisch. „Was gibt's zum Abendessen?"

„Nudelauflauf. Freust du dich?"

„Danke, ja. Und, was geschafft?"

Die Frau ging zum Herd, bückte sich und sah in den Ofen. Dabei antwortete sie voller Stolz:

„Wohnzimmer, Schlafzimmer und Treppenhaus."

„Das ist gut", murmelte der Mann und legte sich eine Serviette über die Beine.

„Und du?", fragte die Frau.

„Wie immer", antwortete der Mann. „Und sogar noch ein bisschen mehr, weil der Huber doch krank ist. Bleibt ja sonst alles liegen."

Die Frau öffnete den Ofen, zog die Auflaufform heraus und stellte sie anschließend vor den Mann auf den Tisch.

„Guck mal, wie das riecht", flötete sie dabei. „Lecker, ne?"

Der Mann guckte und meinte:

„Lecker."

Die Frau nahm einen Löffel und lud dem Mann eine große Portion auf den Teller.

„Nicht so viel", beschwerte sich dieser, während er mit seiner Gabel in den Nudeln herumstocherte.

„Wer viel arbeitet, muss auch viel essen", argumentierte sie und gab ihm noch einen Löffel.

Während sie schweigend aßen, sprachen sie wie immer kein Wort. Nach dem Essen begann die Frau damit, die Spülmaschine einzuräumen. Der Mann erhob sich vom Tisch, ging zum Kühlschrank und nahm sich eine Flasche Bier heraus.

„Ich gehe mal die Nachrichten anschauen", meinte er. „Muss ja wissen, was ich heute so alles verpasst hab."

Die Frau betrachtete ihn und sagte:

„Ziehe vorher bitte deine Schuhe aus. Die sind total verdreckt."

Der Mann sah an sich herunter.

„Die sehen doch aus wie immer."

Die Frau nickte traurig.

„Stimmt! So sehen sie immer aus. Deine Vorgesetzten sollten mal darüber nachdenken, das Reinigungspersonal zu wechseln."

Der Mann hob verwundert die Brauen.

„Wie meinst du das?"

Die Frau zuckte mit den Schultern und antwortete mehr zu sich selbst als zu ihrem Mann:

„Na, es ist doch unzumutbar, wie verschmutzt und versifft die Böden bei euch im Büro immer sind. Vielleicht sollte ich da mal ohne Anmeldung einfach so als Kundin erscheinen, um mich zu beschweren. Das würde zumindest bewirken, dass du abends nicht mehr ständig mit so verdreckten Schuhen nach Hause kommst."

Der Neubeginn

Die Sterne stehen schweigend am Himmel. Während er still auf dem Hocker neben ihrem Bett sitzt, weht ein kühler Hauch von Nachtluft durch das geöffnete Fenster ins dämmrige Schlafzimmer hinein. Er zittert, und es liegt nicht nur an den vergleichsweise niedrigen Temperaturen in dem kleinen Raum.

Zärtlich wandern seine Augen über ihr schlafendes Gesicht. Wie schön es doch ist, denkt er. Wie schön und unschuldig. Er schließt die Augen und zieht kaum hörbar Luft durch die Nase ein. Er nimmt Schlafgeruch und eine feine Note ihres Parfums war.

Er kann sie gut riechen.

Dann öffnet er die Lider wieder und betrachtet sie erneut. Sie liegt auf der rechten Körperseite, ihr fast erhabenes Antlitz ist ihm zugewandt. Sein Blick streichelt ihr blondes Haar, liebkost die feinen Gesichtszüge, die so unglaublich entspannt wirken, und verharrt einen Moment auf den fein geschwungenen Lippen. Wie gerne würde er sie jetzt küssen. Wie gerne ihre Haut spüren, ihre Körperlichkeit genießen. Doch er möchte sie nicht wecken.

Und so verharrt er weiterhin auf seinem Schemel und begnügt sich damit, sie einfach nur staunend zu betrachten und ihrem gleichmäßigen Atem zu lauschen.

Sie ist mein Neubeginn, denkt er glücklich. Sie ist die Chance meines Lebens. Sie ist der Start in eine bessere, glücklichere Zukunft. Mit ihr wird mein armseliges Dasein einen Sinn bekommen; endlich wieder einen Inhalt. Mit ihr im Herzen kann ich an mich selbst glauben, kann mich vielleicht sogar mögen.

Es ist unfassbar, wie vertraut sie mir jetzt schon ist, denkt er gerührt. Und dabei kenne ich sie doch noch gar nicht so lange. Aber vielleicht ist sie mir auch nur so nahe, weil ich die letzten zehn Jahre so verzweifelt nach ihr gesucht, mich so unfassbar nach ihr gesehnt habe.

Er beugt sich ein Stück weit zu ihr hinüber und streicht ihr zärtlich eine Haarsträhne aus dem friedlichen Gesicht. Dabei berührt seine zitternde Hand für einen kurzen Moment ihre Wange. Es ist ihm, als schössen Ströme aus Energie, Liebe und Wärme durch seine Fingerspitzen bis hin zu seinem wild pochenden Herzen.

Ich brauche sie, denkt er in dieser Sekunde. Ich brauche sie so sehr. Mit ihr schaffe ich den Neubeginn auf jeden Fall. Und dann wird alles anders.

Er zieht den Arm zurück und faltet die Hände wie zum Gebet. Und jetzt betet er tatsächlich.

Lieber Gott, lass mich bei ihr nichts falsch machen. Gott, gib mir die Kraft und die Ruhe, die ich brauche, um alles richtig anzugehen. Ich möchte nicht wieder alles zerstören, nicht erneut verlieren. Das würde ich nicht überstehen.

Noch einmal liebkosen seine Augen jeden Millimeter ihres Gesichtes, welches ihm im Halbdunkeln entgegenstrahlt, und schweben bewundernd über die dünne Bettdecke, die ihre perfekte Figur erahnen lässt.

„Ich liebe dich", flüstert er kaum hörbar. „Du bist mein Leben."

Er steht vorsichtig auf. Zaghaft und unendlich behutsam lässt er sich auf der Bettkante nieder und führt seinen Mund wie in Zeitlupe an ihre Stirn. Der Kuss gleicht einer Ahnung, einem Gedanken, und vor seinem inneren Auge tanzt er mit ihr über eine riesige, duftende Blumenwiese im Hochsommer.

Und dann zieht er die Handschuhe wieder an, legt seine Hände um ihren zarten Hals und drückt so lange zu, bis sie nicht mehr atmet.

Er verschließt ihr die Augen, nickt noch einmal lächelnd in ihre Richtung und verlässt das Schlafzimmer auf demselben Weg, auf dem er es wenige Minuten zuvor lautlos betreten hat. Unten auf der Straße stellt er den Kragen seiner Jacke hoch, zieht den Kopf ein und geht, als wäre nichts geschehen, die spärlich beleuchtete und menschenleere Wohnstraße entlang. Als er auf die etwas belebtere Hauptstraße stößt, zückt er sein Handy, schaltet es ein und schickt seinem Auftraggeber die bereits vorbereitete Kurznachricht.

„Alles erledigt! Erwarte Bezahlung wie vereinbart!"

Und dann taucht er glücklich lächelnd zwischen den Nachtbummlern, Kneipentouristen und Passanten unter – hinein in sein neues Leben.

Mont Ventoux

„Was machst du?"

Maria beobachtete ihren Mann Hans, wie er den Autoschlüssel vom Küchentisch nahm und in die Hosentasche steckte.

„Ich muss auf den Berg", antwortete er und strich sich über das leicht talgig wirkende Gesicht. „Ich habe mehr als fünfzehn Jahre darauf gewartet."

„Bist du wahnsinnig?", erwiderte Maria. „Du bist heute 1100 Kilometer mit dem Wagen gefahren, hast lange Zeit bei sengender Hitze im Stau gestanden und zudem seit mehr als 24 Stunden nicht mehr geschlafen. Außerdem sind unsere Sachen noch nicht einmal komplett in den Schränken verstaut."

„Das schaffst du schon ganz gut alleine, da bin ich mir sicher." Hans kam ein wenig steifbeinig auf sie zu und gab ihr einen flüchtigen Kuss. „Oder möchtest du mitkommen?"

„Wahrscheinlich!", entfuhr es Maria. „Ich habe heute lange genug im Auto gesessen."

„Dann ist ja gut", meinte ihr Mann und zuckte mit den Schultern.

„Ich dachte, wir fahren da gemeinsam hoch."

Hans streckte sich und blickte ihr direkt in die Augen.

„Machen wir auch. Dennoch muss ich da jetzt rauf."

„Und was soll ich in der Zeit machen?"

„Pack unsere Sachen aus, ziehe dir deinen Badeanzug an und spring in den Pool. Schließlich bezahlen wir ein kleines Vermögen für das Ding. Und das zu Recht. Glaub mir, ich weiß sehr wohl, was Teile in dieser Größenordnung kosten."

Maria baute sich vor ihm auf und verschränkte die Arme vor der Brust.

„Bist du denn gar nicht müde?"

Hans nahm ihr Gesicht in seine Hände und antwortete:

„Natürlich bin ich müde. Aber ich war seit anderthalb Jahrzehnten nicht mehr auf dem Berg."

Maria warf ihrem Mann einen besorgten Blick zu. Sie war jetzt über 35 Jahre mit Hans verheiratet, doch so entschlossen hatte sie ihn selten erlebt. Dennoch unternahm sie einen letzten Versuch.

„Und wenn wir beide morgen direkt nach dem Aufstehen fahren? Denk doch an deine Gesundheit."

Hans fuhr sich durch das graue Haar und trat einen Schritt zurück.

„Glaube mir, Schatz. Ich denke ausschließlich an meine Gesundheit." Er drehte sich um und ging mit langsamen Schritten auf die Tür des kleinen Ferienhauses zu. „Leg dich an den Pool und genieße die Sonne. Und warte nicht mit dem Abendessen auf mich. Ich habe heute während der Fahrt so viele kalte Frikadellen und Schnitzel gegessen, dass sich mein Magen anfühlt, als würde er jeden Moment platzen." Mit diesen Worten drückte er die Klinke herunter und stand eine Sekunde später auch schon im Türrahmen.

„Verzeih mir, aber ich muss das jetzt tun. Von hier bis zum Gipfel sind es keine 35 Kilometer."

Maria schenkte ihm einen verständnisvollen Blick und nickte schließlich.

„Aber fahre vorsichtig. Versprichst du mir das?"

Hans lächelte und warf ihr eine Kusshand zu. Anschließend murmelte er kaum verständlich:

„Vertraue mir, ich komme wohlbehalten oben an. Ich denke, ich habe dir heute sehr eindrucksvoll bewiesen, wie fit ich noch hinter dem Steuer bin."

„Aber du weißt, wie unvorsichtig diese Franzosen oft fahren. Vor allem auf den engen Straßen in den Bergen."
Hans grinste.
„Hast du vergessen, dass ich tief im Herzen auch Franzose bin?"

***

Zwei Stunden später lag Maria auf der Terrasse im Liegestuhl und betrachtete den Gipfel des Mont Ventoux, dem dominantesten und majestätischsten Berg der französischen Provence. Sie hatte sämtliche Sachen in den Schränken verstaut und war außerdem mehr als 40 Bahnen in dem 15 Meter langen Swimmingpool geschwommen. Nun nippte sie an ihrem gekühlten Weißwein und fixierte die weithin sichtbare Wetterstation des Berges, die, trotz einer Entfernung von mindestens zehn Kilometern Luftlinie, mehr als deutlich in den spätnachmittäglichen Himmel ragte.

Sie waren mit ihrem Sohn immer nach Frankreich gefahren. Nach Reisen durch die Bretagne, die Normandie und die Pyrenäen hatten sie sich schließlich vor 20 Jahren in die Provence verliebt, um danach fünf Jahre hintereinander in dasselbe Ferienhaus zu reisen. Dann war Johann auf dem Schulweg von einem unvorsichtigen LKW-Fahrer erfasst worden und noch an der Unfallstelle gestorben. Vier Tage vor seinem zehnten Geburtstag. Nach diesem Schicksalsschlag waren sie nie wieder nach Frankreich gefahren.

Hans hatte sich nach Johanns Tod sehr verändert. Er wurde schweigsam und grüblerisch und suchte vermehrt Trost in seiner Arbeit als Architekt. Maria hatte sich in dieser Zeit oft gefragt, ob er sie und ihre eigene Trauer nicht wahrnahm oder schlicht nicht wahrnehmen konnte. Vor zwei Monaten hatte sie schließlich durch Zufall einen Reiseführer über die Provence in seinem Büro gefunden, und eine Stunde später hatten sie die Reise gebucht.

Maria lächelte wehmütig, während sie daran dachte, wie sie zuletzt, wenige Wochen vor dem Unglück, mit ihrem Sohn auf dem Mont Ventoux gewesen waren. Hans hatte Johann in einem Souvenir-Shop auf dem Gipfel ein Trikot der Tour de France gekauft, und dieser hatte stolz vor einem Rennrad posiert, welches ihm ein älterer und völlig erschöpfter Radfahrer, der kurz zuvor den Berg im Alleingang mit seinem Drahtesel bezwungen hatte, für das Foto zur Verfügung gestellt hatte. Anschließend hatte Hans zusammen mit einem Straßenmusiker direkt an der Bergstation für die Touristen gesungen. Er war jahrelang in einer Bluesband als Sänger aktiv gewesen, hatte sein Hobby nach Johanns Geburt jedoch aufgegeben, um mehr für die Familie da zu sein. Und da sein Sohn ihn noch niemals zuvor richtig hatte singen hören, hatte Hans sich an diesem Tag einfach die Gitarre des etwas heruntergekommen wirkenden französischen Musikers geschnappt, um mit diesem einen Coversong nach dem anderen zu spielen. Maria erinnerte sich noch gut daran, wie stolz Johann immer wieder zu seinem Vater geblickt hatte. Wie stolz und glücklich.
Es war ein wunderschöner und völlig unbeschwerter Tag gewesen. Ein Tag, an dem niemand ahnte, dass sich das Leben der kleinen Familie nur wenige Wochen später komplett ändern würde.

***

Maria erhob sich aus ihrem Liegestuhl und ging ins Haus, um sich in der Küche etwas Wein nachzuschenken. Da sah sie das Handy auf dem Tisch liegen. Das Handy ihres Mannes.

Verwundert nahm sie es in die Hand. Hans setzte seit Jahren keinen einzigen Schritt mehr vor die Tür, ohne sich zu vergewissern, dass er sein Mobiltelefon dabei hatte. Hatte er es vergessen oder absichtlich liegen lassen?

Wie beiläufig schaltete sie es ein und befand sich direkt in seinem Terminkalender. Obschon Hans bereits auf die 60 zuging, trug er jeden noch so kleinen und unbedeutenden Anlass in seinen elektronischen Kalender ein. Sie zog ihn zwischendurch immer damit auf, indem sie ihn fragte, ob er auch seine Toilettengänge in seinem Handy festhielt. Und er pflegte dann stets mit „Nur die wirklich wichtigen" darauf zu antworten.

Sie scrollte durch die letzten Wochen und zuckte ein wenig zusammen, als sie zum ersten Mal auf den Namen von Professor Kleinert stieß. Es war jedoch nicht der Name, der sie schockierte. Es war die Zusatzbemerkung „Uni-Klinik Münster".

∗∗∗

Ihre Lippen bebten, als sie das Handy zehn Minuten später noch immer in den Händen hielt. Insgesamt hatte Hans diesen Professor Kleinert in den letzten drei Monaten acht Mal aufgesucht und über zwanzig Mal angerufen. Nervös, ängstlich und voller böser Vorahnungen tippte Maria auf das Google-Zeichen auf dem Display, gab die Begriffe „Uni-Klinik Münster" und „Kleinert" ein und wurde wenige Sekunden später direkt mit den Worten „Alternative Krebsbehandlung" konfrontiert.

***

Als das Taxi vor dem Ferienhaus hielt, stand Maria schon in der Tür. Sie sprang in den Wagen, hielt dem Fahrer einen Hunderter hin und schrie panisch:
„Mont Ventoux!"
Der Fahrer, ein etwa 25-jähriger Typ, der aussah wie der typische ewige Student, blickte sie verwundert an.
„Mont Ventoux?"
„Oui!", antwortete Maria und schlug die Autotür zu. „Vite!"

***

Während der Fahrt sagte Maria kein Wort. Stattdessen hockte sie nur wie ein Häufchen Elend auf der Rückbank, wobei sie immer wieder von dem Gefühl geplagt wurde, keine Luft mehr zu bekommen.

War Hans krank? Vielleicht sogar todkrank? Und hatte er nur noch kurze Zeit zu leben? Warum hatte er unbedingt heute auf diesen verdammten Berg gemusst? Und warum hatte er vor seiner Abfahrt gemeint, er würde bei dieser Aktion ausschließlich an seine Gesundheit denken?

Während der Taxifahrer schweigend und konzentriert die engen und zum Teil ungeheuer steilen Straßen hinaufraste, wurde Maria von immer mehr düsteren Gedanken und Fragen geplagt.

Warum nur wollte Hans unbedingt auf den Berg? Vielleicht, weil er dort oben vor fünfzehn Jahren zuletzt richtig sorglos und glücklich gewesen war? Weil er sich an dieses starke Gefühl erinnern, es reproduzieren, es völlig in sich aufsaugen wollte?

Oder wollte er den Gipfel mit seinem für Touristen zugänglichen, über 50 Meter hohen Wetterturm etwa aus einem anderen Grund aufsuchen?

Dem finalen Grund?

***

Als der Fahrer ihr das Wechselgeld aushändigen wollte, winkte Maria unbeholfen ab.
„No, keep the rest. Merci!"
Sie verließ das Taxi und erblickte die Menschenansammlung und den Krankenwagen in derselben Sekunde.

Direkt unterhalb des weißen Turmes.

Er hatte es getan, und sie hatte es gewusst.
Sie begann zu rennen, achtete nicht darauf, dass sie eine Sandale verlor und dass sie sich ihren nackten Fuß blutig lief. Sie stieß mehrere Urlauber zur Seite, erkannte die am Boden liegende Person mit den grauen Haaren und der Sauerstoffmaske und ließ sich schluchzend auf den Asphalt sinken.

„Hans! Nein!"

Ein Paar Hände ergriff sie behutsam an der Schulter und zog sie sanft aber bestimmt zurück.

„Madame, s´il vous plait."

Jetzt erst realisierte Maria die hagere, durchtrainierte Figur, die Radlerhose und das Sport-Trikot des am Boden Liegenden. Sie blickte in seine weit geöffneten, verzweifelten Augen und erkannte, dass es sich zwar um einen Menschen handelte, den sie in ihrem Leben schon gesehen hatte und der an diesem Tag ebenfalls unbedingt auf den Gipfel wollte, dass es aber nicht Hans war.

Sie rappelte sich auf, wankte einige Meter zur Seite und setzte sich auf eine Bank. Und in diesem Augenblick der vollkommenen Einsamkeit und Verwirrung hörte sie die Musik.

Wie in Trance erhob sie sich und verließ den Ort, an dem einige Sanitäter gerade dabei waren, die Schaulustigen zu vertreiben, während der Notarzt eine Decke über den Toten breitete.

***

Er saß auf einer kleinen Mauer, spielte Gitarre und sang „Knocking on heavens door". Direkt neben ihm hockte ein ungepflegt wirkender Mann und zählte Münzen in einem Gitarrenkoffer.

Maria blieb wie angewurzelt stehen und erstarrte. Und dann traten ihr Tränen in die Augen, und sie begann zu weinen.

Sie weinte, weil Hans so unendlich glücklich wirkte, wie er da für die Touristen sang und wie er völlig in seinem Element, in seiner eigenen selbstvergessenen Welt zu sein schien.

Sie sah sich um und entdeckte einige Jungen und Mädchen, die ihren Mann mit großen Augen anstarrten und bewunderten. Maria blickte an sich herunter, wo ihr kleiner Johann an ihrer Hand war und stolz und gerührt zu seinem Vater schaute.

Dem größten Sänger der Welt auf dem höchsten Berg der Welt. Dem größten Rockstar des Universums auf dem Dach der Erde.

Und während hundert Meter weiter ein Leichenwagen mit dem verstorbenen aber siegreichen greisen Radrennfahrer langsam davonfuhr, sein altes Rad, vor dem Johann einst für ein Foto posiert hatte, unbeachtet auf der Straße lag, und Hans konzentriert und lächelnd auf der Gitarre des französischen Musikers ein weiteres Lied anstimmte, hoffte und betete Maria, dass Professor Kleinert von der Uni-Klinik Münster nur ein Kunde des Architekturbüros ihres Mannes war, der sich von ihm ein neues Haus, eine Arztpraxis oder einen umwerfend großen und teuren Swimmingpool hatte planen, entwerfen und bauen lassen.

Ein wunderschöner Abend

Der Regen trommelt, schlägt und prügelt so heftig auf Dach und Windschutzscheibe des Porsche Cayennes ein, als wolle er diesen, ob seiner Erhabenheit und augenscheinlichen Stärke, vollständig zerstören. Die Scheibenwischer kämpfen mit der Kraft der Verzweiflung wie übermüdete, entmutigte und desillusionierte Soldaten gegen die Unmengen feindlicher Wassermassen, doch nicht nur sie selbst, sondern auch ihre menschliche Herrin haben längst begriffen, dass sie allenfalls millisekundenlange Achtungserfolge, niemals aber den Sieg davontragen werden.

Rita hat das Radio wegen des ohrenbetäubenden Getöses bereits vor einigen Minuten ausgeschaltet, und nun hockt sie nur noch in ihrer verkrampften Sitzhaltung hinter dem zu hoch eingestellten Lederlenkrad, um mit einer Mischung aus Sorge und äußerster Konzentration vor sich auf die von den Xenon-Scheinwerfern nur schlecht ausgeleuchtete Landstraße vor den Toren Kölns zu starren.

Regen und Dunkelheit erscheinen ihr wie eine graue, brutal gewaltige, fast lebendige Masse, die sie und den großen SUV immer mehr einzuschließen droht.

Die Teamsitzung ihrer Abteilung hatte wieder einmal viel zu lange gedauert, und wieder einmal hatte jeder noch so kleine, wichtigtuerische und vor allem männliche Geist die Gelegenheit genutzt, das Maul bis zum Anschlag aufzureißen, um gegen sie als neue Abteilungsleiterin zu wettern. Rita hatte es zuletzt kaum noch ertragen können. Da hockten diese neidischen und giftigen Kerle die ganze Woche über schweigend in ihren Großraumbüros, um dann alle sieben Tage wie todbringende Klapperschlangen nach vorne zu schnellen, um sich, vor den Augen der obersten

Chefs, in Ritas Hals zu verbeißen. Sie hatte alle ihre Kräfte aufbringen und mobilisieren müssen, um diesen Giftspritzen scheinbar souverän und gelassen entgegenzutreten. In ihrem Innersten hatte jedoch ein gewaltiger Tornado getobt, und sie hatte sich mehrfach über sich selbst gewundert, warum sie nicht einfach aufgestanden war, um einem nach dem anderen die zumeist kahlköpfigen, hohlen Schädel einzuschlagen. Irgendwann war es schließlich geschafft. Die Schlangen hatten sich verstohlen mit ihren braunen und schwarzen Piloten- und Laptopkoffern in die Aufzüge verdrückt, um den einzig richtigen Weg zu nehmen, der ihnen und ihrer Gattung von jeher vorbestimmt war:

In die Tiefe!

Rita nestelt nervös an ihrer Handtasche herum, die neben ihr auf dem Beifahrersitz liegt, und fingert eine Schachtel Gauloises heraus. Sie steckt sich eine Zigarette zwischen die dezent geschminkten Lippen und zündet sie mit dem Feuerzeug aus der Mittelkonsole an. Nach einigen tiefen Zügen fühlt sie endlich, wie sich Nervosität und Unruhe etwas verflüchtigen.

Von einer Sekunde auf die andere erscheint plötzlich eine schemenhafte Gestalt im Lichtkegel der Scheinwerfer. Rita erkennt gerade noch, dass die Person, die dort einsam in der Dunkelheit steht, ihr wie verrückt zuwinkt, als sie bereits an ihr und ihrem am Straßenrand abgestellten Auto vorbeigefahren ist. Der Schreck lässt Rita das Blut in den Ohren pochen, und unbewusst tritt sie auf die Bremse, obwohl ihr Bewusstsein das Gaspedal am liebsten voll durchtreten würde.

Sie bringt den Porsche etwa hundert Meter vor dem Fahrzeug der fremden Gestalt zum Stehen und überlegt fieberhaft, was sie als nächstes tun soll. Sie zerdrückt die Zigarette im Ascher und schaut nervös in den Rückspiegel.

In diesem Augenblick klopft es dumpf an ihrer Beifahrerseite. Rita lässt den Kopf ruckartig nach rechts schnellen und erkennt das verschwommen verzerrte Gesicht eines Mannes durch die regennasse Scheibe hindurch. Sie spürt, wie sich eine eisige Hand um ihr Herz schließt und langsam zudrückt, und eine Sekunde überlegt sie allen Ernstes, ob es nicht vielleicht doch sinnvoller wäre, einfach Gas zu geben. Sie atmet schließlich tief durch, betätigt die Verriegelungsautomatik des Porsches und lässt anschließend die Seitenscheibe einige Zentimeter in die Tiefe fahren. Sofort wehen kalte Luft und Regentropfen ins Wageninnere.

„Kann ich Ihnen helfen?", ruft sie in das noch immer donnernde Grummeln und Tosen des Unwetters hinein.
Der Mann, von dem Rita nur die dunklen Augen durch den schmalen Spalt zwischen Scheibe und oberem Türrahmen erkennen kann, antwortet ihr mit einer für die Situation ungewöhnlich ruhigen und freundlichen Stimme.
„Guten Abend. Mein Wagen hat kein Benzin mehr, und ich müsste irgendwie zur nächsten Tankstelle." Er hebt, wie um seine Worte zu untermauern, den rechten Arm in die Höhe, und Rita erkennt einen kleinen 5-Liter-Kanister. Nervös knibbelt sie mit den Fingern an ihrer Unterlippe, während sie noch immer nicht weiß, wie sie sich verhalten soll.
„Können Sie sich ausweisen?", fragt sie schließlich. „Ich kann ja nicht einfach so mitten in der Nacht einen Fremden in mein Auto lassen!"
Sie erkennt, dass der Mann verstehend lächelt und nickt.

„Natürlich! Das leuchtet mir ein." Er langt in seine Jacke und fördert ein dünnes Mäppchen zu Tage. Er reicht es durch den Spalt ins Wageninnere, und Rita greift fast dankbar danach. Sie klappt es auseinander. Während ihr zwei farbige Fotos in den Schoß fallen, auf denen sie die strahlenden Gesichter zweier hübscher blonder Mädchen ausmachen kann, erkennt sie, dass sich in den Einsteckfächern mehrere Karten und Papiere befinden. Sie zieht sie der Reihe nach heraus und begutachtet zunächst einen Fahrzeugschein, eine Bankkarte der Sparkasse Köln, die Mitgliedsausweise einer städtischen Bücherei und eines Fitnessclubs, eine Krankenkassenkarte und einen Organspenderausweis. Alle Karten sind auf einen Werner Schulte ausgestellt. Sie steckt erst die Papiere und danach die Fotos wieder in das Mäppchen. Schließlich reicht sie dem Mann sein Eigentum zurück.

„Sind das auf den Fotos Ihre Töchter, Herr Schulte? Die sind ja zuckersüß."

Das Lächeln des Mannes wird noch eine Spur breiter.

„Das sind Rosanna und Emily. Sie leben bei ihrer Mutter in Oberhausen, aber ich sehe sie fast jedes Wochenende." Rita kann nicht anders, als nun ebenfalls zu lächeln. Und schließlich betätigt sie den Türöffner.

„In Ordnung! Steigen Sie ein!"

Schulte öffnet die Tür, schwingt sich in den großen Wagen, stellt den nassen Kanister in den Fußraum, knallt die Tür wieder zu und schnallt sich an. Rita lässt die Seitenscheibe hochfahren und schaltet die Innenbeleuchtung ein, um sich ihren nächtlichen, unerwarteten Fahrgast, der sich leicht zu ihr hingedreht hat, etwas genauer anzusehen.

Er sieht gut aus, denkt sie. Schultes leicht ergrautes Haar ist kurzgeschnitten und sein markantes Gesicht absolut glattrasiert. Das leicht hervorstehende Kinn drückt Stärke und Entschlossenheit aus, und aus den tiefbraunen Augen strahlt eine Freundlichkeit, die Rita sofort in ihren Bann zieht.

„Alles in Ordnung?", fragt Schulte leicht irritiert.

„Ja, klar", stammelt Rita verlegen und schaut bemüht für eine Sekunde auf ihre Knie, um dem Mann dann direkt wieder ins Gesicht zu sehen. „Alles okay, Herr Schulte. Hat Ihnen schon mal jemand gesagt, dass Sie diesem Kölner „Tatort"-Kommissar verdammt ähnlich sehen?"

Schulte lacht auf.

„Ich hoffe, Sie meinen nicht den Dicken."

„Nein", erwidert Rita und beginnt ebenfalls zu kichern. „Ich meine schon den anderen. Wie heißt er denn noch gleich? Behrentz? Bernert? Entschuldigen Sie, ich wohne zwar hier in der Nähe, aber den „Tatort" sehe ich dennoch viel zu selten."

Schulte schaut ihr direkt ins Gesicht, und seine offene Ausstrahlung und Attraktivität rauben Rita fast den Atem.

„Ich weiß, wen Sie meinen. Behrendt heißt der. Klaus J. Behrendt." Schulte fährt sich durchs nasse Haar. „Ich gebe zu, dass ich diesbezüglich in Köln und anderswo schon ein paarmal angesprochen worden bin. In der Regel kläre ich die Leute aber sehr schnell auf."

Rita hebt verwundert die Brauen.

„In der Regel? Was soll das denn bedeuten?"

Schulte neigt den Kopf ein wenig zur Seite und grinst schelmisch.

„Sagen wir es mal so: Wenn mir eine junge, ansehnliche Dame auf der Domplatte verstohlen ihre Telefonnummer zusteckt oder mir eine Bäckereifachangestellte eine Tüte Brötchen schenkt, nur damit ich ihr einen unleserlichen Namenszug auf eine Serviette kritzle, halte ich natürlich die Klappe – ich bin ja nicht doof."

Rita bricht in Gelächter aus und strahlt den Mann unverhohlen an.

„Das kann ich mir vorstellen, dass das manchmal vorteilhaft ist." Dann verstummt sie, wendet den Kopf und betrachtet das Armaturenbrett. „Ich wünschte mir auch, manchmal jemand anderes zu sein."

Schulte legt die Stirn in Falten.

„Wie bitte? Entschuldigen Sie, aber ich sehe in Ihnen eine äußerst bezaubernde Frau, die nicht nur geschmackvoll gekleidet ist, sondern zudem mit einer Selbstverständlichkeit in einem 75.000-Euro-Wagen sitzt, als wäre sie darin geboren. Warum sollten Sie jemand anderes sein wollen?"

Schulte lächelt plötzlich verlegen, und Rita ist sich sicher, dass der Fremde gerade ein wenig errötet.

„Entschuldigung", wispert er leise in das Regengetöse hinein. „Ich wollte Ihnen nicht mit so platten Anmachsprüchen zu nahe treten."

„Ist schon in Ordnung, Herr Schulte. Sie sind mir nicht zu nahe getreten."

Sie sieht ihn wieder an, und für einige Sekunden versinkt sie nahezu in seinen braunen, unendlich tiefen Augen. Dann reißt sie sich jedoch wieder zusammen und sagt mit belegter Stimme:

„Ich glaube, wir sollten mal so langsam. Sonst stehen wir hier morgen früh noch rum."

„Ich hätte nichts dagegen", kontert Schulte. „Ich weiß allerdings nicht, ob Ihr Tank das so lange mitmacht. Und ohne Heizung könnte das hier schnell ziemlich ungemütlich werden."

Rita nickt ihm zu, schaltet in den ersten Gang und betätigt den Blinker.

„In Ordnung, Herr … Behrendt. Dann wollen wir mal. Ich wohne nicht allzu weit von hier, und eine Straße weiter gibt es auch eine Tankstelle mit 24-Stunden-Service. Da bringe ich Sie jetzt erst mal hin, und danach sehen wir weiter."

***

Als sie die Tankstelle etwa fünfzehn Minuten später erreichen, hat Rita das Gefühl, Werner Schulte bereits ihr halbes Leben erzählt zu haben. Sie kann es sich nicht erklären, doch irgendetwas an diesem Mann schenkt ihr Sicherheit und Ruhe. Es sind nicht die Fragen, die er immer wieder stellt. Es ist vielmehr das intensive Zuhören, das ihr den Eindruck vermittelt, dass sich dieser Fremde tatsächlich für sie zu interessieren scheint. Und so ist sie fast ein wenig traurig, als sie bereits von Weitem die Leuchtschriften der Tankstelle sieht.

„Da sind wir schon", sagt sie mit einem Hauch von Melancholie, als sie den Porsche vor einer Zapfsäule zum Stehen bringt. „Beeilen Sie sich, ich warte hier im Wagen auf Sie."
Schulte öffnet seinen Sicherheitsgurt und dreht ihr den Kopf zu.
„Wie darf ich das verstehen?"
Rita schenkt ihm ein zuckersüßes Lächeln und antwortet mit einer Kessheit, die sie sich selbst nicht zugetraut hätte.
„Meinen Sie, ich lasse Sie jetzt bei diesem Wetter zu Fuß zurück zu Ihrem Auto laufen? Ich bringe Sie selbstverständlich zurück."
Schulte schüttelt energisch den Kopf.
„Das kann ich nicht von Ihnen verlangen. Sie haben einen langen Tag hinter sich, und zudem ist es gleich Mitternacht. Ich werde mir ein Taxi nehmen."
„Auf gar keinen Fall, Herr Schulte. Glauben Sie mir: Die letzten zwanzig Minuten waren die besten meiner ganzen

Woche. Ich fahre Sie zurück – jedoch unter zwei Voraussetzungen."

Schulte macht ein irritiertes Gesicht.

„Die da wären?"

Rita schaut dem gutaussehenden Mann direkt in die Augen.

„Zunächst einmal möchte ich, dass Sie uns gleich zwei Kaffee aus dem Tank-Shop mitbringen." Sie zieht ihre Brauen in die Höhe und fährt fort: „Und dann will ich, dass Sie mich Rita nennen."

Schulte lächelt und reicht Rita die Hand.

„Okay, Rita. Ich bin Werner."

„Ich weiß, Werner. Ich weiß."

***

Sie wendet auf der Landstraße und parkt den Geländewagen direkt hinter Werners Auto. Der starke Wolkenbruch ist einem sanften Nieselregen gewichen, sodass es nun wesentlich leiser und ruhiger im Wageninneren ist.

„Schön", sagt Werner und reicht Rita die Hand. „Vielen, vielen Dank. Ich weiß gar nicht, wie ich das wieder gutmachen kann."

Rita grinst.

„Da wüsste ich schon was. Sorge einfach dafür, dass du mit deinem Wagen morgen Abend hier an dieser Stelle wieder liegenbleibst. So wie es aussieht, komme ich auch die nächsten Tage nicht wesentlich früher aus dem Büro, und ich würde mich freuen, dich mal wiederzusehen."

Werner zupft sich nervös am Ohrläppchen, lächelt schüchtern und flüstert:

„Du machst mich ziemlich verlegen, Rita. Ich bin in solchen Sachen etwas … aus der Übung."

Ritas Grinsen verstärkt sich.

„Kein Problem. Da geht es dir wie mir." Sie kramt in ihrem Mantel herum, zieht eine elegante Brieftasche hervor und reicht Werner eine Visitenkarte.

„Hier, du Ungeübter. Lektion 1: Ruf mich einfach in den nächsten Tagen mal an, wenn du magst." Werner greift nach der Karte, wirft einen Blick darauf und lässt sie anschließend in seiner Jacke verschwinden.

„In Ordnung, Frau König. Wird gemacht." Er öffnet seine Tür, schnappt sich den gefüllten Kanister und steigt aus dem Auto. Danach steckt er seinen Kopf noch einmal zu Rita hinein.

„Nochmals Danke! Ich weiß nicht, was ich ohne dich gemacht hätte."

„Ich habe zu danken", erwidert Rita. „Du hast mir diesen verdammten Tag gerettet."

Werner lächelt, nickt und verschließt die Tür. Im Licht der Scheinwerfer sieht Rita, wie er zu seinem Fahrzeug geht, den Tank auffüllt und den Kanister anschließend im Kofferraum verstaut. Als er ihr noch einmal zuwinkt, durchfährt Rita ein leichtes Gefühl der Panik. Sie stößt die Fahrertür auf, springt aus dem Wagen und ruft laut:

„Werner! Hast du Lust auf Lasagne? Ich hätte welche im Eisfach, und ich habe heute noch nichts gegessen!"

***

„Du lebst hier allein?"

Werner betrachtet voller Ehrfurcht den Eingang des großen Einfamilienhauses. Rita öffnet die Haustür, tritt ein und betätigt einige Lichtschalter.

„Ja", antwortet sie gedehnt. „Seitdem mich mein Mann vor einem Jahr für eine Jüngere verlassen hat. Wir haben diese

Hütte vor neun Jahren in der Hoffnung gekauft, sie irgendwann mal mit einer ganzen Horde Kinder zu füllen."

Werner zieht seine noch immer feuchte Jacke aus, sieht sich nach einer Garderobe um und hängt sie schließlich an einen Haken, den Rita ihm weist.

„Und warum hat es mit den Kindern nicht geklappt?", will er wissen. Rita denkt einen Moment nach, zuckt mit den Schultern und verdreht irgendwann die Augen. Sie spürt, wie ihr die Tränen kommen.

„Ach, weißt du. Manche Dinge entwickeln sich im richtigen Leben halt ein wenig anders als in der Vorstellung. Da kann man nichts machen."

Werner schaut sie einen langen Moment mitfühlend an und geht schließlich einfach einen Schritt auf Rita zu, um sie für einen kurzen aber intensiven Augenblick in seine Arme zu schließen. Als er sich kurze Zeit später von ihr löst, sieht er unsicher und verlegen zu Boden und wirkt dabei wie ein kleiner Schuljunge, der gerade vor seiner Klassenlehrerin zugeben muss, dass er seine Hausaufgaben nicht gemacht hat.

„Es tut mir leid", murmelt er. „Ich wollte nicht …"

Rita lächelt ihm freundlich zu, wischt sich die Tränen von den Wangen und schüttelt den Kopf.

„Alles in Ordnung, Werner. Du hast nichts falsch gemacht. Es ist nur so, dass mich die Geister der Vergangenheit manchmal noch ohne Voranmeldung besuchen kommen. Lass uns in die Küche gehen und die Biester einfach hier im Flur stehen lassen. Die Lasagne macht sich nicht von allein."

***

Sie sitzen sich am großen Esstisch gegenüber und sehen sich über ihre Weingläser hinweg immer wieder schweigend an. Es ist kurz vor halb zwei, im Kamin flackert ein wärmendes Feuer, und die Atmosphäre ist erfüllt von einer seltsamen Vertrautheit. Rita hat das Gefühl, als kenne sie Werner schon Ewigkeiten, und sie kann sich nicht erinnern, wann sie sich zuletzt so frei und unbekümmert gefühlt hat.

„Sagst du mir, wo dein Gäste-WC ist?", fragt er irgendwann. „Ich müsste mal für kleine TV-Kommissare."

Die Angesprochene zeigt mit einer Hand in Richtung Flur.

„Da raus und die zweite Tür rechts. Ich würde dir aber raten, das Bad im Obergeschoss zu benutzen. Im Gäste-WC funktioniert die Spülung nicht richtig."

Werner erhebt sich, legt die Serviette ordentlich gefaltet neben seinen Teller und schickt sich an, das Zimmer zu verlassen.

„Ich habe noch frische Handtücher und unbenutzte Zahnbürsten da", entfährt es Rita plötzlich, ohne dass sie begreift, was sie gerade gesagt hat. „Du kannst gerne heute Nacht hier übernachten. Ich habe ein großes Gästezimmer mit sauberer Bettwäsche. Und einen Nassrasierer, Schaum und neue Klingen habe ich auch noch im Badezimmerschränkchen. Natürlich nur, wenn keiner auf dich wartet, wollte ich sagen."

Werner dreht sich um und grinst spitzbübisch.

„Du solltest dir jetzt ganz genau überlegen, was du sagst. Ich könnte nämlich auf dein Angebot eingehen."

Rita läuft rot an, kratzt sich am Hals und antwortet leise: „Es gibt also niemanden, der dich heute Nacht vermisst?"

Werner legt den Kopf auf die Seite, macht ein nachdenkliches Gesicht und antwortet süffisant:

„Da gibt es natürlich schon so einige. Aber wenn ich es mir recht überlege, können die ruhig noch ein wenig länger auf mich verzichten." Er nickt ihr lächelnd zu und verschwindet im Flur.

Rita steht auf und beginnt damit, wie ein gefangener Tiger im Zimmer herumzulaufen, während sie immer wieder die feuchten Handflächen gegeneinander reibt. Das gibt es doch gar nicht, denkt sie mit einer Mischung aus Unsicherheit, Verwunderung und Freude, während ihr das Herz vor Aufregung fast aus der Brust zu springen droht. Wie gut, dass ich eben auf der Landstraße angehalten habe. Was für ein wundervoller, wunderschöner Abend – und das nach so einem beschissenen Tag.

Sie geht zur Stereoanlage, drückt den „Power"-Knopf und will gerade von Radio- auf CD-Betrieb umschalten, als die Worte des Nachrichtensprechers ihr den Boden unter den Füßen wegziehen.

„ ... heute am frühen Abend ein spektakulärer Ausbruch aus der Forensischen Klinik in Köln-Porz. Bei dem psychisch kranken Straftäter handelt es sich um den 46-jährigen Ludger Pohlmann, der während der letzten zehn Jahre insgesamt acht alleinstehende Frauen in ihren Häusern ermordet und anschließend missbraucht hat. Der persönlichkeitsgestörte Pohlmann, der sich seit einem halben Jahr im psychiatrischen Maßregelvollzug befindet, überwältigte bei seiner Flucht einen 42-jährigen Wachmann und Vater zweier Kinder, schnitt ihm mit einer Rasierklinge die Kehle durch und nahm anschließend dessen Papiere und Autoschlüssel an sich. Vor dem unzurechnungsfähigen Intensivtäter wird dringend gewarnt. Pohlmann ist etwa 1,85 Meter groß, sportlich gebaut und trägt sein Haar kurzgeschnitten. Für sachdienliche Hinweise wenden Sie sich bitte an jede Polizeidienststelle."

Während im Radio die ersten Takte von Louis Armstrongs „What a wonderful world" ertönen, dreht sich Rita langsam um und schaut ihrem Gast, der schweigend in der Tür steht, mit dem ersten Anflug von Panik ins freundlich offene Gesicht.

„Ich glaube, ich gehe auf dein Angebot ein und bleibe noch ein bisschen, Rita", flüstert Werner mit einem sanften Lächeln, während er langsam auf sie zukommt. „Deine Rasierklingen sind nämlich zufällig genau die, die ich auch immer benutze. Du musst wissen, dass ich da sehr wählerisch bin."
Er bleibt dicht vor ihr stehen und streichelt ihr zärtlich über eine Wange.
„Außerdem solltest du nachts nicht alleine hier im Haus sein. Zumindest nicht so lange, bis sie diesen Wahnsinnigen wieder eingefangen haben."

Zwanzig Stunden

Es lebt.

Sie spürt seine Kraft. Ein Strom warmer Energie wandert durch sie hindurch und berührt sie von innen mit warmen, streichelnden, kleinen Patschefingern. Nächtliche Umwanderungen kindlicher Traumpfade durch ansehnliche Höhen und weiße Dünenlandschaften. Das Meer direkt vor ihr. Der Wind und das Salz ... und das Kind unter ihrem Herzen.

Und es lebt.
Es ist gesund.
Eigentlich ein Glück.
Ein Wunder der Natur, ein unbegreifliches, unbestellbares Ereignis, ein Wendepunkt, ein Meilenstein auf dem Weg zum erwachsenen Menschen.

Und es lebt.

***

Die Aldi-Tüte voller Bierflaschen aus Kunststoff. Es ist ein Wunder der Natur, dass man bei Aldi für weniger als fünf Euro einen Vollrausch kaufen kann.

Heute Abend gibt`s doppelte Wärme von innen.

Bei dem Gedanken daran, einen besoffenen Fötus in ihrem Bauch zu tragen, muss sie unweigerlich lachen.
Sie schnippt die Marlboro auf den Gehweg, umrundet gerade noch fluchend einen Hundehaufen.

„Scheiße!"

Der Aufzug ist wieder kaputt, und die Tasche wird immer schwerer. Siebter Stock. Schnaufen, Keuchen, Wohnungstür auf, Tasche rein, Bierflaschen in den Kühlschrank, die erste an den Hals, Wohnungstür zu, rauf aufs Sofa, Glotze und Zigarette an.

Drückt auf den Knopf am Anrufbeantworter.
Unwirkliche, männliche, irgendwie erotische Stimme – wahrscheinlich Ende vierzig. Höchstwahrscheinlich auch Raucher.
„Frau Kardaloyski, ich rufe Sie nur an, um den Termin für morgen zu bestätigen. Zehn Uhr. Und bitte kommen Sie nüchtern."
Als wenn's einen Unterschied macht, denkt sie und setzt neu an.

Nach der Fernsehstunde macht sie sich ein Leberwurst-Brot und trinkt die dritte Rauschflasche.
Noch nicht mal zwei Euro weg, und sie merkt schon was.
Ein Wunder!
Und es lebt.

Richter Hold ist Scheiße heute, und irgendwann müsste die Tapete mal wieder gestrichen werden. Bewegungen kann sie noch nicht spüren.

Gut so.

Sie findet nur einen Hausschuh und weiß noch immer nicht, was sie Dirk zum Abendessen kochen soll.

Sie geht, rennt zum Klo, übergibt sich und uriniert in die braune, stinkende Schüssel. Die Hände wäscht sie am Waschbecken, streicht sich Haare aus der verschwitzten, verpickelten, fettigen Stirn, überlegt kurz, ob sie vielleicht die Zähne putzen sollte, entscheidet sich aber lieber sofort für die Marlboro. Füße hoch, endlich mal ausspannen. Licht im Badezimmer und Abspülen vergessen.

Egal.

***

Sie nickt ein, und Dirk macht sie wieder wach. Ihre Augen sind gerötet und verquollen, und sie hustet erst mal ab.

Nein, es gab nichts Besonderes und zum Abendbrot auch nicht. Kann sich ja was von der Bude holen.
Kein Geld mehr, ist für Lullen draufgegangen.
„Scheiße!"
Dann eben auch Leberwurst-Brot.

Sie trinken, und sie hält sich ihren Bauch.
Es ist irgendwie alles anders.

Die Wärme durchflutet sie. Sie kann es in ihrem Körper spüren, kann sich seine Bewegungen vorstellen, seine dünnen Ärmchen, seine knubbeligen Fingerchen, sein Köpfchen. Bloß keinen Namen geben! Bloß kein Gesicht sehen! Denn es lebt.

Sie steht auf, macht die verblichenen, verdreckten Vorhänge zu.

„0190, dreimal die 78. Ohne Tabus, wilde Weiber, Ferkel über vierzig zeigen es dir. Ruf an und höre uns stöhnen!"

Dirk schaut wieder so komisch.

Er steht auf, riecht nach Bier, greift ihr in den Schritt, schiebt seine Hände unter die alte Strickjacke, dreht sie herum, zieht ihr Jeans und Slip herunter und nimmt sie kurz von hinten. Mit einem Auge auf die Weiber im Fernsehen, die permanent versprechen, es ihm tabulos zu besorgen. Sie mit den Händen auf dem Heizkörper, die Vorhänge, die geschlossenen, direkt vor ihren Augen, manchmal mit dem Kopf gegen die Scheibe stoßend. Sein Keuchen ist meterweit entfernt und doch riechbar. Hätte sie die Vorhänge offen gelassen, hätte sie sehen können, was auf der Straße los ist.

Als er raus ist und auf dem Klo verschwindet, zieht sie Höschen und Jeans wieder hoch, setzt sich auf die Couch, trinkt und raucht, schaut zur Decke.
Gut so, denkt sie und zieht Rotz hoch, während er gerade aus ihr heraussabbert.

Und es lebt.
Es hat alles mitbekommen.

**

In der Nacht träumt sie im Schlafzimmer mit den dunklen Wasserflecken unter der Decke – und Dirk schnarcht betrunken.
Eine Weltreise würde sie gerne machen. Mit dem Traumschiff aus dem Fernsehen und Sascha Hehn als Kapitän.

66

Und Dirk dann mit weißer Hose und offenem Hemd. Und ganz braun gebrannt. Und viel lachen würden sie und am Strand liegen und nichts tun.

Sie wacht auf, zündet sich im dunklen Raum eine Marlboro an, findet den Ascher nicht, wirft die Kippe in den engen Schlund einer Bierflasche, die noch neben dem Bett liegt, und rollt sich wieder in die feuchte, klamme Decke.

Dirk wird nicht wach.
Gut so, besser ist das.

***

Am verregneten Morgen ist alles wie sonst auch. Knäckebrot mit Leberwurst, dünner Kaffee, abgezählte Zigaretten – und Dirk schläft.

Am Kiosk kauft sie zwei Schachteln Marlboro und eine BILD. Dann klaut sie bei H&M eine saubere Unterhose. Die alte lässt sie, krank kichernd, einfach auf Augenhöhe in der Umkleide am Haken hängen. Sie geht noch ein bisschen an den Schaufenstern vorbei und nimmt anschließend ihren Termin wahr.

***

Irgendwie komisch, denkt sie, während sie bei Aldi an der Kasse steht und mit zitternden Händen Bierflaschen in eine Plastiktüte packt.
Heute gibt es nur die einfache Wärme von innen.
Und diesmal lacht sie nicht.

Doch sie lebt.

Viva Theresa

Die Villa lag auf einem verschneiten, einsamen Hügel. Sie war von alten Kastanien umgeben, die große Mühe hatten, ihre mit Schnee bedeckten Äste nicht allzu tief herunterhängen zu lassen.

Theresa stand in der Küche und fluchte. Zum wiederholten Mal war ihr an diesem Spätnachmittag ein Blech mit Spritzgebäck verbrannt, und so langsam begrub sie die Hoffnung, durch das Backen ein wenig Normalität, ein wenig Gemütlichkeit und ein wenig Behaglichkeit in ihr so gnadenlos vorstrukturiertes und eintöniges Leben bringen zu können.

Klaus war gegen halb drei noch mal schnell in die Bank gefahren. Zumindest hatte er es so ausgedrückt.

„Vertrau mir, Schatz. Zum Baumschmücken bin ich zurück. Mach dir einen schönen Nachmittag."

Und dann war er nach seinem obligatorisch angedeuteten Abschiedskuss in den silbergrauen Jaguar gesprungen und mit knirschenden Reifen davongefahren.

Das war nun vier Stunden her.

Mittlerweile stand der Weihnachtsbaum in seiner vollen Pracht im Wohnzimmer auf einer purpurnen Stoffdecke, um den antiken türkischen Marmor mit seinem Eisenständer nicht zu verkratzen. Klaus` Wagen hatte den Weg nach Hause jedoch noch immer nicht gefunden.

Theresa zog das Blech aus dem Ofen und beförderte die schwarzen Hoffnungsplätzchen ohne mit der Wimper zu zucken in den Biomüll.

Ihr Blick fiel auf die Küchenuhr. Es war zwanzig vor sieben. In ihr entstand ein betäubendes, dumpfes Gefühl der

Wut, und bittere, unsichtbare Tränen fanden ihren Weg in illusionslose, gleichgültige Augen. Sie war es gewohnt, von Klaus versetzt zu werden. Sie war es sogar gewohnt, von ihm belogen und betrogen zu werden – doch an Weihnachten?

Sie hatte sich während ihrer nun fast schon zwanzig Jahre andauernden Ehe nach den wildesten inneren Kämpfen damit abgefunden, dass Klaus ständig irgendwelchen jungen Frauen nachstieg, um seinem Ego zu huldigen – doch an Weihnachten?

Sie ging zum Kühlschrank und griff nach den Steaks. Das rohe, dunkelrote Fleisch lag schwer, kalt und leblos in ihrer Hand. Sie entfernte die Plastikfolie und legte die einzelnen Scheiben auf ein Holzbrett, damit sie die Zimmertemperatur annehmen konnten. Dann begann sie mit der Zubereitung des Champignonsalates. Dazu würde es Backkartoffeln mit diversen selbstgemachten Saucen und gegrillte Maiskolben geben. Theresa hasste Rindfleisch, und sie hasste Maiskolben.

***

Es war kurz vor sieben. Langsam gesellte sich ein Hauch von Sorge zu ihrer Wut. Konnte es denn wahr sein, dass er ihr das am Heiligen Abend antat? Der kühle, unnachgiebige Stahl des Küchenmessers halbierte lautlos einen frisch gewaschenen, stumm protestierenden Champignonkopf.
Es konnte wahr sein.
Warum auch nicht?
Es käme einer kindlich naiven Wahnvorstellung gleich, zu glauben, dass sich dieser Abend in irgendeiner nur erdenk-

lichen Art und Weise von den vielen anderen Abenden ihrer Ehe unterscheiden könnte, nur weil Weihnachten war.

Klaus würde mit seiner perfekt inszenierten Unschuldsmiene in den Flur gehetzt kommen, ihr erneut einen seiner berühmten Hauchküsse zuwerfen und erst einmal oben im Schlafzimmer verschwinden, um sich umzuziehen. Anschließend würde er sich ihr lautstark und durchs ganze Haus hindurch erklären und ihr wortreich versichern, dass es für den Filialleiter einer Bank, im Verhältnis zu dem, was er netto ausgezahlt bekäme, sogar an Feiertagen so viel zu tun gebe, dass er sich immer wieder frage, warum er diesen Job überhaupt mache. Parallel dazu kämen auch wieder seine Lieblingssätze:
„Sorry, Schatz. Kommt nie wieder vor!", und „Mach schon mal alles fertig! Ich bin gleich unten!"
Standardfloskeln aus seinem über Jahre hinweg einstudierten Ich-bin-der-Staatsmann-Klaus-Theaterprogramm.

Sie deckte die Salatschüssel mit widerspenstiger Frischhaltefolie ab und stellte sie in den Kühlschrank. Danach machte sie sich an das Dressing. Ihr Blick fiel aus dem Fenster. Draußen war alles ruhig. Zu ruhig.
Der Schnee lag wie eine ärztlich verordnete Narkose auf dem parkähnlich angelegten Garten mit seinen Büschen, Stauden, blattlosen Bäumen und ausladenden Rasenflächen und versetzte alles in einen tiefen, wehrlosen Schlaf. Von ihrem Standort aus konnte sie einen Teil der Auffahrt und den Dachfirst der wuchtigen Dreifachgarage sehen. Gleißende, sich in die Dunkelheit bohrende Doppellichtkegel sah sie nicht.

✳✳✳

Der Schnittlauch war noch im Keller. Sie stieg die hölzerne Wendeltreppe hinab. Unten öffnete sie die Tür zum Vorratsraum, schaltete das Licht ein und steuerte geradewegs auf die große Gefriertruhe zu, auf deren Deckel die kleinen Plastiktöpfchen mit dem Lauch standen. Es war kühl hier unter dem Haus, das Klaus vor zehn Jahren von dem Erbe seiner verstorbenen Eltern erstanden hatte. Kühl und ein wenig feucht. Wie in einer Gruft. War nicht das ganze verdammte Haus eine?
Es roch nach Heizöl. Und das, obwohl sich der Tank drei Räume weiter befand.

Plötzlich zuckte Theresa zusammen. War da ein Geräusch gewesen? Sie lauschte. Nur die fast schon unheimliche Stille war zu vernehmen. Das Geräusch war eindeutig von außerhalb des Vorratskellers gekommen, da war sie sich sicher.
„Klaus, bist du es?"
Keine Antwort. Ihre eigene Stimme kam ihr fremd und unheimlich vor, und der kalte Widerhall verstärkte ihr plötzliches Gefühl von Angst und innerer Unruhe. Der Lauch und sämtliche Weihnachtsvorbereitungen waren auf einmal wie aus ihrem Bewusstsein radiert. Hatte sie sich das Geräusch vielleicht nur eingebildet?

Während Theresa bemerkte, dass sie leicht zu zittern begonnen hatte, suchte sie nach einer Waffe, fand im Regal neben der Kühltruhe jedoch nur Konservendosen und Einmachgläser mit Birnen und Mirabellen. Tausend wirre Gedanken surrten ihr wie ein Schwarm aufgeschreckter Schmeißfliegen durch den Kopf.
„Hallo, Klaus, bist du das? Sag doch was!"

Erneut bekam sie keine Antwort. Nichts schien sich, außer ihrem Herzen und dem unendlichen Blutstrom in ihrem Körper, in der Villa zu regen.
Doch das ließ Theresa noch immer nicht aufatmen. Unter dem Regal mit den Lebensmittelvorräten entdeckte sie schließlich einen alten Besenstiel. Sie bückte sich danach, ergriff ihn, richtete sich auf und merkte mit einem Schlag nichts mehr.

Ihr Körper sackte in sich zusammen und fiel auf den gefliesten Kellerboden.

***

Als sie erwachte, lag sie auf ihrem Bett im fast dunklen Schlafzimmer. Das Deckenlicht war ausgeschaltet, und es roch nach Jasmin und Lavendel. Auf dem Fensterbrett stand eine Duftlampe mit einem Teelicht. Ruhige Schatten tanzten, angeregt durch die Wärme der Heizung, an den Wänden. Theresa fühlte sich angenehm leicht. Ein Lächeln lag auf ihrem Gesicht.
In diesem Moment wurde die Schlafzimmertür langsam geöffnet, und ein Mann kam herein. An seinen Umrissen erkannte sie, dass es Klaus sein musste. Er schritt langsam auf das Bett zu. Jetzt erst sah Theresa, dass er ein Tablett mit Tee und Plätzchen in seinen Händen hielt.
Spritzgebäck!

Er stellte das Tablett vorsichtig auf das Nachttischchen. Anschließend schob er Theresas Decke ein wenig zur Seite und setzte sich behutsam auf den Rand des Bettes. Seine linke Hand legte sich zärtlich auf ihre Hände, die gefaltet auf dem Bauch lagen.

„Hallo, mein Engel", flüsterte der Mann kaum hörbar. „Geht es dir besser?"
Das Licht im Schlafzimmer war so dämmrig, dass Theresa das Gesicht des Mannes kaum erkennen konnte. Sie spürte jedoch seine Wärme, und ein Gefühl aus Liebe und Glück durchströmte ihren Körper.
„Was ist denn passiert?", brachte sie leise hervor.
Doch er legte ihr nur einen Finger auf den Mund.
„Nicht sprechen, mein Engel. Nicht sprechen."

***

Klaus drückte um zwanzig vor acht auf die Fernbedienung des Garagentores, und als dieses ganz geöffnet war, beförderte er seinen leise vor sich hin schnurrenden Jaguar zurück in dessen Körbchen.
Er war genervt, ausgepowert und hungrig. Hoffentlich hat Teresa wenigstens das Essen fertig, dachte er. Klaus verließ die Garage, und das Tor schloss sich wieder wie von Geisterhand. Er lief über den schmalen Kiesweg zum Haus, die Hände tief in seinen Manteltaschen vergraben.
In der Küche brannte Licht, alle anderen Fenster waren dunkel. Da fiel ihm plötzlich der Weihnachtsbaum ein, den er jetzt wahrscheinlich auch noch aufstellen musste, und seine Miene wurde eine Spur finsterer.

Er schloss die Haustür auf, trat ein und schaltete das Dielenlicht ein. Sofort umgab ihn der Geruch von Tannengrün, Duftkerzen und verbrannten Plätzchen. Von der Haustür aus konnte Klaus durch den Flur bis ins unbeleuchtete Wohnzimmer schauen.
Ha, dachte er grinsend. Dort steht er ja. Und gar nicht mal so schlecht geschmückt. Zumindest wirkte der Christbaum

im Halbdunkeln so. Auch wenn er nur halbherzig und ohne Liebe von Theresa hergerichtet worden wäre, hätte es Klaus nur wenig interessiert. Das Wichtigste war, dass er nichts mehr zu tun brauchte. Seine Züge entspannten sich ein wenig.

„Bin zu Hause, Schatz!"

Er machte erst gar nicht die Anstalten, die verschlossene Küchentür zu öffnen, hinter der er Theresa vermutete. Stattdessen betrat er direkt die Treppe, die ihn rauf in den ersten Stock bringen sollte.

„Sorry, Schatz! Ist ein bisschen später geworden! Kommt ganz bestimmt nie wieder vor! Aber glaub mir, es war nicht meine Schuld!"

Und fast oben: „Du, der Mayer aus Berlin hat mich doch tatsächlich noch gegen halb sieben im Büro angerufen, damit ich ihm die Abrechnungskalkulationen des letzten Quartals rüber maile! Dieses alte Arschloch! Und dann tut er auch noch so, als sei heute ein ganz normaler Arbeitstag! Urlaub hätte ich, hab ich ihm gesagt, doch er meinte nur, dass er das kenne und hat gelacht! Schönen Tag gehabt, Schatz? Ich bin gleich unten! Mach mich nur noch mal rasch ein wenig frisch! Bereite doch schon mal alles vor!"

Er verschloss die Badezimmertür, zog zum zweiten Mal binnen weniger Stunden seine Kleider aus und sprang unter die Dusche, um sich den verräterischen Duft seines selbst ausgesuchten Vorweihnachtsgeschenkes vom Körper zu waschen.

***

Theresa schloss die Augen und genoss die Berührungen seiner Finger auf ihren Lippen. Danach richtete er sich auf und griff nach der Teetasse.

„Du musst dich aufsetzen, mein Engel. Dann kannst du besser trinken."

Theresa beugte ihren Oberkörper nach vorne, und der Mann legte ihr ein Kissen in den Rücken. Anschließend reichte er ihr die Tasse.

„Vorsichtig, ist noch heiß! Musst ganz langsam trinken."

Sie setzte die Tasse an den Mund und trank in kleinen, behutsamen Schlucken. Der Mann saß nun wieder aufrecht und ruhig auf der Bettkante. Seine linke Hand lag auf ihrem Bauch, seine Augen schienen sie förmlich zu streicheln. Der Tee war warm, süß und wohltuend.

„Weißt du eigentlich, wie schön du bist, mein Engel? Ich kann noch immer nicht glauben, dass ich mit dir zusammenleben darf."

Jetzt war es Theresa, die ihren Finger auf die Lippen des Mannes legte.

„Psst, du Dummkopf. Psssst."

Sie schloss erneut die Augen und war so glücklich wie noch nie zuvor in ihrem Leben. Sie fühlte sich frei wie ein Vogel, der nach einem schönen, warmen Sommertag mit sanft schlagenden Flügeln über das ruhige Meer direkt in einen dunkelroten Sonnenuntergang schwebte. Sie hörte die Wellen, roch das Salz und spürte den Wind in ihren Haaren.

„Ich liebe dich, mein Engel", flüsterte er.

„Ich liebe dich auch."

***

Er hatte geduscht und sich umgezogen. Langsam ging es ihm wieder besser. Nach seinem pikant delikaten Nachmittagsausflug hatte er nun Hunger wie ein Bär, und fröhlich pfeifend kämmte er sich sein Haar. Er sah auf die Uhr und stellte ohne schlechtes Gewissen fest, dass es bereits halb neun war. Theresa würde sicherlich verärgert sein, doch wann war sie das nicht? Wenn er ihr erst einmal das neue Diamanthalsband geschenkt hatte, würde sie sich wohl schon wieder beruhigen.

Scheinbar unbewusst glitten die Finger seiner rechten Hand in die Innentasche des Jacketts, wo sie aufatmend die kleine Schmuckschatulle berührten, die er erst wenige Stunden zuvor erstanden hatte. Sein männliches Schuldbewusstsein wurde im Keim erstickt, und er löschte das Badezimmerlicht.

Auf der Treppe rief er:

„Schatz, ich wäre soweit! Können wir anfangen?"

Er erhielt keine Antwort. Die Diele war menschenleer, das Wohnzimmer noch immer abgedunkelt, die Küchentür verschlossen. Und in der Luft lag der Geruch von verbranntem Spritzgebäck.

„Was veranstaltest du denn da drinnen? Bist du beim Kochen eingeschlafen oder schämst du dich, weil die Kekse wieder einmal verkohlt sind?" Er lachte schallend und öffnete die Küchentür.

„So viel Besonderes gibt es bei Steaks doch gar nicht ..."

Er stockte und blieb wie angewurzelt stehen. Die Küche war leer. Auf der Anrichte lagen vier Steaks auf einem Holzbrett.

„Theresa?"

Er ging zurück in die Diele, lauschte und stellte fest, dass nur das monotone Ticken der Freiburger Kuckucksuhr aus dem Wohnzimmer zu hören war.

„Theresa!"

Klaus runzelte die Stirn. Er betrat das Wohnzimmer und schaltete das Licht ein. Der Weihnachtsbaum wirkte wie eine stumme Anklage. Schweigend, drohend und ... wunderschön geschmückt.

„Schätzchen, wo bist du denn?"

Klaus überlegte. Oben konnte sie nicht sein, denn von dort war er ja eben gekommen. Im Erdgeschoss befand sich neben dem riesigen Wohn-Esszimmer, der Diele und der Küche nur noch das Gäste-WC. Doch auch hier war Theresa nicht zu finden. Klaus bekam langsam ein mulmiges Gefühl in der Magengegend. Als er jedoch die Kellertür öffnete und das Licht unten im Gang sah, schämte er sich auch schon fast wieder dafür.

„Sag mal, kannst du nicht antworten, wenn ich dich rufe? Was machst du denn da unten?"

***

Sie waren eine Einheit. Ein Körper, ein Geist, eine Seele. Der jaulend tosende Seewind schlug ihnen hart und zärtlich zugleich ins gischtnasse, strahlende Gesicht. Ihre Augen teilten geschlossen die Eindrücke der erlebten, geliebten Sonne. Ihre ineinander gewundenen, verwunschenen Hände wirkten wie gefesselt, als sie der gemeinsamen, ewigen Unendlichkeit entgegenflogen.

***

Sie öffnete die Augen und sah ihn wie einen Schatten im Türrahmen stehen.

„Klaus?"

Doch der Mann antwortete nicht. Er drehte sich stattdessen nur wortlos um, hob eine Hand zum Gruß und verschwand.

„Klaus, bleib bei mir!"

Theresa sprang aus dem Bett, rannte zur Tür und blickte hinaus in den Flur. Doch der war leer. Von dem Mann – von ihrem Mann – war nichts zu sehen.

„Klaus?" Ihr Ruf verhallte in dem großen, leeren Haus. Sie stürmte zur Treppe, stolperte die Stufen hinunter und erreichte schwer atmend die Diele. Und dann sah sie ins Wohnzimmer. Vorsichtig setzte sie einen Fuß vor den anderen, und als sie die mit Decken und Tüchern verhüllten Möbel registrierte, den fingerdicken Staub auf dem Boden bemerkte und die ungewöhnliche Kälte wahrnahm, wusste sie, dass sie nicht nur alleine war, sondern dass in diesem Haus schon lange niemand mehr wirklich gelebt und geliebt hatte.

***

Klaus stieg die Wendeltreppe hinab. Er roch Heizöl und bemerkte das Licht im Vorratskeller.

„Hallo?"

Langsam spürte er Wut in sich aufkeimen. Wäre er doch bloß bei Valerie in ihrem sündigen, warmen Bett geblieben, anstatt sich wieder mit den Marotten seiner frigiden Frau herumzuärgern, die schon vor Jahren jegliche Sinnlichkeit und Erotik für ihn verloren hatte. Wie hätte er mit diesem wilden Ding den Heiligen Abend und die Heilige Nacht genießen können.

Immer und immer wieder.

78

„So langsam reicht`s mir, ehrlich! Jetzt hör endlich mit dem Scheiß auf!"

Im Vorratskeller herrschte ein heilloses Durcheinander. Es schien fast so, als hätte dort ein Kampf stattgefunden. Überall lagen Konservendosen und zerbrochene Einmachgläser herum. Auf den weißen Fliesen schwammen Birnen, Mirabellen und Zimtstangen in vereinigten, blutigen Saftlachen. Es roch würzig, süßlich und irgendwie klebrig. Aus dem Holzregal neben der Truhe war ein Ablagebrett herausgebrochen. Es lag nass, tot und irgendwie völlig fehl am Platz zwischen den konservierten Lebensmitteln auf dem Boden.
Sein Blick fiel auf einen Zettel, der, scheinbar mit Bleistift geschrieben, unter einem Plastiktöpfchen mit Schnittlauch lag. Er bahnte sich verwirrt einen Weg über das Schlachtfeld der Genüsse und erreichte schließlich die Kühltruhe.

**

Der Jaguar war ihnen in einem Waldstück entgegengekommen. Theresa hatte ihn an seinen Doppelscheinwerfern sofort erkannt. Als er vorbeigefahren war, murmelte der Taxifahrer:
„Haben Sie den tollen Wagen gesehen? Solche Menschen sind echt zu beneiden."
Doch nach einem Blick in den Rückspiegel erkannte er, dass die elegante Dame, die ihn mit zwei riesigen Koffern schon am Gartentor empfangen hatte, allem Anschein nach nicht an einer Konversation interessiert war.
Und er tat recht daran, zu schweigen.

Theresa hing ihren Gedanken nach. Ihre Augen waren geschlossen, ihre Gesichtszüge entspannt.

Die rechte Hand betastete die schmerzende Stelle an ihrem
Hinterkopf, wo sie mit voller Wucht gegen das Regalbrett
im Vorratskeller gestoßen war. Und sie lächelte, während
sie an den Traum und die aus ihm resultierende Entscheidung dachte.

***

Der Zettel glitt Klaus aus den Fingern und segelte fast
schon anmutig und gelassen zu Boden, um in einer Lache
aus klebriger Süße zu landen. Sofort sog sich das Papier mit
Flüssigkeit voll, und nach wenigen Augenblicken war der
Zettel so durchtränkt, dass Theresas Nachricht nicht einmal
mehr zu erahnen war. Doch Klaus hatte sie gelesen – und er
hatte sie verstanden.

*„Verzeih' mir die Unordnung, Schatz. Kommt ganz be-
stimmt nie wieder vor."*

Gut angekommen

Bernd fluchte. Er war viel zu spät dran, und der Lastwagen kroch nun schon seit einer gefühlten Ewigkeit auf der schmalen, kurvenreichen Straße vor ihm her.

„Das gibt es doch gar nicht!", rief er wütend, nachdem er nach links ausgeschert war und wegen eines entgegenkommenden Autos direkt wieder zurück in seine eigene Spur musste.

Es war acht Minuten vor sieben. Er hatte also nicht mehr viel Zeit, um die restlichen fünf Kilometer hinter sich zu bringen, zur Fabrikhalle zu laufen und seine Karte abzustempeln. Wenn es ihm nicht bald gelänge, diesen dämlichen Milchtransporter zu überholen, würde er es definitiv nicht mehr rechtzeitig zur Arbeit schaffen. Das wäre an sich kein Problem, wenn er nicht während der letzten zwei Wochen schon dreimal zu spät gekommen wäre.

Bernd zog sein Handy aus der Tasche und begann damit, seiner Frau Doris eine SMS zu schreiben. Es war ein liebgewonnenes Ritual zwischen ihnen, dass sie sich gegenseitig Kurznachrichten schickten, wenn sie mit dem Wagen unterwegs und gut am Zielort angekommen waren.

Nachdem er die Nachricht getippt hatte, sah er auf die Uhr. Es war vier Minuten vor sieben. Bernd dachte daran, wie er gleich auf dem Firmengelände direkt aus dem Auto springen müsste, um zur Stechuhr zu hetzen. Da hatte er nicht mehr viel Zeit, Doris die Nachricht zu schicken. Außerdem waren es nur noch drei Kilometer bis zur Fabrik. Da würde wohl nicht mehr viel passieren.

Bernd aktivierte die Sendefunktion, und ein akustisches Signal verriet ihm, dass die Nachricht bei seiner Frau angekommen war. Danach legte er das Handy neben sich auf den Beifahrersitz und versuchte einen erneuten Überholversuch. Er scherte vorsichtig aus und stellte fest, dass die Straße frei und kein Gegenverkehr zu sehen war. Er gab Gas. Der alte BMW beschleunigte, und als Bernd den Wagen vor der Zugmaschine des Lasters wieder zurück auf seine Fahrbahn lenkte, stand die Tachonadel bei fast 100 Stundenkilometern.

„Wer sagt's denn?", murmelte er zufrieden und beschleunigte abermals. Nachdem er durch eine langgezogene Linkskurve gefahren war, bemerkte Bernd plötzlich einen Trecker, der etwa 50 Meter vor ihm von rechts aus einem Feldweg kam. Er trat das Bremspedal hart durch und registrierte unbewusst, dass der BMW nicht langsamer wurde. Bernd schrie auf, als er die Heckleuchten des Treckers unaufhaltsam auf sich zurasen sah. Verzweifelt riss er das Lenkrad herum. Der Wagen brach nach rechts aus, schoss über den schmalen Grünstreifen, jagte auf dem Radweg am Trecker vorbei und prallte anschließend ungebremst frontal mit so unglaublicher Wucht krachend gegen eine Eiche, dass Bernd auf der Stelle tot war.

***

Doris kam lächelnd aus dem Bad, als sie ihr Handy hörte. Sie nahm es vom Nachttisch und las die Nachricht ihres Mannes.

„Hallo Mäuschen. Bin gut angekommen. Freue mich auf heute Abend. Mach dir einen schönen Tag. Du bist mein Leben. Ich liebe dich, Bernd."

Sie ließ sich auf die Bettkannte sinken und legte eine Hand auf ihren Bauch. Dann kam ihr ein Gedanke, und sie atmete erleichtert auf. Anschließend schrieb sie ihrem Mann eine Nachricht zurück.

„Hallo mein Schatz. Schön, dass du gut angekommen bist. Ich konnte dir gestern Abend nach dem Tennis nicht mehr sagen, dass da was mit den Bremsen nicht in Ordnung ist. Du hast ja schon geschlafen. Und eben bist du ganz leise vor mir aufgestanden, um mich nicht zu wecken. Das war total süß von dir. Hatte das Gefühl, als ob die Bremsen zwischendurch nicht richtig funktionieren. Vielleicht kannst du mit dem Wagen in der Mittagspause zur Werkstatt fahren. Ich will nicht, dass dir was passiert. Ich freue mich, dass es dir gut geht. Heute Abend machen wir es uns gemütlich. Und ich habe eine Überraschung für dich. Ich muss dir nämlich was sagen, was dich bestimmt sehr freuen wird. Ich liebe dich und kann mir ein Leben ohne dich gar nicht mehr vorstellen. Deine Doris.“

Die Achterbahn

Es ist immer dasselbe, dachte Roeland. Da befindet man sich innerhalb der hermetisch abgeriegelten Umzäunung eines Freizeitparks, innerhalb der sterilen Begrenzung eines Märchen- und Fantasielandes, und schon verlässt der eigene Geist die Realität. Alles Negative wird für eine gewisse Zeit peinlich genau und radikal aus dem Bewusstsein radiert, verbannt, weggebombt. Und übrig bleibt ein seichtes, betäubendes, naives Gefühl kindlicher Glückseligkeit.

Er schnippte seine Kippe auf den Gehweg und fing sich direkt den bitterbösen Blick eines adrett gekleideten Parkbesuchers ein, der mit seiner Frau und seinen zwei wohlerzogen Kindern samt geliehenem Picknick-Bollerwagen mit buntem *„Fun & Action Park"* - Emblem an ihm vorbeizog. Entschuldige, du Schleimscheißer. Habe ich dir zu viel Realität und Elend in deine gemietete Traum- und Entspannzeit geworfen?

Roeland verabscheute diese oberflächlichen und scheinbar so abgeklärten Menschen ob ihrer bewussten Gedankenlosigkeit. Doch er brauchte sie auch, denn schließlich verschaffte ihm ihre selbst gewählte Blindheit ein ganz passables Zubrot. Ein Zubrot, welches er immer dringender nötig hatte. Nicht nur wegen seiner Kokainabhängigkeit.

Er war am Ende, und er wusste es. Ein Junkie in zerrissenen Jeans und verschlissener Lederjacke. Ein überschuldeter Allerweltshasser mit Alpträumen, Erektionsproblemen und Amokambitionen. Einer, der täglich Goethes Faust las, obschon er ihn auswendig kannte und insgeheim überhaupt nicht mochte. Ein Verächter der menschlichen Seele mit attestierter Beziehungsunfähigkeit.

Vor wenigen Tagen hatte er bereits zum dritten Mal in diesem Jahr einen Job verloren – und es war erst August.
„Herr Schirmer, Sie haben ein augenscheinliches Disziplinproblem", hatte ihm sein Vorgesetzter verärgert entgegengeschmettert. „Auch wenn Sie hier in der Abteilung die besten Ergebnisse einfahren und die meisten Abschlüsse erzielen, können wir Ihre Unpünktlichkeit und Ihre unentschuldigten Fehlzeiten dennoch nicht mehr länger hinnehmen. Es tut uns sehr leid."

Roeland hatte als überdurchschnittlich intelligenter und zugleich extrem introvertierter Abbrecher des Studienganges BWL zuletzt für eine Zeitarbeitsfirma Handyverträge in einem Call-Center an den Mann gebracht. Und das mit Erfolg. Er hatte stets die Fähigkeit besessen, sich binnen Sekunden in die Psyche eines anderen Menschen hineinzuversetzen, ihn völlig zu durchleuchten und zu analysieren, wobei es völlig unerheblich war, ob er der Person direkt gegenüberstand oder sie nur am Telefon hatte.
Diese Fähigkeit, andere Menschen wie Glasobjekte zu durchschauen und ihre innersten Gedanken, Gefühlsregungen und Ängste zu erkennen, hatte er bereits als kleiner Junge gehabt. Er hatte stets gewusst, dass seine Mutter ihn belog, wenn sie ihm mit geröteten Augen erklärte, dass es ihr gut gehe. Er hatte gewusst, dass sie log, wenn sie ihm versicherte, dass sie mit dem Saufen aufhören würde. Er hatte gewusst, dass sie die Unwahrheit sagte, wenn sie nach einer weiteren Prügelnacht versprach, seinen Vater noch am selben Tag zu verlassen. Er hatte gewusst, dass dieser log,

wenn er ihm versprach, dass er sich ändern und Mama und ihn nie mehr schlagen und anfassen würde.

Und er hatte lange ganz genau gewusst, dass seine Mutter irgendwann den Schritt gehen würde, den sie schließlich am Tag vor seinem 13. Geburtstag gegangen war.

Trotz dieses Wissens hatte er sie nicht aufhalten, nicht davon abhalten können, sich vor einen Güterzug zu werfen. Und diese Unfähigkeit, dieses Versäumnis und diese Schuld quälten ihn seitdem wie ein bösartiger Tumor, der sich in seinem Schädel eingenistet hatte. In den letzten Monaten hatte Roeland dabei permanent das Gefühl gehabt, dass sich dieses dumpf pochende und garstige Ding in seinem Kopf immer schneller und schneller ausbreitete, um irgendwann sein Gehirn vollständig zu verdrängen oder gänzlich zu zerstören.

***

Er beobachtete die Familie nun schon seit einigen Minuten. Die Eltern waren der Traum eines jeden Diebes: Überfordert, gereizt, übermüdet und genervt. Die drei Kinder waren aber auch besonders grenzwertig. Das hatte Roeland bereits nach wenigen Momenten begriffen. Ständig zogen und zerrten sie an Mamas Pullover und wollten da rein oder dort hin. Und dann waren da die kulinarischen Verlockungen an jeder Ecke, und Eis und Zuckerwatte wirkten natürlich verführerischer als klamme Butterbrote und Paprikastreifen aus der Tupperware-Dose.

Papi hielt sich aus alledem geschickt heraus. Er watschelte entgeistert mit dem typisch männlichen Sie-wollte unbedingt-drei-Blagen-und-jetzt-soll-sie-damit-auch-fertig-werden-Blick fünf Meter vor seiner Sippe her, um dann und wann mit seiner neuen digitalen Spiegelreflexkamera bunte Sehenswürdigkeiten abzuschießen. Vor allem, wenn diese aus schönen Brüsten oder langen Beinen bestanden. Und dass er schließlich zielsicher auf eine freie Bierzeltgarnitur eines Hamburger-Imbisses zusteuerte, lag auch mehr an seinem eigenen Hunger als an dem kreischenden „Pommes! Pommes!"- Gezeter seiner Bälger.

Zwanzig Sekunden später hockte er bereits schnaufend auf einer Bank, während seine Frau verzweifelt versuchte, den Sportwagen inclusive der 2-Jährigen durch die engen Bank- und Tischreihen zu zwängen. Als die aus sämtlichen Fugen geratene Trude irgendwann auch mal saß und die Kleinen sich darum stritten, wer wo sitzen dürfe, fragte das Familienoberhaupt auch direkt, ob sie denn auch das Menü Nr. 8 haben wolle. Natürlich wusste die schwitzende Trude in diesem Moment nicht, was sie auf den Teller bekam, wenn sie Menü Nr. 8 bestellte. Deshalb verlangte sie auch erst einmal die Karte, die ihr von ihrem inzwischen wieder hypergenervt dreinschauenden Göttergatten ziemlich widerwillig herübergereicht wurde.

Roeland zündete sich eine weitere Zigarette an, inhalierte tief und war für einige Augenblicke tatsächlich in der Lage, das kuriose Schauspiel zu genießen. Es durfte ja mal gestattet sein, dass Arbeit hin und wieder auch Spaß machte.

Trude nahm natürlich auch Menü Nr. 8, obschon sie trotz intensiven Kartenstudiums nicht die geringste Ahnung hatte, was sich hinter diesem Mahl verbarg. Vorsorglich bestellte sie aber schon mal Remoulade dazu. Schließlich aß sie alles mit Remoulade. Sogar Kirschkuchen und Erbsen-suppe.

Ihr ebenfalls kräftig aus dem Leim gegangener Hannes stand auf und steckte sich sein ausgewaschenes Hemd in die ausgebeulte Bundfaltenjeanshose. Danach tastete er nach dem Tragegurt seiner Kamera und schwang diese un-geschickt um seinen Kopf herum, um sie anschließend auf dem Holztisch abzulegen. Er griff sich an die abgewetzte Gesäßtasche und lieferte Roeland zu der teuren Digitalka-mera noch einen weiteren respektablen Grund für sein Vor-haben. Hannes kramte seine Geldbörse heraus, entnahm ihr einen Zwanziger und einen Zehner und legte das Portmonee neben seine Spiegelreflex. Und dann machte er sich mit lächerlich eingezogenem Bauch und Don-Johnson-Gedächtnis-Lächeln auf den Weg ins Innere des Hambur-ger-Shops.

Roeland witterte seine Chance. Er zertrat die Zigarette und erhob sich gemächlich von der Bank. Konzentriert ließ er seinen Blick über das Gesamtgeschehen um sich herum wandern.

Er schätzte die Aufmerksamkeit von Trude und die des Kerls am Nachbartisch ein. Und schließlich setzte er sich in Bewegung und rechnete sich im Kopf bereits aus, wieviel Geld er für die Kamera bekommen und wie gut ihm das davon besorgte Kokain am Abend tun würde.

Am Abend, wenn es darum ging, der Dunkelheit, den Ängsten und der dauernden Erniedrigung durch sich selbst für ein paar Stunden zu entkommen.

Trude fütterte die Kleinste mit einem Plastiklöffel. Zuvor hatte sie ihre Handtasche mit einem Tempo zu säubern ver-sucht, nachdem sich der halbe Inhalt der Dose mit dem Zu-

ckerpudding gleichmäßig über Schlüsselbund, Kugelschrei-
ber, Handy, Deoroller, Damenbinden, Eintrittskarten und
Papiertaschentücher verteilt hatte. Ihre Finger klebten
fürchterlich, sie musste zur Toilette, und ihre Haare hingen
ihr feucht und ungepflegt in die Stirn. Sie fühlte sich un-
wohl, dick und unattraktiv und nahm angewidert den Geruch ihrer nassen Achseln wahr. Der Anblick einiger junger
Frauen, die in knappen und modischen Sommeroutfits zwei
Tische entfernt etwas zu laut lachten, kicherten und mit
geschminkten Lippen an ihren Zigaretten zogen, ließ sie
innerlich noch kleiner und verzweifelter werden. Die beiden Großen hampelten aufgedreht und hungrig auf ihrer
Bierzeltbank, die jeden Moment umzukippen drohte. Und
dann hustete die Kleine plötzlich, und Trude war blind. Sie
fingerte, über und über mit Pudding bekleckert, nach einem
weiteren Tempo und versuchte mit zusammengekniffenen
Augen, ihr Gesicht von der klebrigen Pampe zu befreien.

„Mama, der Typ hat Papas Sachen genommen! Darf der
das?"
Als Mama die Augen öffnete, sah sie nur einen jungen
Mann in Bluejeans und Lederjacke davoneilen. Sie war zu
geschockt, um irgendetwas zu sagen, und als sie begriffen
hatte, was geschehen war, konnte sie den Dieb in der Men-
schenmenge bereits nicht mehr erkennen.

∗∗∗

Roeland zwang sich dazu, langsamer zu laufen. Er beruhig-
te seinen Atem, und als er den Ausgang erreichte, hatte er
sich fast schon wieder vollständig unter Kontrolle. Alles
hatte perfekt geklappt, und er lächelte siegessicher. Das
Geld des Idioten, sicherlich mehr als 150 Euro, steckte in

seiner Jeans. Das Portmonee hatte er in ein Gebüsch geworfen. Er wollte gerade durch das Drehkreuz, als er draußen
vor dem Eingang zwei Sicherheitsleute mit Funkgeräten
bemerkte. Die beiden Männer beobachteten aufmerksam
jeden Gast, der den Park durch den Ausgang verließ.

Roeland hielt inne und bückte sich, um sich die Schuhe zu
binden. Hockend ließ er seinen Blick durch den Eingangsbereich wandern. Die zwei Security-Männer hatten ihn
noch nicht entdeckt, und hinter ihm im Park war kein weiteres Personal zu sehen. In diesem Moment registrierte er das
WC-Gebäude, richtete sich auf und wollte gerade losgehen,
als er die Stimme hörte.
„Hallo, Sie da vorne! Würden Sie bitte einmal zu uns
kommen?"

$$***$$

Während Ingo, einer der beiden Security-Männer, in sein
Funkgerät brüllte, hechtete sein Kollege Tim mit einem
Satz über das Drehkreuz, um den Flüchtigen zu verfolgen.
Dieser war unglaublich schnell, fast schon wie ein Sprinter
bei einem 100-Meter-Lauf.
Tim war zwar sportlich, doch er trug diese blaue, viel zu
enge Uniform, mit der er sich noch nie richtig hatte bewegen können. Der Typ baute seinen Vorsprung rasch aus. Im
Rennen hielt sich Tim das Funkgerät an den Mund und
keuchte atemlos hinein:
„Rosenbacher hier! Verfolge den Kerl! Er läuft vom Eingang Richtung Sektor B! Brauche Verstärkung! Müsste
gleich beim Speed-Tower sein! Brauche dringend Verstärkung!"

$$***$$

Roeland schnaufte, und er spürte, wie ihn langsam die Kräfte verließen. Sein Atem kam rasselnd, sein Hemd klebte ihm am Körper, die Kamera, die er sich wie ein gemeiner Parkbesucher um den Hals gehängt hatte, schlug bei jedem Schritt wild gegen seine rechte Seite.

Überall fragende, ausweichende Blicke und Menschen. Er stieß einen Luftballonverkäufer zur Seite und sprang über ein Kind, welches auf der Erde saß und eine heruntergefallene Eiskugel mit einem Holzstück zurück in die Waffel zu befördern versuchte. Vorbei am Hot-Dog-Stand und an passiv stumpfen Besucherschlangen, die darauf warteten, in 3D-Kinos, Raumschiffsimulatoren, Wildwasserbahnen oder ähnliche Attraktionen eingelassen zu werden.

Irgendwann sah er sie von vorne kommen. Drei Männer, von denen einer mit seinem muskulösen Arm auf ihn zeigte. Roeland bog scharf nach links ab.

Er bemerkte zu spät, dass er sich selbst in eine Falle manövriert hatte, denn er befand sich auf einmal in einem durch Stangen und Absperrseile begrenzten Wartebereich. Noch wusste er nicht, um was für eine Attraktion es sich handelte, doch schien sie nicht sonderlich überlaufen zu sein, denn gerade passierte er das „Noch fünf Minuten Wartezeit"-Schild, ohne auch nur einen einzigen anderen Gast gesehen zu haben.

Er rannte weiter, hechtete über etliche Eisenbügel und schleuderte dabei irgendwann unbewusst die Kamera irgendwohin ins Nichts. Dann streifte er sich im Laufen die billige Jacke von den verschwitzten Schultern, raste um eine Ecke und befand sich plötzlich im Abfahrtsbereich einer Achterbahn. Er knüllte seine Lederjacke zu einem feuchten Klumpen zusammen und ließ sie unbemerkt in einen Mülleimer fallen.

Obschon er auf dem Weg hierher keine Menschenseele gesehen hatte, drängten sich die Besucher in diesem Bereich nun dicht an dicht. Gerade fuhr die Bahn mit ihren zehn bis zwölf Einzelwagen ein. Ein pfeifendes Bremsgeräusch ertönte, und die Sicherheitsbügel wurden geöffnet. Mädchen, Jungen, Männer und Frauen strömten aus den kleinen Wagen, und Mädchen, Jungen, Männer und Frauen strömten wieder hinein.

Roeland zitterte vor Erschöpfung und sah, dass im vordersten Wagen nur ein kleiner Junge mit einer riesigen blauen Sportkappe saß. Ihm kam eine Idee, und er drängelte sich an einigen Besuchern vorbei.

„Sorry, aber da vorne sitzt mein Sohn. Ich müsste mal eben durch."

Als er den Wagen erreicht hatte, schwang er sich direkt hinein. Er holte tief Luft und schenkte dem Kleinen ein breites Lächeln.

„Darf ich?"

Der Junge sah ihn an und meinte:

„Wenn du willst. Aber nur, wenn du auch mitschreist, wenn es in den Looping geht."

„Klar!", keuchte Roeland außer Atem. „Kannst dich drauf verlassen."

„Schreist du auch wirklich? Du bist doch schon ein Mann."

Roeland wandte sich dem Kind zu, während sein Blick die Umgebung scannte. In diesem Augenblick erschienen fünf Männer im Wartebereich. Roeland erkannte in einem von ihnen den Ordner wieder, der ihn zuallererst verfolgt hatte. Er zog die Schultern ein und ließ sich tiefer in seinen Sitz sinken.

„Hallo?"

Roeland erschrak.

„Was denn?"

Der Junge sah ihn mit großen Augen an.

„Ich sagte, du bist doch schon ein Mann. Du kannst doch gar nicht schreien."

Roeland bemühte sich um ein Lächeln.

„Und wie ich schreien kann. Aber sag mal, darf ich deine Mütze aufsetzen? Die sieht total cool aus."

Der Kleine grinste stolz.

„Klaro! Musst aber aufpassen, dass sie dir während der Fahrt nicht runterfällt."

***

Tim stand mitten unter den wartenden Fahrgästen und versuchte, in jedes einzelne Gesicht zu schauen. Doch so sehr er sich auch bemühte, er konnte den Gesuchten nicht entdecken. Nirgends ein Typ mit Lederjacke und Fotokamera. Nirgends ein Mann mit keuchendem Atem oder nervösem Blick.

Die Sicherheitsbügel der Achterbahnwagen senkten sich langsam mit einem Zischen. Tim erinnerte sich daran, dass ihm ein Parktechniker einmal verraten hatte, dass dieses Geräusch lediglich ein akustischer Effekt war, um die Spannung und die Aufmerksamkeit der Menschen zu steigern. Rein technisch gesehen war das Geräusch eine reine Spielerei und folglich völlig ohne Bedeutung.

Angestellte des Freizeitparks gingen von Fahrgast zu Fahrgast und überprüften die Bügel auf Stabilität und korrekten Sicherheitsabstand zu den Passagieren. Während seine Kollegen, die den Flüchtigen nie genau gesehen hatten, noch immer scheinbar unschlüssig Löcher in die Luft starrten, entschied sich Tim dazu, die Bahn, die sich jeden Moment in Bewegung setzen würde, einmal komplett zu inspizieren. Er kämpfte sich einen Weg durch die Menschen, erntete da und dort unfreundliche Blicke und gelangte schließlich zum letzten Wagen, in dem eine recht attraktive Frau mit einem jungen Mädchen saß. Danach lief er die einzelnen Wagen der Reihe nach ab und betrachtete sich alle Insassen sehr genau.

Keiner der Angeschauten ähnelte dem Dieb auch nur im Entferntesten.

Er war gerade am ersten Wagen angekommen, in ihm saß ein junger Vater mit T-Shirt und blauer Baseball-Kappe in Begleitung seines etwa 10-jährigen Sohnes, als der Achterbahn-Zug langsam anfuhr. Tim stieß geräuschvoll die Luft aus und schüttelte den Kopf. Doch als er ein weiteres Mal seinen Blick auf den Mann im ersten Wagen richtete, stockte ihm der Atem. Denn jetzt erkannte Tim, dass das Gesicht des jungen Vaters völlig verschwitzt war und dass der Ausdruck in seinen Augen keine Vorfreude oder Spannung signalisierte, sondern Angst und Panik.

Tim drehte sich blitzschnell herum und rief dem Parkbediensteten in seinem Technikhäuschen etwas zu. Doch dieser zuckte nur hilflos mit den Schultern, während der letzte Wagen mit der hübschen Frau bereits die Wartehalle verließ.

***

Der Junge neben Roeland strahlte übers ganze Gesicht und hielt sich mit seinen Händen am Schutzbügel fest. Sie befanden sich mitten in der Anfahrt zum höchsten Punkt der Achterbahn, und Roeland zitterte wie Espenlaub. Er wusste nicht, ob es die ersten Entzugserscheinungen vom Kokain, die luftige Höhe oder die Tatsache war, dass der Sicherheitsmensch ihn vorhin so seltsam angestarrt hatte. Er versuchte gleichmäßig zu atmen, doch es wollte ihm einfach nicht gelingen.

Hatte der Typ ihn erkannt? War seine lächerliche Tarnung aufgeflogen?

Nur noch wenige Augenblicke, dann würden sie den Scheitelpunkt erreicht haben. Dann würde es im Sturzflug, wie im freien Fall zwei Minuten lang mit einer Geschwindigkeit von mehr als neunzig Stundenkilometern durch geneigte Kurven, Tunnel und drei große Looping-Schleifen gehen. Bis die Bahn in einem unterirdischen schwarzen Loch binnen zwei Sekunden auf Schrittgeschwindigkeit abgebremst würde. Und danach wäre da wieder der Wartebereich mit den Security-Männern, den Funkgeräten und den unweigerlichen Konsequenzen seines Tuns.

***

Tim winkte seine Kollegen zu sich heran. Einer von ihnen hielt eine alte Lederjacke in den Händen, ein anderer die inzwischen aufgefundene Spiegelreflex des Parkbesuchers.

„Ich glaube, wir haben ihn", sagte Tim. „Er sitzt im ersten Wagen, trägt eine blaue Schirmmütze und hat einen Jungen bei sich."

Ingo, ein massiger Riese mit rötlichem Backenbart und feistem Gesichtsausdruck, rieb sich genüsslich die Pranken.

„Na super! Dann soll das Schwein die Fahrt mal genießen, bevor wir ihn uns krallen. Weglaufen kann er ja zum Glück nicht."

***

Der Zug schien oben, am Ende der steilen Auffahrt, für einen magischen Moment lang still zu stehen. Roeland sah nach unten und bemerkte, wie klein alles unter ihm war. Der Wind wehte ihm kühl ins Gesicht, und er begann zu frieren. Wie in Zeitlupe kroch der erste Wagen schneckengleich weiter. Zentimeter um Zentimeter. Endlich senkte sich die Schnauze, um bebend und krachend in der Schienenführung in die Tiefe und zugleich in den Abgrund zu rasen.

Roeland stürzte in ein Meer voller Farben, Geräusche und Gefühle. Er schloss die Augen und hörte den Jungen neben sich lustvoll schreien. Er konnte gar nicht anders, als auch mitzuschreien. Doch er schrie nicht vor Begeisterung. Er schrie, weil er in diesem Augenblick eine so große und wahre Angst empfand, wie er sie noch nie zuvor in seinem Leben gefühlt hatte.

***

Plötzlich waren da die Schmerzen. Endlose und nicht enden wollende Schmerzen, während er das Getöse und Dröhnen des Zuges vernahm. Und von einer Sekunde auf die andere waren da auch wieder die Bilder, vor denen er sein ganzes Leben stets nur davongelaufen war.

Immer wieder diese Demütigungen, diese Schläge, diese dunklen Nächte, in denen sein Vater zu ihm ins Bett gekommen war. Nach Alkohol stinkend und mit groben Händen, die gierig über seinen Körper fuhren. Und anschließend diese Stille, die nur durch das unregelmäßige Schnarchen des Monsters unterbrochen wurde.

Morgen würde er der Nachbarin wieder eine Lügengeschichte erzählen müssen. Eine ähnliche Geschichte, wie
sie seine Mutter auch immer allen erzählte.

„Ich bin aber auch ungeschickt. Habe die Schranktür aufge-
lassen und bin beim Rumdrehen voll mit dem Kopf dagegen. Mein Dieter hat sich ganz rührend um mich geküm-
mert. Hat auch bei meinem Chef auf der Arbeit angerufen
und mich krankgemeldet. Ich bin aber auch ein Dummer-
chen."

Und anschließend wäre da die Flasche im Putzschrank, hinter dem Plastikeimer. Die Flasche, deren Inhalt ihm zumindest für ein, zwei Stunden Wärme und Geborgenheit schenken würde. Die Flasche, die seiner Mutter auch immer wieder Wärme und Geborgenheit schenkte.

***

Die Schienen und der Zug vibrieren unter den Füßen, und
er sieht sie auf den Gleisen stehen. Allein, verlassen und
einsam. Sie trägt das neue Kleid, das sie sich extra für seinen morgigen Geburtstag gekauft hat. Seinen 13. Geburtstag, zu dem sie auch Tante Helene und Onkel Roman eingeladen hat.

Ob er wohl dieses tolle Fahrrad von Quelle bekommt, welches im Katalog so jugendlich und groß aussah? Vater hat
gesagt, das sei viel zu teuer, doch Mama meinte, es würde
schon irgendwie gehen.

***

Es war nicht gegangen. Wie immer.

„Na und, was ist schon dabei?", hatte sein Vater gefragt. „Hatte halt Pech. Und dabei lief es die erste Zeit richtig gut. Doch dann kam der Ossi mit seiner angeberischen Sonnenbrille. Dachte auch wohl, er sei was Besseres. Na ja, danach ist es halt nicht mehr so gut gelaufen. Hab ihm direkt gesagt, dass er bescheiße. Dass er die Karten irgendwie markiert oder ausgetauscht hat, als ich auf dem Klo war, oder so. Wollte mir eine ballern, aber die anderen sind gleich dazwischen. Ich sag dir: Die hätten ihn ruhig loslassen können. Ich hätte ihm seine schwule Sonnenbrille in den breiten Arsch geschoben."

***

Und Roeland ruft und winkt, während er verzweifelt versucht, den Zug anzuhalten. Ihn zum Stehen zu bringen. Wem könnte es auch sonst gelingen, wenn nicht ihm? Schließlich ist er der Lokführer. Schließlich ist er es, der da mit 80 Tonnen Stahl auf seine eigene Mutter zurast. Schließlich ist er es, der die Macht hat, diese eiserne Bestie zu zähmen, um somit das Einzige zu retten und zu bewahren, das ihm im Leben etwas bedeutet.
Wie klein und verlassen sie aussieht. Und ihr Kleid wirkt an ihrem dünnen Körper wie ein Fremdkörper. Wie das Kleid einer ganz anderen Frau. Einer Fremden. Es scheint fast so, als hätte sie es sich nur geborgt, um es für einen Tag zu tragen. Für seinen Geburtstag. Sie schaut wie gebannt und hypnotisiert in seine Richtung, während sie mitten auf den Schienen steht und das Kleid um ihre Beine schlottert.

***

Er hört das Schreien des Jungen neben sich wie aus weiter Ferne. Es klingt glücklich und befreiend, während die Bahn immer schneller und schneller zu werden scheint.

**

Der Zug donnert wie eine Urgewalt über die Schienen. Funken sprühen, und Kinderaugen begreifen nicht, was sie gerade sehen. Noch 250 Meter. Und noch immer steht sie mitten auf den Gleisen.

„Mama! Mama!"

Roeland bekommt kaum noch Luft, und sie schaut genau in seine Richtung. Sie kann ihn nicht hören, und er schlägt seinen Kopf aus Verzweiflung gegen eine Seitenscheibe der Lok. Es ist ihm egal, dass ihm Blut übers Gesicht läuft, in seine Augen rinnt, sein T-Shirt beschmutzt.

Ihm ist alles egal. Das Fahrrad, sein Geburtstag und die Angst, die er letzte Nacht hatte, als er seinen Vater besoffen im Wohnzimmer randalieren hörte. Wenn sie ihn doch nur hören, nur sehen könnte. Vielleicht ließe sich das Unausweichliche dann noch verhindern.

**

Sie ist innerlich völlig ruhig und gefasst und denkt an ihn. Seine erwartungsvollen Augen, sein kindliches Gemüt und sein fast schon erwachsenes Einfühlungsvermögen.
Und sie schämt sich.
Schämt sich, weil sie ihm nie eine gute Mutter hatte sein können, nie die Kraft gehabt hatte, ihm eine schöne, sor-

genfreie Kindheit zu schenken. Sie konnte ihm ja nicht einmal ein beschissenes Fahrrad kaufen.

Ihre Beine beginnen leicht zu zittern, als die Bahn direkt auf sie zukommt. Jetzt sind da plötzlich ein lautes, durchdringendes Warnsignal und knirschende Bremsen zu hören, und sie meint sogar, eine Gestalt hinter der Scheibe der Lok zu sehen.

Es können keine 150 Meter mehr sein. Keine sechs Sekunden, bis sie der stählerne Koloss erfassen und zermalmen wird.

***

Sie schließt die Augen und denkt an den Brief, den sie ihrem Sohn unter das Kopfkissen gelegt hat. Er wird sie verstehen. Er muss sie ganz einfach verstehen. Wenn einer nachvollziehen kann, warum sie das hier tut, dann doch wohl er. Er hat schließlich alles mitbekommen.

Die ganzen Jahre.

Und auf einmal spürt sie eine Welle aus Liebe und Wärme durch ihren Körper rasen und sieht sein kleines, junges Gesicht direkt vor sich.

Es wird ihm besser gehen bei Tante Helene und Onkel Roman. Und er wird ohne Schläge und ohne Schmerzen nachts ins Bett gehen können, und dann wird sie wieder ganz nah bei ihm sein.

Noch drei Sekunden.

Der Signalton droht ihre Trommelfelle zu zerfetzen. Die brauch ich jetzt auch nicht mehr, denkt sie, und plötzlich ist da das Gesicht des Lokführers. Sie traut ihren Augen kaum, als ihr klar wird, dass es nicht irgendein Fremder ist, der aus der Frontscheibe starrt, den Zug führt und jetzt gerade auf sie zurast, sondern ihr eigener Sohn.

Ihr Roeland.

Er trägt eine blaue Baseball-Kappe, sein Gesicht ist blutverschmiert und wirkt ängstlich und panisch.

„Mach dir keine Sorgen, mein Junge. Es ist richtig, wie es ist."

Sie hebt die Hand zum Gruß und formt die Lippen zu einem Kussmund.

„Ich liebe dich."

Und endlich reißt sie eine unglaubliche Kraft, eine fast überirdische Macht davon. Sie spürt weder Schmerzen noch Angst, und als sie wenige Augenblicke später, eingehüllt in Krach und Staub, auf grauem Kies liegt, sieht sie den Zug in einiger Entfernung langsam zum Stehen kommen. Sie sieht, wie Roeland mit seiner blauen Mütze aus der Lok springt und entlang der Bahn auf sie zu gerannt kommt.
Sie lächelt, schließt die Augen und wartet einfach nur darauf, dass er sie endlich wieder in seine Arme schließt. Und sie spürt in dieser Sekunde, dass sie die richtige Entscheidung getroffen hat.

***

Er strahlte, während ein Looping den anderen jagte. Er tastete nach seiner Mütze, und da fiel ihm ein, dass er sie ja dem seltsamen Mann neben sich geliehen hatte. Dem seltsamen Mann, der die ganze Zeit nur geschrien und „Mama! Mama!" gebrüllt hatte. Aber das war nicht sein Problem. Er wusste nämlich nicht, wann er das letzte Mal so glücklich gewesen war. Er dachte an seine eigene Mutter, die, hätte sie ihn sehen können, sicherlich mächtig stolz auf ihn gewesen wäre.

Auf einmal ging ein Ruck durch die Wagen, die Räder quietschten, und der dunkle Tunnel kam in Sicht. Und schon fuhr die Bahn langsam durch die Finsternis, und alle Leute klatschten und grölten, und der Klang der begeisterten Stimmen hallte von allen Seiten wider.

***

Tims Haltung versteifte sich, als er die Achterbahn mit den lachenden und sichtlich vergnügten Fahrgästen um die Ecke kommen sah. Die Finger umschlossen das Funkgerät, und seine Atmung setzte für einen Moment aus. Mit starrem Blick fixierte er den Mann mit der blauen Kappe, der zusammengesunken und vornübergebeugt neben dem kleinen Jungen im ersten Wagen saß.

Irgendetwas schien mit dem Kerl ganz und gar nicht in Ordnung zu sein.

Nachdem die Bahn angehalten hatte, bewegten sich die Sicherheitsbügel zischend in die Höhe, und der Junge sprang, nachdem er dem Mann die Mütze vom Kopf genommen hatte, gemeinsam mit allen anderen Fahrgästen lächelnd und mit einem leuchtenden Feuer in den Augen auf.

„Hast du das gesehen?", rief er einem Parkmitarbeiter zu. „Ich bin ganz alleine Achterbahn gefahren, und es war gar nicht schlimm. Das muss ich meiner Mami erzählen. Ich war sogar tapferer als der Erwachsene neben mir. Der hat die ganze Zeit wie irre geschrien. Ich glaube, der hatte richtig Schiss."

Tim beobachtete den jungen Mann, der noch immer auf seinem Platz saß und keine Anstalten machte, den Kopf zu heben oder aufzustehen.
Tim trat an den Wagen heran. In diesem Augenblick hob der Verdächtige den Kopf ein wenig, und Tim erschrak.
Das Gesicht des Fremden war blutverschmiert, und an der Stirn klaffte eine hässliche Wunde. Er hatte die Augen geschlossen und zitterte am ganzen Körper. Insgesamt wirkte das Konterfei des Mannes wie eine Maske des Leidens, des Schreckens und der Angst.

Ingo kam mit seinem roten Backenbart neben Tim und warf einen verächtlichen Blick auf den seltsamen Fahrgast.
„Dem hat der Trip wohl nicht so toll gefallen, hä? Was ist mit ihm los? Warum blutet der denn?"
„Ich weiß es nicht", antwortete Tim verwirrt. „Aber es scheint ihm nicht gut zu gehen."

Er beugte sich zu Roeland hinunter und legte ihm eine Hand auf den Arm. In dem Moment, in dem er den Fremden berührte, fuhr dieser zusammen, riss die Augen auf und starrte ihn erschrocken und wie im Fieberwahn an.
„Alles okay", beeilte sich Tim zu sagen und zog seine Hand rasch wieder zurück. „Alles okay, ich tue Ihnen nichts."

Ingo verlagerte sein Gewicht ungeduldig von einem Bein auf das andere, während er beobachtete, wie langsam Unruhe unter den übrigen Sicherheitsleuten und den wartenden Fahrgästen entstand.

„Was ist jetzt?", donnerte er schließlich. „Holen wir das Arschloch da jetzt raus?"

Tim schaute noch immer wie gebannt abwechselnd auf das blutige Gesicht und die fiebrigen Augen des Mannes, die durch ihn hindurch in endlose Weiten und zugleich ins absolute Nichts zu starren schienen. Er hatte in seinem ganzen Leben noch nie einen Menschen gesehen, der mehr Schmerzen, mehr Qualen und mehr Angst ausstrahlte als der Mann vor ihm, und es war ihm in diesem Moment, als klammere sich eine eisige Klaue um sein Herz, um es langsam zu zerdrücken. Er schnappte nach Luft, griff sich an die Brust und musste sich konzentrieren, um nicht, einem unbekannten und mächtigen Gefühl folgend, einfach loszuheulen.

„Hey, Tim!", unterbrach Ingo seine Gedanken und Empfindungen. „Was ist?"

Tim erhob sich langsam, ohne Roeland auch nur einen Wimpernschlag lang aus den Augen zu lassen. Dann drehte er sich zu Ingo und den übrigen Sicherheitsleuten um.

„Holt ihn vorsichtig aus dem Wagen und bringt ihn zu unseren Sanitätern."

„Abgemacht!", erwiderte Ingo grinsend. „Und anschließend rufen wir die Bullen und übergeben ihnen den Penner."

Tim hob den Blick.

„Das werdet ihr nicht tun."

Ingo kratzte sich am Bart und wirkte mehr als irritiert.

„Hä? Verstehe ich nicht."

Tim hockte sich wieder neben Roeland und griff vorsichtig nach dessen rechter Hand, die eiskalt und zugleich schweißnass war.

„Was gibt es denn daran nicht zu verstehen?", fragte er irgendwann in Ingos Richtung. „Das ist nicht der Gesuchte.

Ich habe mich geirrt. Es handelt sich hier lediglich um einen normalen Parkbesucher, der unsere Hilfe braucht."

Etwas vergessen?

Nachdem er die Wagentür hinter sich geschlossen hatte, griff er in seine rechte Jackentasche und zog die Marlboro-Packung hervor. Er steckte sich eine Zigarette zwischen die Lippen, zündete sie an, nahm einen tiefen Zug und blies den Rauch genüsslich gen Autohimmel.

„Scheiße, war das geil", flüsterte er anschließend zufrieden, um daraufhin den Motor zu starten. Er wollte gerade rückwärts aus der Parklücke fahren, als er plötzlich innehielt und mit dem Fuß kräftig auf die Bremse trat. Mit einer raschen Bewegung ließ er seine Hand erneut in die rechte Jackentasche schnellen, dann in die linke.
„Das kann doch nicht sein!", keuchte er verärgert und schaltete den Motor wieder aus. „Das gibt es doch gar nicht."

Er öffnete die Tür, stieg aus und durchsuchte alle Taschen und Fächer seiner Jacke. Dass es leicht zu regnen begonnen hatte, registrierte er nicht.
Nachdem er davon überzeugt war, dass sich sein neues Handy, das er erst kürzlich von seiner Frau zum 8. Hochzeitstag geschenkt bekommen hatte, nicht in der Jacke befand, begann er damit, den Fahrersitz, den Fußraum und sämtliche Ablagefächer und Zwischenräume des Autos abzusuchen. Nach einigen Minuten ließ er sich frustriert und entmutigt in die Polster sinken.

„Scheiße!", brüllte er lautstark und schlug dabei gegen das Lenkrad. „Scheiße, Scheiße, Scheiße!"

***

Er knallte die Tür zu, verschloss sie und machte sich durch den mittlerweile stärker gewordenen Regen auf, um zu dem grauen Hochhaus zurückzukehren, das er noch vor zehn Minuten als völlig sorgloser Mann verlassen hatte. Im Hauseingang stellte er sich vor die etwa 50 Klingeln, überflog die Namensschildchen und überlegte fieberhaft, wie er an sein Mobiltelefon gelangen sollte, das sich augenscheinlich noch in der Wohnung der Person befand, von der er nicht einmal den Vornamen, geschweige denn den Nachnamen kannte.

Er hatte sie vor zwei Stunden im Sportclub kennengelernt, mit ihr eine Cola getrunken und sie anschließend in seinem Wagen nach Hause gefahren. In ihrer Wohnung war es direkt zum Sex gekommen, der kurz, wortlos und völlig unromantisch gewesen war. Anschließend hatte er sich angezogen, um sich nach einer gemeinsam gerauchten Zigarette und einer flüchtigen Verabschiedung auf den Heimweg zu begeben.

Er war sich völlig sicher, dass er sein Handy oben in der Wohnung noch gehabt hatte; schließlich hatte er es vor seinem amourösen Abenteuer extra auf lautlos gestellt, um nicht durch etwaige Anrufe gestört zu werden.

Er ging sämtliche Namen mehrfach durch, während seine innere Unruhe von Sekunde zu Sekunde wuchs. Er brauchte das Handy unbedingt zurück, denn in ihm waren nicht nur private und geschäftliche Telefonnummern und Informationen gespeichert, sondern unter *Zuhause* auch seine persönliche Festnetznummer. Nicht auszudenken, wenn seine Affäre von vorhin das Handy fand und bei dem Versuch, ihn über diese Nummer zu erreichen, seine Frau ans Telefon bekam.

Nach reiflicher Überlegung drückte er auf mehrere Schellen gleichzeitig, um zumindest die Möglichkeit zu bekommen, ins Haus zu gelangen. Einen Augenblick später vernahm er die krächzende Stimme eines Mannes aus dem Lautsprecher der Gegensprechanlage.
„Hallo?"
„Guten Abend. Wären Sie wohl so freundlich, mir zu öffnen? Ich habe ein Geburtstagsgeschenk für eine Freundin von mir, und ich würde es ihr gerne als Überraschung vor die Wohnungstür legen, ohne dass sie was merkt."
Der Türöffner begann lautstark zu summen, und zwei Sekunden später befand er sich im dunklen Treppenhaus, in dem es nach Putzmittel und gekochtem Essen roch.

Er betätigte den Lichtschalter und inspizierte die lange Reihe von Briefkästen. Und wieder sagten ihm die mehr als vier Dutzend Hausnamen nicht das Geringste.

Er erinnerte sich daran, dass er mit der Kleinen im Aufzug nach oben gefahren war. Er hatte wegen der Tatsache, dass das erotische Vorspiel ihres gemeinsamen Miteinanders bereits im Fahrstuhl begonnen hatte, jedoch nicht mitbekommen, in welcher Etage sie ausgestiegen waren oder wie lange die Fahrt gedauert hatte.

Gut, dachte er. Die ersten zwei bis drei Etagen kann man wohl ausschließen. Fange ich halt einfach im obersten Stockwerk an und arbeite mich dann von Tür zu Tür.

Er drückte den Knopf am Aufzug, betrat die Kabine und fuhr bis in den 10. Stock hinauf. Dort schritt er in den Flur, hielt kurz inne, erinnerte sich vage daran, dass die Wohnungstür auf der linken Seite gewesen war und fing an, an sämtlichen in Frage kommenden Wohnungen zu klingeln.

***

Knapp eine dreiviertel Stunde später stand er rauchend und völlig entgeistert neben seinem Wagen, während ihm das Regenwasser unablässig in den Nacken tropfte und den Rücken hinablief.

Er hatte es an jeder erdenklichen Tür versucht, mit vielen überraschten Bewohnern gesprochen und letztlich keinen Erfolg gehabt. Die Kleine schien wie vom Erdboden verschluckt zu sein. Es gab in sämtlichen Stockwerken zudem nicht eine Person, die sich überhaupt daran erinnern konnte, die süße Blondine jemals im Haus gesehen zu haben.

Es hatte immer wieder Momente gegeben, in denen er sich fast sicher gewesen war, vor der richtigen Tür zu stehen, doch entweder hatte ihm nach dem Klopfen und Klingeln niemand geöffnet, oder die Mieter hatten ihn rasch auf den Boden der Tatsachen zurückgeholt. Irgendwann hatte er, nachdem er sich die Namen und Wohnungsnummern notiert hatte, wo ihm nicht geöffnet worden war, frustriert aufgegeben und war aus dem Haus hinaus in den strömenden Regen gelaufen. Er konnte sich die Sache nur so erklären, dass seine Affäre kurz nach ihm die Wohnung verlassen hatte und sie sich irgendwo in dem großen Haus verpasst hatten. Er beschloss, am nächsten Tag noch einmal zurückzukommen, um es bei den notierten Wohnungen zu versuchen.

Er warf die Kippe in eine Pfütze, stieg in seinen Wagen, startete den Motor, setzte rückwärts aus der Parklücke und fuhr nach Hause – genervt, stocksauer und von einem unfassbar schlechten Gewissen geplagt.

***

Niedergeschlagen betrat er die Wohnung und stellte die Sporttasche unter die Garderobe. Noch bevor er seine nasse Jacke aufhängen konnte, öffnete sich die Küchentür, und seine Frau Eva streckte den Kopf zu ihm heraus.
„Hallo Aaron. Kommst du mal?"
„Darf ich mich erst noch ausziehen?"
„Nein, ich möchte, dass du die Jacke anlässt."

Er spürte, wie sich sein Pulsschlag beschleunigte. Der leicht aggressive Tonfall und der angespannte Gesichtsausdruck seiner Frau hatten nichts Gutes zu bedeuten; das hatte er während der letzten Jahre gelernt.
Er betrat die kleine Küche. Eva stand gegen die Arbeitsplatte gelehnt, beide Hände ruhten auf ihrem gewaltigen Bauch. In weniger als einem Monat würde sie ihr erstes gemeinsames Kind zur Welt bringen.

„Setz dich!"
Aaron zog sich gehorsam einen Stuhl heran.
„Ist alles in Ordnung, Schatz?" Seine Stimme klang weitaus weniger selbstsicher, als er es beabsichtigt hatte. Seine Frau zog die Stirn in Falten.
„Wo kommst du so spät her?"
Aaron räusperte sich und blickte zu Boden.
„Vom Sport. Ich habe beim Training zwei alte Bekannte getroffen und nachher mit ihnen noch was getrunken."

„Und warum hast du nicht wenigstens mal angerufen?"
Er hob den Kopf und sah seiner Frau direkt in die Augen.
„Nicht dran gedacht, sorry."
„Schade", meinte sie. „Ich habe mir Sorgen gemacht."
„Nun bin ich ja wieder da."
Seine Frau nickte gedankenverloren, während sie anfing,
sich über den Bauch zu streichen. Insgesamt wirkte sie mü-
de, gereizt und abgespannt.

„Vermisst du nicht irgendwas?"
Aarons Augen weiteten sich.
„Bitte?"
„Es würde mich interessieren, ob du nicht irgendwas ver-
misst. Etwas, das sich eigentlich in deiner Jacke befinden
sollte."
Aaron errötete, und in diesem Augenblick verlor er schlag-
artig alle Hoffnung darauf, sein Geheimnis vor seiner Frau
geheim halten zu können. Das seltsame Verhalten von Eva
konnte nur bedeuten, dass sich die Blondine aus dem
Hochhaus in der Zwischenzeit telefonisch bei ihr gemeldet
und von dem Seitensprung erzählt hatte.
„Ich weiß nicht, was du meinst."
„Schau doch mal in deiner Jacke nach."
Halbherzig griff er nacheinander in die verschiedenen Taschen und bemühte sich dabei um ein halbherziges Lächeln.
„Ich habe keine Ahnung, was du von mir willst, aber soweit
habe ich alles dabei."
„Wirklich? Nun, ich würde wetten, dass dir was fehlt. Et-
was sehr Wichtiges."

Aaron ließ den Blick wieder sinken, und er spürte, dass es
jetzt vielleicht an der Zeit war, seiner Frau die ganze Ge-

schichte zu erzählen – zumal sie sicherlich sowieso schon über sämtliche Informationen verfügte.

„Schatz, lass es mich erklären. Es ist nicht so, wie du denkst."

Seine Frau sah ihn abwartend, lauernd und ein wenig skeptisch an.

„Da bin ich jetzt aber mal gespannt."

Aaron wand sich auf seinem Stuhl hin und her, suchte nach den richtigen Worten und sagte schließlich kleinlaut:

„Es war ein Ausrutscher, eine einmalige Sache."

Die Augen seiner Frau verengten sich zu schmalen Schlitzen, während sich in ihren Gesichtszügen Ungläubigkeit und Verunsicherung widerspiegelten.

„Ein Ausrutscher? Was soll das heißen?"

„Das soll heißen, dass es eine einmalige Sache war. Ein kleines Abenteuer ohne größere Bedeutung. Glaube mir, es ging nur um Sex – niemals um Gefühle."

„Es ging nur um Sex?", stotterte sie, während sich ihre Körperhaltung versteifte.

„Richtig!", antwortete Aaron. „Und dann habe ich halt mein Handy bei ihr vergessen. Aber ich schwöre, dass ich diese Frau niemals mehr wiedersehen werde. Ich kenne nicht einmal ihren Namen."

Eva schüttelte langsam den Kopf, während ihr Tränen in die Augen traten.

„Pack deine Sachen und verschwinde."

Sie drehte sich um, öffnete eine Schublade und holte ein kleines ledernes Mäppchen heraus, welches sie anschließend vor Aaron auf den Tisch warf.

„Und nimm gefälligst deine Ausweise und den Führerschein mit. Nicht, dass du die Sachen wieder hier vergisst."

Die Gratifikation

Frank betrat sein Büro, zog die Jacke aus und hängte sie, einer alten Gewohnheit folgend, über die Rückenlehne des Schreibtischstuhls. Dann setzte er sich, griff nach dem Telefonhörer und wählte die Kurzwahlnummer seiner Sekretärin.

„Ja, Herr Nietsch?", meldete sich die ihm nur zu gut bekannte Frauenstimme. „Was kann ich für Sie tun?"
„Bringen Sie Kaffee", erwiderte Frank knapp und legte auf.
Vier Minuten später wurde die Tür geöffnet, und Angelika Koch, eine kompakt wirkende Mittvierzigerin in Hosenanzug und flachen, äußerst unansehnlichen Sandaletten, betrat den Raum. In ihren Händen hielt sie ein Tablett mit einer kleinen Kaffeekanne, einer Tasse und etwas Gebäck.
„Auf den Tisch?", fragte sie und wies mit dem Kinn in Richtung der Sitzecke.
„Nein! Ich möchte, dass Sie mir das Gebräu über die Computertastatur kippen", antwortete Frank herablassend und übellaunig und richtete seine Aufmerksamkeit wieder auf den Artikel im Wirtschaftsteil der Tageszeitung, den er soeben zu lesen begonnen hatte.
Die Sekretärin stellte das Tablett ab und verließ das Büro, ohne auch nur den Anflug eines Dankes oder eines freundlichen Wortes von ihrem Vorgesetzten bekommen zu haben.

Frank öffnete eine Schreibtischschublade, holte ein Päckchen Kopfschmerztabletten heraus, warf sich zwei Pillen in den Mund und spülte sie mit etwas Wasser aus der Evian-Flasche herunter, die er stets neben seinem Schreibtisch stehen hatte und die er regelmäßig mit Leitungswasser wieder auffüllte. Danach erhob er sich, schlich zur Sitzecke und ließ sich mit der Zeitung auf der Couch nieder. Er warf sie neben das Tablett, lehnte sich zurück, legte den schmerzenden Kopf auf die weichen Lederpolster und schloss die Augen.

Verdammte Sauferei, dachte er, während er sich die Schläfen massierte.

In diesem Augenblick klingelte sein Telefon.

„Scheiße!", stieß er wütend hervor, quälte sich wieder aus dem Sofa heraus und ging zum Schreibtisch zurück.

„Ja?"

„Herr Nietsch, ich habe Herrn Durant in der Leitung."

Frank schnaufte verdrießlich.

„Stellen Sie durch!"

Es knackte, und Frank fragte sich nicht zum ersten Mal, warum es im Zeitalter von Internet und digitaler Datenübertragung noch Geräusche geben musste, wenn die Koch ein Gespräch zu ihm durchstellte.

„Hallo?"

„Frank? Schön, dass ich Sie erreiche."

Durants Deutsch klang wie immer geschäftsmäßig, professionell und ohne den geringsten französischen Akzent.

„Bonjour, Pierre", erwiderte Frank. „Wie ist das Wetter in Paris? Steht der Eiffelturm noch?"

Durant lachte.

„Ich bin mir nicht sicher, Frank. Wir haben hier ziemlich dichten Nebel. Wenn ich aus dem Fenster sehe, kann ich nicht einmal die Seine erkennen, was sehr verwunderlich ist, wenn man bedenkt, dass sie keine 50 Meter an unserem Gebäude vorbeifließt. Wie geht es Ihnen?"

Frank verdrehte die Augen. Er mochte die Art, wie sein oberster Chef den weltweit agierenden Konzern leitete, der als einer der größten Entwickler, Hersteller und Lieferanten von Flugzeugturbinen galt und seit acht Jahren sogar an der Börse notiert war, aber er hasste seine stets zur Schau gestellte Freundlichkeit und Offenheit.

„Großartig", meinte er und zwang sich zu einem lockeren Ton. „Wenn man von der winzigen Tatsache absieht, dass sich mein Kopf anfühlt, als stecke er gerade in einem Schraubstock."

„Oh", ertönte die Stimme Durants. „Da kenne ich ein gutes Hausmittel: Schwarzen Kaffee mit Zitronensaft. Schmeckt nicht wirklich, wirkt aber binnen Minuten."

„Danke für den Tipp, Pierre. Werde ich gleich mal ausprobieren."

„Machen Sie das, Frank", flötete Durant. „Doch nun zu meinem eigentlichen Anliegen. Ich wollte mich dafür entschuldigen, dass ich Samstag nicht zu Ihrer Jubiläumsfeier kommen konnte."

„Seien Sie froh. Es reicht, dass ich einen Brummschädel habe."

„Brumm…schädel?", fragte Durant irritiert.

„Pardon", beeilte sich Frank zu antworten. „So sagt man bei uns, wenn man Kopfschmerzen hat."

„Ach so", erwiderte Durant und lachte erneut. „Doch wohl nicht immer noch von Samstag, oder?"

„Wissen Sie, ich komme langsam in ein Alter, in dem sich eine zünftige Party erst zwei Tage später rächt. Gestern ging es mir noch hervorragend."

„Sie Armer! Auf jeden Fall wäre ich wirklich gerne bei Ihnen gewesen, doch ich war leider geschäftlich verhindert. Haben Sie die angekündigte Gratifikation denn schon erhalten?"

Frank langte nach der Wasserflasche, klemmte sie sich zwischen die Knie und begann damit, sie mit einer Hand zu öffnen.

„Gratifikation? Ah, die Sonderzuwendung? Nein. Ist noch nicht bei mir angekommen."

„Verstehe ich nicht." Es entstand eine kurze Pause. „Das kann nicht sein, Frank. Mir wurde versichert, dass sie spätestens heute in Ihrer Post sein würde."

„In meiner Post?", fragte Frank verwundert und trank einen Schluck Wasser. „Da habe ich heute noch gar nicht reingesehen. Bin aber auch erst seit einer Viertelstunde im Büro."

„Dann sollten Sie das mal schnellstens nachholen", sagte Durant freundlich. „Vielleicht macht das Ihre Kopfschmerzen ein wenig erträglicher."

„Werde ich tun, Pierre. Vielen Dank."

„Kein Problem. Sie müssen wissen, dass wir hier große Stücke auf Sie halten. Sie haben der Firma während der letzten 25 Jahre wirklich außerordentlich gute Dienste geleistet."

„Freut mich, dass Sie das so sehen, Pierre", entgegnete Frank und stellte die Flasche wieder auf den Boden. „Ich arbeite auch in der Tat sehr gerne für Sie."

„So mag ich meine Mitarbeiter. Gut, dann lasse ich Sie jetzt mal mit Ihrem … Brummschädel und Ihrem kleinen Präsent alleine. Ich freue mich schon auf unser nächstes Zusammentreffen."

„Ich mich auch, Pierre. Und nochmals vielen Dank. Au revoir!"

„Au revoir, Monsieur Frank."

***

Er drückte den Kurzwahlknopf, und eine Sekunde später meldete sich Angelika Koch.

„Ja, Herr Nietsch?"

„Ich vermisse meine Post. Kann es sein, dass die noch bei Ihnen ist?"

„Nein, Herr Nietsch. Ich habe sie Ihnen bereits vor einer Stunde auf den Schreibtisch gelegt."

„Dann ist gut."

„Brauchen Sie sonst noch etwas, Herr Nietsch?"

„Nein!"

***

Frank griff nach den säuberlich geordneten Briefen und Schriftstücken, die er in der Tat bisher übersehen hatte, und ging sie der Reihe nach durch. Schließlich atmete er erleichtert auf, als er den Umschlag der Geschäftsführung erkannte. Er öffnete ihn erwartungsvoll, griff hinein und holte den Scheck mit geschlossenen Augen heraus. Dann lehnte er sich ein wenig zurück, öffnete die Lider und ... erstarrte.

Die Summe ließ ihn am ganzen Körper erzittern. Frank wischte sich ungläubig übers Gesicht. Und noch bevor sich sein Verstand um emotionale Schadensbegrenzung bemühen konnte, übermannte ihn eine lodernde, brennende und nie gekannte Wut. Ohne großartig darüber nachzudenken, nahm er den Scheck in beide Hände und zerriss ihn in unzählig viele kleine Papierfetzen.

***

Eine Stunde später stand er am Fenster und betrachtete den träge dahinfließenden Main. Die Kopfschmerzen quälten ihn noch immer, sie hatten ihn jedoch nicht davon abgehalten, sich einen großen Schluck aus der Whiskey-Flasche zu genehmigen, die er für besondere Anlässe in seinem Büro deponiert hatte.

Was für ein Arschloch, dachte Frank mit grimmiger Miene, während er den Rest seines Drinks hinunterkippte. Was für ein elender Schleimer. Da schuftet man sich ein Vierteljahrhundert den Buckel krumm, verzichtet jahrelang auf Urlaub, jettet wie ein Wahnsinniger permanent von einem Ort der Welt zum anderen, sammelt tausende von Überstunden, verschafft dem Konzern Millionengewinne und wird am Ende mit einer beleidigenden Almosen-Gratifikation abgespeist.

„Aber ohne mich", murmelte er schließlich beschwörend, während er sich ein weiteres Glas einschenkte und seinem eigenen Spiegelbild in der Fensterscheibe zuprostete.

„Ohne mich!"

Er setzte sich an den Schreibtisch, fuhr seinen Computer hoch und befand sich eine Minute später in dem geschützten Bereich, der nur den wichtigsten Mitarbeitern des Konzerns vorbehalten war. Hier ließ sich mit ein wenig Erfahrung und Geduld alles finden, was das kleine Imperium im Innersten zusammenhielt – und unter Umständen auch zusammenbrechen lassen konnte.

***

Gegen Mittag wusste Frank, was er zu tun hatte. Während sich die Whiskey-Flasche zusehends leerte, er hatte seiner Sekretärin aufgetragen, ihn bis auf Weiteres nicht zu stören und auch keine Anrufe zu ihm durchzustellen, hatte er sämtliche ihm zugänglichen virtuellen Ebenen des internen Konzernbereiches gesichtet.

118

Er war lange genug im Geschäft, um zu wissen, wie er der Firma am nachhaltigsten schaden konnte. Ihm war bewusst, wie sensibel manche der Geschäftspartner auf die kleinsten Verzögerungen und Gerüchte reagierten – vor allem, wenn diese sich auf bereits bestellte Produkte bezogen. Und er wusste außerdem, wie schnell sowohl die Presse als auch die Börse auf Meldungen von betriebsinternen Schwierigkeiten reagierten.

Frank war seit Wochen bekannt, dass es gravierende Probleme mit der neuesten Turbinengeneration im Bereich der Luftstrahltriebwerke gab. Es hatte sich während der letzten Testreihen und Erprobungsversuche gezeigt, dass es immer häufiger zu Schwierigkeiten bei der Kühlung der Brennkammern gekommen war. Da man weltweit wettbewerbsfähig bleiben wollte, versprach man der Öffentlichkeit und den Vertragspartnern höhere Turbinen- und somit Triebwerkleistungen bei geringerer Treibstoffzufuhr. Dieses Vorhaben führte jedoch dazu, dass die Temperaturen in den Brennkammern während unzähliger Probeläufe unglücklicherweise so extrem angestiegen waren, dass die Kühlung nicht mehr ordnungsgemäß funktioniert hatte und die Turbinen den Wissenschaftlern und Technikern regelrecht um die Ohren geflogen waren. Sollten die Medien von diesen konzerninternen Vorkommnissen Wind bekommen, konnten diese eine für die Firma katastrophale Kettenreaktion heraufbeschwören.

Frank lächelte herablassend, und wenige Sekunden später begann er damit, seine Finger über die Computertastatur fliegen zu lassen.

***

Nachdem er insgesamt fünfzehn anonyme Briefe an Journalisten, Wissenschafts- und Wirtschaftsredaktionen in ganz Europa geschrieben, auf neutrales Papier gedruckt, sie zusammen mit Testergebnissen und Projektanalysen kuvertiert und mit unauffälligen Marken frankiert hatte, begann er damit, sich seinem Kündigungsschreiben zu widmen.

***

Er lief durch die Stadt. Die Briefe in der Innentasche seiner Jacke schienen Zentner zu wiegen. Der Alkohol ließ ihn seine Umwelt wie durch einen Schleier wahrnehmen, und während er manchmal nicht wusste, wie er einen Fuß vor den anderen setzen sollte, um nicht zu stolpern, kam es ihm in anderen Momenten so vor, als würde er schweben.
Der Postkasten hing an einer Hauswand neben einem Kiosk, vor dem ein Landstreicher billiges Bier aus einer verbeulten Dose trank. Frank kaufte sich ebenfalls ein Pils, stellte sich neben den verwahrlost wirkenden Mann und öffnete seine Dose. Er setzte sie an die Lippen und leerte sie fast in einem Zug.
„Gesunden Durst", meinte der Obdachlose und hob anerkennend die Brauen.
„Tja, mein Freund", antwortete Frank verdrießlich. „Gelernt ist gelernt!" Er trank den Rest, stieß laut auf und gab dem Obdachlosen die Pfand-Dose. In diesem Augenblick vibrierte sein Handy in der Hosentasche. Er zog es umständlich hervor, sah aufs Display und rümpfte die Nase, als er die Firmennummer erkannte. Er drückte den Anruf kurzerhand weg, nickte dem Obdachlosen grimmig zu und warf die sechzehn Briefe in den Postkasten.

***

Er torkelte in sein Büro, auf dessen Fußboden noch immer überall kleine Papierfetzen verstreut lagen. Nachdem er sich in seinen Stuhl hatte fallen lassen, ertönte das Telefon. Ächzend beugte er sich nach vorne und erkannte, dass es seine Sekretärin war.

„Sagte ich nicht, dass ich den ganzen Tag nicht erreichbar bin?", sprach er mit schwerer Zunge in den Hörer.

„Es tut mir leid, Herr Nietsch", entgegnete Angelika Koch kleinlaut. „Aber ich habe Herrn Durant in der Leitung. Er meinte, es sei wichtig. Ich hatte es eben schon auf Ihrem Handy versucht."

„Was will der denn schon wieder?", blaffte Frank. „Sagen Sie ihm, ich bin beschäftigt."

„Ich habe es versucht, Herr Nietsch. Aber er ließ sich nicht abwimmeln."

Frank verdrehte die Augen und registrierte, dass ihm leicht schwindelig war. Er begann erneut damit, sich seine Stirn zu massieren, während er spürte, dass die Kopfschmerzen mit der Geschwindigkeit eines heranrasenden Güterzuges an Kraft und Intensität gewannen.

„Scheiße!", raunzte er schließlich. „Stellen Sie den Wichser durch."

„Vielen Dank, Herr Nietsch."

Es knackte.

„Monsieur Frank?"

„Am Apparat."

„Da bin ich aber froh, dass ich Sie noch erwische. Es gibt da etwas, was wir dringend miteinander besprechen sollten."

„Schießen Sie los!", erwiderte Frank, dem mittlerweile alles egal war, während er das Kinn auf die Brust sinken ließ.

Die Schmerzen in seinem Schädel waren jetzt so stark, dass er kaum noch klar denken konnte.

Durants Stimme klang noch genauso geschäftsmäßig und sachlich wie am Vormittag, obschon Frank spürte, dass in ihr eine seltsame Klangfärbung mitschwang.

„Ich glaube, Monsieur Frank, dass da heute einige Probleme und Unstimmigkeiten in Bezug auf Ihre Person aufgetreten sind."

„Keine Ahnung, wovon Sie reden, Sie Krötenfresser."

„Krötenfresser?"

„Sagt man bei uns so", gab Frank patzig zurück. Er wusste, was als Nächstes kommen würde, und er stellte sich auf das Unvermeidliche ein. Wahrscheinlich gab es geheime Konzernmitarbeiter, die seinen Bildschirm überwachten und längst über alles informiert waren, was er die letzten Stunden getan hatte.

„Nun, Monsieur Frank. Ich rufe Sie an, weil ein routinemäßiger Check in unserer Computer- und Personalabteilung etwas sehr Unschönes über Sie ans Licht gebracht hat."

„Worum geht es denn? Spucken Sie es endlich aus."

„Mir ist zugetragen worden, dass Ihnen ein Scheck mit einem falschen Betrag zugesandt wurde. Die verantwortliche Mitarbeiterin hat sich wohl bei der Eingabe der Summe vertan."

Während sich die Welt um Frank wie verrückt zu drehen begann, flüsterte er:

„Wie bitte?"

„Ja, Frank. Da ist irgendwie ein Komma an die falsche Stelle geraten."

„Das heißt?"

„Das heißt, dass Sie den ausgewiesenen Betrag mit dem Faktor 100 multiplizieren müssen. Es tut mir wirklich außerordentlich leid, Monsieur Frank, aber Fehler sind eben menschlich."

„Ja", stöhnte Frank und schloss die Augen. „Sind sie wohl."

„Verstehen Sie jetzt, warum ich Sie unbedingt noch persönlich erwischen musste? Ich konnte einfach nicht zulassen, dass Sie sich den ganzen Tag über diesen lächerlich geringen Betrag ärgern, unter Umständen schlecht über mich und die Firma denken und sich womöglich sogar noch zu Kurzschlusshandlungen hinreißen lassen. Sie glauben ja gar nicht, was ich in meinem Job schon so alles erlebt habe."

Das Comeback

Die weiße Linie schlängelte sich wie eine erotische Versuchung direkt vor ihm auf dem Garderobentisch, während die 50-Pfund-Note leicht zwischen Daumen und Zeigefinger seiner rechten Hand zu zittern begann. Durch die mehrfach verriegelte Tür seines spartanisch eingerichteten Aufenthaltsbereiches tief in den Katakomben der Londoner Royal Albert Hall schlichen und drängten sich die gedämpften Geräusche, die nicht nur aus über 10.000 Kehlen, sondern auch aus den gigantischen Boxen- und Lautsprechertürmen rechts und links neben der Bühne kamen.

The Skull zwang sich mit aller Kraft dazu, seine brennenden Augen von der Linie des Vergessens in Richtung Spiegel zu bewegen. Mein Gott, dachte er beim Anblick des müden und nachlässig geschminkten Totenkopfes angewidert. Mein Gott! Erwartest du mich nun auf der Bühne oder hast du mich längst verlassen?

Außerhalb seiner Kerkerzelle stampfte der dumpfe Drumcomputer der Sisters of Mercy zu „Temple of Love", und *The Skull* fragte sich beim Vernehmen des tausendfach mitgesungenen Refrains, wer hier eigentlich Vorgruppe von wem war. Mit einem tiefen Seufzer beugte er sich hinunter und zog das Kokain binnen einer Sekunde tief in seinen Totenkopfschädel hinein.

Ein wütendes Dröhnen an der Tür ließ ihn zusammenfahren.

„Mike, alles in Ordnung mit dir? Die sind schon bei ihrer Zugabe."

124

The Skull hob den grinsenden Totenkopf, der ihm tief auf die Brust gefallen war. Vor seinen Augen tanzten das Universum und eine Million Blitze einen Reigen der Verbrüderung, und er musste sich beherrschen, um nicht direkt auf sein maßgeschneidertes Bühnenkostüm zu kotzen.

„Alles im grünen Bereich", lallte *The Skull* seinem Manager leise durch die Tür zu. Und etwas lauter: „Bin gleich soweit!"

***

Der Bach plätscherte träge und gemütlich durch den Wald, und es roch nach Frühling, Ruhe und dunkler, feuchter Erde. Michael hatte den Kopf auf das weiche Moos gelegt und beobachtete das kleine Stückchen Blau, welches die dichten Baumkronen dann und wann preisgaben. Er genoss die neue Sucht, die Leben hieß.

Das Geschäft, das Business und somit auch die Hölle auf Erden lagen nun mehr als vier Jahre zurück, und er fühlte sich so gut wie schon lange nicht mehr. Seit seiner Therapie war er clean, und die Kräfte waren Tag für Tag, Woche für Woche und Monat für Monat in seinen ausgemergelten Körper zurückgekehrt. Und mit ihnen auch das Lachen, der Glaube und die Hoffnung.

Anfangs hatten die Medien noch hungrig nach Informationen gebrüllt, doch nach einigen Monaten war auch das vorbei. Sein letztes Album erreichte nach dem endgültigen Aus noch kurzzeitig eine Top-10 Positionierung, doch nach fünf Wochen war es bereits nicht einmal mehr unter den besten Hundert zu finden.

Und endlich senkte sich der Nebel des Vergessens über die verwöhnte und restlos ausgereizte Zielgruppe, und *The Skull* war tot. Zwar verewigten sich täglich immer noch Fans aus aller Welt im Gästebuch seiner Homepage, doch letztlich nahmen auch diese Kondolenzbekundungen von Woche zu Woche mehr ab.

The Skull hatte nach über zehn Jahren, sechs Alben, vier Deutschland-, drei Europa- und einer Welttournee und über neun Millionen verkaufter Tonträger die Bühne endgültig verlassen. Sein Abschied aus der Musikwelt hatte es am ersten Tag bis in die Tagesschau der ARD geschafft, und er wurde dort als erfolgreichster deutscher Heavy-Metal-Sänger seit Klaus Meine von den Scorpions bezeichnet. In den Einspielern konnte man aufgelöste *Skull*-Fans mit Totenkopfgesichtern und schwarzen Mänteln sehen, die in Hamburg vor den Toren von Michaels Plattenfirma Kerzen und Blumen niederlegten und lauthals ihrer Trauer Luft machten.

Michael hatte von alledem nicht viel mitbekommen, denn er befand sich nach einer Überdosis Kokain, Amphetaminen und Alkohol in einem künstlichen Koma, in welches ihn die Ärzte der Berliner Charité nach einem physischen und psychischen Totalzusammenbruch für sechs Tage versetzt hatten.

Nach seiner Entlassung aus dem Krankenhaus hatte er die nächsten vier Monate, auf Anraten seines Managers, gemeinsam mit einem der Baldwin Brüder und anderen mehr oder weniger prominenten Patienten, auf der berüchtigten „White Farm" unweit von Hollywood verbracht – und dort endlich wieder zu leben gelernt.

Und aus *The Skull* war langsam wieder Michael Schröder geworden.

Gänzlich abgeschlossen wurde seine Metamorphose aber erst, als er zurück zu seinen Eltern in sein kleines Heimatdorf bei Kiel kam, um sich mit 34 Jahren für fünf Monate wieder in seinem alten Jugendzimmer einzuquartieren und zwischen Queen-Postern als mehrfacher Millionär einfach nur so in den Tag hineinzuträumen, gute Hausmannskost und vor allem die Liebe und Fürsorge seiner Mutter zu genießen.

Und schließlich fand er auch die Kraft und den Mut, sich bei Birgit zu melden.

***

Der Ferrari schoss wie ein Blitz durch die Nacht. Die Scheinwerfer bohrten gleißende Lanzen in die Dunkelheit der Holsteinischen Schweiz, und immer wieder war die Ostsee durch einige lichte Baumreihen hindurch weit unter ihnen im fahlen Licht der Sterne zu erkennen. Mike lachte wie ein Besessener und musste immer wieder seine Augen schließen, um einem drohenden Schwindelanfall vorzubeugen.

Der Wagen war der Wahnsinn, und die Tour war es auch gewesen. Sechs Monate, fünf Kontinente, 103 Shows und über 900.000 Fans. Der Trip quer durch die Welt war ein einziger Eroberungsfeldzug gewesen, und verloren hatten alle anderen. Er stand als Sieger ganz oben auf dem Treppchen, die Konkurrenz meilenweit abgeschlagen.

The Skull hatte mit seinem harten Rock und den theatralischen Bühnenshows, gegen die die von Kiss oder Alice Cooper wie blasse Schulaufführungen wirkten, die seichte und gestylte Pop- und Technowelt der 90er kräftig durchgerüttelt und revolutioniert. Seine Songs wurden bei MTV rauf- und runtergespielt, und eine amerikanische Firma verhandelte bereits mit seinem Manager Robert Neuhaus darüber, ob man von *The Skull* Spielpuppen im Barbie-Format anfertigen durfte.

Nun war er seit zwei Tagen wieder in Deutschland, und er war noch nicht in der Lage gewesen, sein Denken, Fühlen und Handeln wieder in einen einigermaßen gleichmäßigen Rhythmus zu bekommen.

„Könntest du ein wenig langsamer fahren, Michael?"
Birgits Stimme klang in Mikes Ohren ängstlich und verärgert zugleich.
„Calm down, Baby, calm down. Immer schön cool bleiben. Der Wagen ist noch nicht mal bei fünfzig Prozent seiner Power angelangt. Das ist 'ne Rakete, warte es mal ab."
Mike fingerte in der Innentasche seiner Lederjacke herum, beförderte eine dicke Selbstgedrehte hervor und steckte sie sich zwischen die Lippen.
„Würdest du bitte im Auto nicht rauchen." Diesmal hörte Mike die Verärgerung deutlich aus der Stimme seiner Freundin heraus.
„Baby, sorry. Ist schon in Ordnung. Bist du spießig und verkrampft. Solltest mal ein paar Züge nehmen. Vielleicht wirst du dann lockerer."
Während der Sportwagen mit 150 Stundenkilometern auf eine enge Kurve zuraste, wand Mike seinen Blick von der engen Landstraße hin zu Birgit und versuchte ihr lachend,

den Joint in den Mund zu stecken. Birgit wehrte sich, indem sie seinen Arm wütend wegstieß, wobei Mike die Zigarette aus der Hand fiel und irgendwo im Fußraum zwischen seinen Stiefeln landete.

„Sag mal, spinnst du jetzt total, du blöde Ziege? Weißt du eigentlich, wie viele Girls jetzt gerne hier an deiner Stelle wären? Frigide Schlampe!"

Mike hatte die letzten Worte in einem Anflug von plötzlich aufkeimendem Zorn fast gebrüllt. Er beugte sich wütend nach vorn, um blind nach der Zigarette zu tasten.

Als er den Kopf senkte, verschwamm plötzlich wieder alles vor seinen Augen, und als er sich drehend und trudelnd im leuchtenden Kosmos wiederfand, schleuderte der Ferrari mit der rechten Seite donnernd in die Leitplanken. Wie von einer unsichtbaren, übermächtigen Hand getragen, flog das Gefährt anschließend über diese hinweg, um danach unendlich langsam eine mit Fichten bewachsene Böschung hinunterzurollen. Der Ferrari blieb schließlich auf dem Dach liegen. Nur wenige Meter vom Strand entfernt.

***

Die Sisters of Mercy spielten bereits die dritte Zugabe. Die ehrwürdige Halle kochte, und Robert klopfte erneut gegen die Tür.

„Mike, könntest du dich bitte ein wenig beeilen? Die Band würde ganz gerne noch ein paar Sachen mit dir besprechen, bevor es raus auf die Bühne geht. Schließlich ist der Auftritt heute Abend nicht ganz unwichtig für uns alle."

Keine Reaktion. Langsam wurde Robert wütend. Da arrangierte er das Comeback des Jahrzehnts und dann so etwas.

Mike war schon während der Proben in den letzten Wochen auffällig unkonzentriert und starrsinnig gewesen. Und nun, zwanzig Minuten vor dem Gig, diese Scheiße hier.

„Mike, mach hin! Denk einmal nicht nur an dich und mach endlich auf!"

Aus der Garderobe von *The Skull* drang kein Laut. Robert Neuhaus ballte die Fäuste und schrie:

„Entweder du machst jetzt auf oder ich trete die verdammte Tür ein!"

***

Michael setzte sich langsam auf, zog Schuhe und Strümpfe aus und ging barfüßig über den Waldboden zum Bach. Er steckte vorsichtig einen Zeh in das klare Wasser, um die Temperatur zu testen. Dann tauchte er zunächst den ersten, anschließend den zweiten Fuß komplett in den Bach und atmete tief ein.

Gott, war das eisig. Er hatte die Kälte des Wassers deutlich unterschätzt. Doch er blieb stehen. Auch als sich das eisige Nass langsam anfühlte wie Feuer und zeitgleich das Gefühl in seinen Zehen abnahm, bewegte er sich keinen Millimeter. Er stand einfach nur da und atmete gleichmäßig ein und aus. Und er spürte, wie sich ein tiefes Gefühl des Glücks in seiner Seele breitmachte.

Vor seinem inneren Auge sah er Birgit, wie sie vor einem Monat in ihrem Brautkleid durch den Mittelgang der Kirche auf ihn zugerollt kam. Und er sah das Glänzen in ihren Augen, und die Liebe zu ihr durchfloss ihn wie glühende Lava.

Queen`s „Another one bites the dust" durchdrang die Stille des Waldes und das Plätschern des Baches, und Michael stöhnte vor Ärger darüber, dass er sein Handy nicht ausgeschaltet hatte, laut auf. Erst wollte er es einfach klingeln lassen, doch schließlich stieg er dennoch aus dem Wasser. Er zog das Telefon aus dem Rucksack und nahm das Gespräch an.

„Schröder, Michael Schröder."

„Mike, hey alter Knabe! Ich bin´s, Robert!"

***

Er hatte sie einfach angerufen, und das Telefonat war angenehmer ausgefallen als erwartet. Michael hatte damit gerechnet, dass sie vielleicht sofort auflegen würde, doch sie verhielt sich völlig anders. Sie wirkte fröhlich und offen, und sie war es auch, die ein Treffen zwischen ihnen vorschlug.

***

Er steht auf dem Parkplatz des Restaurants. Gegen seinen Wagen gelehnt, eine Zigarette rauchend. Es ist kurz vor sieben, und die Maisonne scheint noch hell und warm vom Himmel herab. Eine sanfte Brise weht vom Meer herüber, und er kann das Salz riechen. Endlich kommt da dieser dunkelblaue Golf auf den Parkplatz gefahren. Er erkennt ihr Gesicht und ihre kurzen blonden Haare. Der Parkplatz ist gut gefüllt, sie hat ihn noch nicht gesehen und parkt etwa hundert Meter von ihm entfernt.

Er tritt die Zigarette aus, verschließt seinen Mercedes und schlendert langsam auf sie zu. Die Tür des Golfs öffnet sich, und ein sehniger Arm befördert ein Gestell mit Rädern aus dem Wageninneren. Wenige Handgriffe später wird aus dem seltsamen Ding ein Rollstuhl, und dann hebt sich eine schlanke, wunderschöne Gestalt grazil und gelenkig in diesen hinein. Birgit schließt die Tür ihres Wagens, dreht den Rollstuhl und kommt zügig auf ihn zugefahren. Michael ist noch zu weit entfernt, doch er ist sich sicher, dass sie lächelt.

***

The Skull vernahm das Klopfen an seiner Tür nur stark gedämpft. Das Kokain wirkte direkt und wesentlich heftiger, als er es in Erinnerung hatte. Langsam spürte er, wie Nervosität und Unsicherheit aus ihm entwichen und Kraft und Energie an ihre Stelle traten. Sein Fuß wippte zum Beat der Sisters of Mercy, und er öffnete die Augen. Vor sich sah er einen grinsenden Totenkopf, und dieser verhieß das pure Leben.

Verflogen war die Wut auf Birgit und ihr Unverständnis ob seiner Entscheidung. War doch seine Sache, was er tat. Und schließlich würde auch ihr dieses Comeback den einen oder anderen Euro einbringen. Die würde schon noch begreifen, dass er stärker und klüger geworden war und dass er die Fehler von damals nicht noch einmal machen würde. Jetzt würde er erst einmal dieses Konzert hier spielen, von dem eine Live-CD aufgenommen werden würde. Und dann wäre er binnen eines Monats in den Charts, und der Totenschädel würde erneut die Welt regieren. Und anschließend würde er Birgit überall mit hinnehmen. Er würde ihr die Welt zeigen – und natürlich würde sie ihm verzeihen.

The Skull griff nach seiner Brieftasche, die auf dem Garderobentisch lag, und holte ein Foto heraus. Das Bild zeigte ihn und seine Frau am Tag ihrer Hochzeit. Da war Birgit in ihrem traumhaften Kleid aus zehn Meter Seide. Und er, wie er ihren Rollstuhl aus der Kirche schob.

„Mike, ich warne dich! Mach die Tür auf, sonst hole ich den Sicherheitsdienst! Mein Gott, du Penner! Denkst du, ich investiere so viel Kohle, um mich von einem wie dir hinhalten und verarschen zu lassen? Ich habe fast eine Million in die Band, die Produktion und die Werbung gesteckt, und du kommst jetzt gefälligst und erfüllst deinen Vertrag!"

***

Als er zu sich kam, wusste er im ersten Augenblick nicht, wo er sich befand. Alles was er hörte, war ein Rauschen. Es klang in seinen Ohren fast so wie das Rauschen des Meeres. Und es war dunkel. Schrecklich dunkel.
Er versuchte, sich zu bewegen, und erst jetzt realisierte er, dass er mit dem Kopf nach unten hing. Und plötzlich war er mit einem Schlag da, wo er war. In einem völlig zerstörten Ferrari, auf dem Autodach liegend.
Und neben sich eine leblose Birgit.

Er versuchte verzweifelt, sich aus seiner Position zu befreien, doch er war festgeklemmt. Er konnte weder seinen Kopf, noch seinen Oberkörper, noch seine Arme bewegen – und er hörte Birgits Stöhnen.
„Oh Gott, Michael! Hilf mir! Ich kann meine Beine nicht mehr spüren. Tu doch was! Bitte!"

***

„Robert hat alles organisiert. Das wird einfach nur großartig." Mike lief im Wohnzimmer vor Birgit auf und ab und wirkte wie ein begeistertes Kind.

„Er meint, dass ich in nur zwei Jahren mehr Geld machen kann als in den zehn Jahren meiner Karriere. Ein Konzert in der Royal Albert Hall in London mit den Sisters als Vorband, eine direkt dort aufgenommene Live-CD mit zwei neuen Stücken und vier Wochen später eine zeitgleiche Veröffentlichung auf der ganzen Welt."

Mike kniete sich vor den Rollstuhl seiner Frau und legte ihr die gefalteten Hände auf den Schoß.

„Schatz, das wird einschlagen wie eine Bombe. *The Skull* is back! Danach gehe ich noch einmal auf Welt-Tournee, und Ende nächsten Jahres ist endgültig Schluss. Du, dann haben wir für immer und ewig ausgesorgt."

Birgit sah ihn nur verständnislos für einen langen Augenblick an. Irgendwann schüttelte sie den Kopf, drehte den Rollstuhl in einer einzigen Bewegung um 180 Grad und rollte langsam aus dem Zimmer. Im Türrahmen blieb sie noch einen Moment stehen.

„Ich dachte, wir hätten eine Abmachung, Michael", sagte sie leise. Und noch leiser: „Wenn du mit diesem Scheiß, dieser Hölle, diesem ganzen Wahnsinn wieder anfängst, brauchst du niemals wiederzukommen. Das ist mein voller Ernst."

***

Seine Hand begann plötzlich wieder zu zittern, und sein Geist schrie nach der Flasche, die er für den Notfall ganz unten in seiner Reisetasche deponiert hatte.

In der Halle war es jetzt ruhiger geworden. Die Sisters hatten ihren Auftritt anscheinend erfolgreich beendet. Und jetzt war er an der Reihe.

Er, der King.

Er, der Meister der Massen.

Er, der Totalversager.

Draußen klopfte irgendetwas gegen seine Tür, doch er wusste nicht genau, was das sein könnte. Mit dem Foto in der Hand schleppte er sich in die Ecke der Garderobe, wo seine Tasche stand. Hastig und mit Schweißtropfen auf der Stirn wühlte er in seinen Sachen herum. Wo war nur diese beschissene Flasche?

Als er sie nicht fand, schleuderte er die Tasche mit voller Wucht durch das Zimmer. Er stand auf und trat außer sich vor Zorn gegen den Stuhl, den Garderobentisch, den Kleiderständer.

In Schweiß gebadet und vor Angst und Panik schlotternd ließ er sich an einer Wand auf den Boden gleiten und begann, hemmungslos zu weinen. Während der ganzen Zeit hielt er sein Hochzeitsfoto krampfhaft in der Hand. Nun faltete er es mühsam wieder auseinander und versuchte es, Rotz und Wasser heulend, mit fahrigen Fingern auf seinem Oberschenkel zu glätten.

„Birgit", schluchzte er unverständlich. „Birgit, verzeih!"

***

Die Masse hatte den Auftritt der barmherzigen Schwestern genossen und wartete nun auf den Höhepunkt des Abends. Man wusste, dass *The Skull* noch ein wenig Zeit brauchen würde, und schließlich war die Tour-Crew mit dem Aufbau der Bühne auch noch nicht fertig. Man nutzte die Möglichkeit, um noch schnell auf die Toilette oder zu einem der zahlreichen Getränkestände zu drängen. Überall Totenköpfe und erwartungsvolle Mienen. Es roch nach Zigarettenrauch, Gras, Schweiß, Deodorant, Bier und Erregung. Und überall das Warten auf die Sensation. Die Spannung war fast greifbar, und als ein Bühnentechniker probehalber eine E-Gitarre anspielte, gab es kein Halten mehr, und die Menge drängte sich mit einer überirdischen Kraft in Richtung Bühne.

Jetzt ging es gleich los, und wer brauchte in diesem magischen Moment noch ein Bier oder eine Toilette? Denn jetzt würde es geschehen. Jetzt würde er kommen.

Er!

***

Birgit hatte ihren Stuhl ganz dicht vor den offenen Kamin gerollt und sah gedankenverloren in die lodernden Flammen. Trotz der von ihnen ausstrahlenden Hitze fror sie erbärmlich.

Vor einer Stunde hatte sie den Fernseher, der ihr den halben Tag als Gesprächspartner und Geräuschelieferant zur Verfügung gestanden hatte, voller Verzweiflung ausgeschaltet – just in dem Moment, in dem irgend so ein stumpfes Promi-Journal über das Comeback von *The Skull* am heutigen Abend berichtete und im Verlauf der Reportage ein Interview mit Michael vom Vormittag ausstrahlte.

Michael hatte aufgedreht gewirkt, und als sie seine Augen auf dem Fernsehschirm gesehen hatte, wusste sie, dass er für immer aus ihrem Leben getreten war.

Die Tränen liefen ihr in Bächen über die Wangen, und sie hob nicht einmal die Hand, um sie wegzuwischen. Sie hatte ihn verloren, und der Schmerz wütete wie ein glühender Pflock in ihrer Brust.

***

Robert stand mit einer Mischung aus Wut und tiefer Sorge hinter dem Hausmeister der Royal Albert Hall und beobachtete, wie dieser Mikes Garderobentür mit einem Generalschlüssel öffnete.

Innen erwartete sie das totale Chaos. Sämtliche Möbelstücke waren umgeworfen, der Spiegel mit Lippenstift völlig beschmiert und der Inhalt aller Taschen und Schubladen im ganzen Raum verteilt. Zudem roch es säuerlich nach Erbrochenem.

Und dann nahmen die Männer noch etwas wahr – jeder für sich im selben Moment, in derselben Sekunde. Und für jeden hatte das offene Fenster der Garderobe eine andere Bedeutung.

***

„Und nun noch etwas für die schwarzen Rocker unter euch. The Skull, der bis vor fünf Jahren weltweite Erfolge als lebender Totenschädel feierte und der vor einigen Wochen sein großes Comeback angekündigt hatte, lieferte heute Abend einen der wohl ungewöhnlichsten Auftritte der Rockgeschichte, indem er ein schon begonnenes Konzert in der ausverkauften Londoner Royal Albert Hall in letzter Sekunde platzen ließ. Nach Aussagen seines Managers befand sich der Weltstar wenige Minuten vor dem Auftritt noch in seiner Garderobe, um sich auf den Gig vorzuberei-

ten. Als er jedoch auf die Bühne geholt werden sollte, fand man seine Räumlichkeiten völlig verwüstet und verlassen vor. Es scheint fast so, als hätte The Skull im letzten Moment kalte Füße bekommen und die Halle durch ein enges, aufgebrochenes Kellerfenster heimlich verlassen, wohingegen sich unter seinen Fans noch das Gerücht hält, er sei von dunklen Mächten aus der Unterwelt entführt worden. Die Polizei musste mit mehreren Einsatzteams in die Halle vorrücken, um die wütenden Massen davon abzuhalten, die altehrwürdige Konzertstätte in Schutt und Asche zu legen. Nach Polizeiangaben gab es dreißig Festnahmen. Robert Neumann, der Manager von The Skull, betonte in einem Interview mit unserem Sender, dass er jetzt gerichtliche Schritte in Erwägung ziehe, um den entstandenen Schaden von seinem Schützling erstattet zu bekommen."

***

Der alte Taxifahrer wunderte sich schon lange über nichts mehr. Schließlich fuhr er seit über dreißig Jahren nachts Menschen durch London. Und so kümmerte er sich auch nicht sonderlich um den seltsamen Fahrgast, der mit fürchterlich geschminktem Gesicht auf seiner Rückbank saß und zum Flughafen gefahren werden wollte.

Souverän fädelte er sich in den noch immer dichten Stadtverkehr ein und steuerte den Wagen durch die nächtliche Weltstadt, während sein Kunde in der einen Hand eine gerollte 50-Pfund-Note und in der anderen ein zerknittertes Foto hielt, welches er ohne Unterlass anstarrte.

Friedvolles Frankreich

Die Nacht lag wie eine zarte, luftige Decke über dem be-
eindruckenden Ferienhaus in der Provence, das einsam und
völlig abgeschieden in den Bergen lag. Kerstin und Ulf
saßen auf der Terrasse, tranken Weißwein aus der Region
und genossen das Zirpen der Zikaden und die angenehme
Kühle, die nach dem langen, heißen Sommertag wie eine
Wiedergeburt wirkte. Beide blickten sie schweigend ins
Tal, beide hingen sie ihren Gedanken nach, beide waren sie
glücklich.

Plötzlich schreckte Kerstin zusammen. Sie drehte den Kopf
und warf Ulf einen sorgenvollen Blick zu.

„Hast du das gehört?"

Ulf nippte an seinem Wein und stellte das Glas anschließend auf den Tisch.

„Ich habe nichts gehört."

Kerstins Haltung versteifte sich.

„Doch, da war etwas. Es klang so, als hätte Sophia geschrien."

„Geschrien? Quatsch!", reagierte Ulf unwirsch. „Die schläft
tief und fest in ihrem Bettchen und träumt von einer riesigen Portion Eiscreme."

„Aber ich habe es doch deutlich gehört! Ich bin doch nicht
blöd!"

Ulf verdrehte die Augen. Er liebte Kerstin über alles, doch
ihre Gabe, selbst die schönsten und friedlichsten Momente
durch ihre übergroßen Sorgen bezüglich ihrer kleinen Tochter zu zerstören, ging ihm gehörig auf die Nerven.

„Jetzt pass mal auf, Liebes." Er griff nach ihrer Hand und
drückte sie sanft. „Sophia kann in ihrem Zimmer nichts
passieren. Aus ihrem Bett kann sie nicht, und ins Gebäude
kommt man wegen der Gitter vor den Fenstern nur über die

Terrasse oder durch die Haustür – und die hast du ja hoffentlich abgeschlossen und verriegelt."
Kerstins Augen weiteten sich.

„Ich dachte, *du* hättest sie abgeschlossen. *Ich* habe es zumindest nicht getan."

Ulfs Herz hörte von einer Sekunde auf die andere auf zu schlagen, während sein gesamter Körper erstarrte. Es war nicht Kerstins Antwort, die sein Blut gefrieren ließ. Es war auch nicht die Tatsache, dass sie seine kleine Sophia zuvor hatte schreien hören und man jetzt aus dem großen Haus hinter ihnen nichts mehr hörte.

Es war vielmehr die Tatsache, dass er sich ganz sicher war, in diesem Augenblick schwere Schritte in der mit Kies bestreuten Auffahrt zu hören, die sich rasch und hastig vom Ferienhaus entfernten.

Kein Weihnachtsmärchen in Recklinghausen

Es ist kalt.

Es ist so entsetzlich kalt, dass Gerda trotz ihres dicken grünen Pullovers und ihrer alten Strickjacke friert. Die Heizung ist wieder ausgefallen. Schon zum zweiten Mal in diesem Winter. Doch selbst wenn die Heizung in Ordnung wäre, würde Gerda frieren. Denn ihr ist immer kalt.

Und wenn die Kälte mal wieder so kräftig und grausam an ihr rüttelt wie ein unnachgiebiger Nordwind an den lockeren Fensterrahmen und alten Rollläden, schlurft sie mühsam in ihre kleine Küche, um sich einen heißen Pfefferminztee zu kochen. Doch selbst mit einer Tasse Tee in ihren Händen wird ihr nicht wärmer.

Es zieht.
Irgendwo zieht es.
Sie hat schon Handtücher und Decken vor die Fenster und Türen gelegt, doch es zieht noch immer. Als die Tasse leer und ihr immer noch kalt ist, wickelt sie sich in ihre alte Decke, die sie Weihnachten 1967 von ihrem Mann bekommen hat, weil sie auch damals schon immer gefroren hatte.

Kälte.
Sie kommt nicht wie eine bedrohliche Wand auf dich zu.
Sie meldet sich nicht an, sie schlägt dich nicht donnernd zu Boden, sie erklärt dir nicht einmal den Krieg.
Sie kommt schleichend.
Sie kommt gekrochen und geduckt wie ein Dieb, wie ein Mörder.

Und sie mordet. Sie kommt, wenn man es am wenigsten erwartet. Wenn man gerade voller Leben und Wärme ist. Wenn man gerade vor Hitze glüht und alle mit seiner Freude infizieren und anstecken möchte.

***

Anton war lange krank gewesen. Er hatte immer zu viel geraucht, und irgendwie hatte sie nichts mehr gehasst als den kalten Zigarrengestank in der morgendlichen Wohnung.

Doch nun vermisst sie ihn.
Den Gestank.
Und nicht nur ihn.

Als Anton ging, nahm er den Gestank mit. Doch wirklich gut gerochen hat die Wohnung seitdem nie mehr.

Wohlgesonnene Freundinnen aus dem Bekanntenkreis versuchten sie anfangs noch zu motivieren und zu trösten, doch die Einladungen zum Tee oder Rommé wurden bald so selten wie Arbeitsplätze in Recklinghausen.
Wer wollte auch schon eine traurige, stille, einsame Frau bei sich sitzen haben, wenn es darum ging, die Rente im Kreise munterer, agiler, lebenslustiger Paare zu genießen?

„Mit der ist ja nichts mehr los. Sollen wir uns deshalb den Kartenabend versauen lassen? Wir haben ihr doch wohl wirklich genug geholfen. Ich habe alleine im letzten Jahr dreimal bei ihr angerufen. Doch wenn sie nicht will. Was kann ich denn dafür, wenn sie nicht zuhause ist? Und ewig dieser trübe Blick. Das geht einem doch auf Dauer richtig an die Nieren."

Anton war ihr Leben gewesen.

Sie hatten sich kennengelernt, als sie gerade siebzehn wurde. Ein Jahr später hatten sie geheiratet, und als sie 24 war, waren da bereits drei Kinder.
Dann wurde sie krank, und der Traum von einer wirklich großen Familie verdunstete wie eine Sommerregenpfütze bei dreißig Grad im Schatten.

Kälte.
Sie war selbst im Hochsommer ihre ständige Begleiterin, ihr ständiger ungebetener Gast.

Ein freundlicher Mensch mit langem Haar und Ringen in Ohren, Schläfen und Nase bringt ihr jeden Tag eine warme Mahlzeit. Doch wirklich warm ist sie nie.

„Sie sind die Letzte auf meiner Route. Es tut mir leid. Dafür kann ich doch nichts."
In Wahrheit ist dieser überaus freundliche Mensch nur sauer, dass er von ihr niemals Trinkgeld bekommt.

Ständig diese Gewalt im Fernsehen. Gewalt und Sex. Vor dem einen hat sie furchtbare Angst.
Und vor dem anderen auch.

Die Welt ist ihr zu schnell, zu grau, zu bunt, zu laut, zu kompliziert, zu kalt. Jeder Gang zur Sparkasse ist ein Höllentrip, und vor dem gefräßigen Supermarkt hat sie regelrecht Panik. Er saugt ihr wöchentlich das letzte Geld aus

der Börse, obwohl sie sich doch kaum etwas gönnt. Was kauft sie denn schon?
Tee, Spritzgebäck, Brot, Butter.

Und alles ist kalt.

***

Es ist Weihnachten.
Die Kinder leben mit ihren Familien in Bielefeld. Alle drei. Früher hat sie sie noch öfters gesehen, wenn sie die Enkelkinder hüten durfte. Oder musste? Seit einiger Zeit telefonieren sie nur noch.

Auf den Straßen ist es still. Gegenüber in den ehemaligen Zechenhäusern flackern überall bunte, grelle, amerikanische Lichterketten. Made in China.

Wohnen da nicht Türken?
Feiern die überhaupt Weihnachten?
Sie feiert nicht.
Sie friert.

In den letzten Jahren wurde sie immer zu einem ihrer Kinder eingeladen, doch Franz und Michael sind mit ihren Kleinen im Urlaub, und der Junge von Barbara ist soo doll krank, dass sie auch dort dieses Jahr nicht erwünscht ist.

Sie kauert am Fenster.
Dunkelheit, Heiliger Abend.

Irgendwo dröhnt ein dumpfer Bass. Ein Golf fährt an ihrem Fenster vorbei. Auf dem Beifahrersitz(t) eine Frau im Pelz mit einem Geschenk auf den Knien. Lächelnde Erwartung in einem stark gepuderten Gesicht.

Und ihr ist kalt.

Sie hat sich einen Tee gemacht und sieht sich einen Film auf 3sat an. Über Jesus, Maria und Josef. Die mussten in einem Stall schlafen, und ihr Atem war in der Kälte zu sehen.

Sie atmet lange aus.
Nichts zu sehen.
Komisch.
Und dabei ist ihr so kalt.

Die Kerzen am Adventskranz flackern unruhig. Sie hält eine Hand darüber, ganz dicht über das Feuer.
Doch sie friert.

Sie zieht die Decke höher, bis zum Kinn. Der Tee ist längst leer. Sie hatte sich eigentlich für die Festtage eine Flasche Eierlikör kaufen wollen, doch als sie heute Mittag im Supermarkt war, ist ihr an der Kasse aufgefallen, dass sie ihr Geld vergessen hatte.

Diese Gesichter.

Schleimige, verzerrte Fratzen, die sich über jede Verzögerung aufregen, über jede Warteschlange. Da beschweren sie sich, dass sie im Kaufhaus an den Kassen so lange warten müssen, ohne zu merken, dass auch sie ein Teil dieser Schlange sind.
Ja, sie erst bilden.

Dass auch sie erst im letzten Moment ihre letzten Weihnachtsbesorgungen machen.

Alle sind in Eile.
Alle sind im Stress.
Alle sind verkrampft.

Nur die Juweliere nicht, die aufgrund der männlichen Vergesslichkeit und vieler unweiblicher schlechter Gewissen am letzten Tag vor Weihnachten Millionenumsätze machen.

„Eben noch schnell...“

***

Jesus wird gerade geboren. Maria lächelt, und Josef deckt seine kleine Familie mit einer verschmutzten Decke zu. Und das, obwohl er nicht einmal der Vater des kleinen Würmchens ist.

Komische Leute.

Schräg gegenüber im Zechenhaus, direkt neben den Türken, hat vor drei Jahren ein Arbeiter seine Frau erschossen, weil sie ihn betrogen hatte und von dem anderen Kerl ein Kind erwartete.

Warum hat Josef Maria nicht umgebracht? Und ... kann man Gott erschießen?

Drei alte Männer schenken dem gerade geschlüpften Ex-Fötus komische Dinge, mit denen er sicherlich noch nicht viel anfangen kann.

Warum hat Josef den Schund überhaupt angenommen? Warum nicht umgetauscht?

Gibt es eigentlich einen Umtausch- und Reklamationsmarkt für Gefühle, Enttäuschungen und verwirkte Leben?

Und wie hätte sich die Welt verändert, wenn Jesus wegen einer spontanen Laune der Natur ein Mädchen geworden wäre?

Als der Film zu Ende ist, kämpft sie sich aus ihrem Sofa heraus. Sie steht unschlüssig im Wohnzimmer herum, überlegt, was sie machen soll – und setzt sich wieder.

***

Das Telefon klingelt. Der Klang des alten Apparates ist so unerwartet laut und schrill, dass sie zusammenzuckt und sich ans wild schlagende Herz fasst.

„Bachenkötter?"

„Hallo Mama. Ich bin's, Michael. Du, ich muss ganz kurz machen. Das Geld läuft hier in der Telefonzelle nur so durch. Ich habe jetzt schon über 70 Cent vertelefoniert. Ich musste ja auch die Kollegen vom Büro anrufen. Ich wollte nur Frohe Weihnachten wünschen. Schneit es bei euch in Recklinghausen?"

„Bei *euch*?"

„Du weißt, wie ich das meine?"

„Nein, es schneit nicht. Es ist einfach nur kalt.“

„Ach, da haben wir ja wenigstens echt Glück hier. Okay, wir waren noch nicht im Meer schwimmen, doch 26 Grad in der Sonne sind keine Seltenheit. Und außerdem haben wir ja den schönen Pool im Hotel. Wer geht schon ins Meer, wenn er einen Pool hat, nicht? Du machst dir kein Bild, wie teuer das hier alles ist. Ach, wir wollten uns auch noch für die 300 Euro bedanken, die du uns für den Urlaub geschenkt hast. Aber echt, die Reise hatte ich auch dringend nötig. Der ganze Stress im Büro, die nervenden Kollegen. Mann, puh! Nur dumm, dass man diese Idioten auch noch im Urlaub anrufen muss. Du weißt schon, würde ich es nicht tun, gäbe es nachher wieder das große Geläster. Okay, du, ich muss auch schon wieder Schluss machen, und die Iris möchte dir auch noch schöne Weihnachten wünschen. Also, feiert noch schön.“

„Ja“, erwidert sie kraftlos. „Machen *wir*.“

„Hallo Oma, ja, ja, ich bin´s. Ich wollte dir auch ganz, ganz tolle Feiertage wünschen. Du, hier ist es so schön und so … warm. Das kannst du dir nicht vorstellen … mitten im Winter. Ist echt der Wahnsinn! Du, hier müssen wir dich unbedingt mal mit hinnehmen, wo du doch so schnell frierst. Ach, du, ich höre es schon in der Leitung piepen, und wir haben ja kein Kleingeld mehr – nur noch Scheine. Und wir müssen auch noch Zigaretten ziehen. Ganz, ganz liebe Grüße, auch von den Kindern. Die vermissen dich ja so, und …“

Das monotone Tuten, das aus dem Hörer schallt, signalisiert ihr, dass sie mal wieder alleine ist.

„Ja, Wiederhören. Danke für den Anruf."

***

Ihr ist kalt.

Die Küchenuhr zeigt dreiviertel elf, doch sie will noch nicht ins Bett. Schließlich ist Weihnachten, und Weihnachten ist nur einmal im Jahr.

Doch kalt ist ihr immer.
Es zieht von irgendwoher rein.

Sie fühlt es an den Beinen, obwohl sie heute extra zwei Strumpfhosen angezogen hat. Sie hat das Radio angemacht, hört Weihnachtsgutenachtmusik, isst Plätzchen.

„Und nun wieder ein Hörerwunsch von Anton aus Recklinghausen für seine Gerda. „White Christmas" von Elvis Presley, und Anton bedauert es zutiefst, dass er heute nicht bei seiner Gattin sein kann. Schade eigentlich! In dieser Nacht sollten alle Liebenden beieinander sein, aber dafür gibt es ja uns: Antenne Ruhrgebiet – wir bringen Menschen zusammen. Und nun der Mann, der durch seinen Tod Millionen von Menschen die Kälte brachte: Elvis the pelvis in einem seiner ruhigeren Momente."

Es ist ihr Lied.
Obschon sie kein Wort von dem versteht, was der amerikanische Fresssüchtige und Kultstar dort singt, kennt sie jede Silbe auswendig. So oft hat sie es früher mit ihrem Mann gehört und nachgesungen. Wort für Wort und Silbe für Silbe.

Ihr wird wärmer.

Gerührt formen ihre Lippen die heiligen Worte des Songs, und Elvis schenkt Liebe.

Sie steht langsam auf, es zieht nicht mehr. Ihre Beine sind eingeschlafen und kribbeln lustig und anregend. Sie bewegt sich schwebend durch die Wohnung, sie fliegt wie ein Engel und tanzt mit ihrem Mann in die Küche.
Noch ein Tee, dann ist mir richtig warm.

Sie dreht den Gasregler auf, und die dritte Strophe ist ihr so vertraut wie die Kälte. Sie summt, und Tränen finden ihren Weg durch viele graue Furchen und Gräben. Schützengräben, in denen viel Leid und Schmerz liegen.

Es zischt.
Sie tanzt.
Anton hat seinen guten Anzug an, und auch er hat feuchte Augen. Sie spürt die Wärme, sie fühlt sich federleicht und frei.

Die Plätzchen, der schöne Film, die ruhigen Straßen, die friedlichen Menschen, der tolle Anruf, dieses wunderschöne Lied, dieser berühmte Fresssüchtige aus Amerika und dieser seltene Zustand völliger Wärme.

Sie fliegt, lacht, weint, tanzt, fühlt und ist endlich wieder glücklich. Sie ist wieder achtzehn, und die flackernden Adventskranzkerzen in der kleinen Zwei-Zimmer-Wohnung freuen sich mit ihr.

***

Wenige Minuten nach der Explosion sind die ersten Feuer-
wehrleute zur Stelle. Die Flammen sind schnell gelöscht,
und zum Glück haben sie sich nicht auf die anderen Miet-
einheiten des Zechenhauses ausbreiten können.

Alles ist verkohlt, und überall steigen Rauchsäulen in die
Höhe. Die Feuerwehrmänner schwitzen in ihren Schutzan-
zügen und verdammen ihren Beruf, das Feuer, die Festtage,
die Unachtsamkeit älterer Menschen und die unerträgliche
Hitze in dieser kleinen, völlig ausgebrannten Wohnung.

Die unerträgliche Hitze.

Valentin

Der Designeranzug saß perfekt, als Valentin vor dem gold-
umrandeten Spiegel im Flur seines Penthouses eine Pirouet-
te nach der anderen drehte.

„Unwiderstehlich", murmelte er, während er sich mit der
mehrfach beringten Hand durchs schulterlange, stark zu-
rückgegelte schwarze Haar fuhr. „Einfach unwiderstehlich."

Selbstzufrieden prüfte er im Bad nochmals seine vor wenigen Minuten beendete Nassrasur, bediente sich großzügig
aus der Rasierwasserflasche und rückte die seidene Krawat-
te zurecht.

In wenigen Minuten würde das von seiner Firma bestellte
Taxi unten vor der Tür stehen, um ihn zu dem vielleicht
wichtigsten Geschäftsessen seiner Karriere zu fahren. Das
Angenehme an diesem Termin bestand jedoch nicht nur
darin, dass er in Kölns wohl bestem und teuerstem Restaurant stattfand, sondern vor allem darin, dass sein Verhand-
lungspartner eine äußerst attraktive Frau war. Valentin hatte
sie schon vor einigen Tagen auf einer Vernissage kennengelernt und bereits nach wenigen Minuten festgestellt, dass
seine Chancen nicht schlecht standen, einen etwaigen erfolgreichen Vertragsabschluss nicht nur mit einem einfachen Glas Champagner in einem vollbesetzten Restaurant
zu feiern.

Fast mechanisch glitt seine linke Hand in die Hosentasche,
und er stellte fest, dass sich die zwei Kondome, die er vorsorglich eingesteckt hatte, noch immer dort befanden.

Er warf sich den Kaschmirmantel über den Arm, griff nach
der ledernen Aktentasche, schaltete die Alarmanlage ein,

löschte das Licht im Flur, öffnete die Wohnungstür und stand auch schon im Treppenhaus, in dem es stets nach einer blumigen Mischung aus Chanel No.5 und dem Aroma frisch gedruckter Banknoten roch. Valentins Wohnung befand sich im 8. Stock des erst kürzlich renovierten Hauses direkt am Rhein, und nun steuerte er geradewegs auf den Aufzug zu, der mit seinem altertümlich eisernen Frontgitter wie ein Relikt aus längst vergangenen, goldenen und besseren Zeiten wirkte.

Valentins harte Absätze schienen das gesamte Treppenhaus in gleichmäßige Schwingungen zu versetzen. Während der Klang seiner Schritte von den hohen Wänden vielfach zurückgeworfen wurde und dabei wie der stetige Herzschlag eines riesigen Fabelwesens wirkte, löste er bei Valentin ein würziges Gefühl von Macht und Größe aus. Er genoss den fast königlich anmutenden Sound seiner genagelten Schuhe auf dem versiegelten, dunklen Holzboden.
Valentin drückte den Knopf neben der Fahrstuhltür, und ein kleiner gelber Pfeil verriet ihm, dass wieder einmal genau das geschah, was er sich wünschte.

***

Als er vor vier Jahren bei Schneider & Rehm eingestiegen war, kam er direkt von der Uni. Er hatte nicht mehr vorzuweisen als einen einjährigen Studienaufenthalt an der University of Boston und das mittelmäßige Diplom, mit dem man sich in seiner Branche fast schon einmal einen Sarg bestellen konnte. Er war, wie er sich schon oft hatte eingestehen müssen, kein Experte im theoretischen und wissenschaftlichen Arbeiten gewesen. Er hatte es jedoch stets verstanden, Menschen in seinen Bann zu ziehen und von sich und seinen Absichten zu überzeugen. Und das konnte er so gut, weil er restlos von sich selbst überzeugt war.

Für die Stelle des Werbemanagers und Abteilungsleiters hatten sich etwa zwei Dutzend Männer und Frauen beworben, die teilweise schon auf mehrjährige Tätigkeiten in den verschiedensten Unternehmen zurückschauen konnten. Valentin hatte mit der Hälfte von ihnen in einem Konferenzraum sitzen müssen, um über Teamwork, Wirtschaftskrise, Trendforschung, Zielgruppen, Werbestrategien und Marktanalysen zu diskutieren. Dabei liefen die ganze Zeit vier Videokameras, die jeweils in den Ecken des Raumes auf Stativen aufgebaut und genau auf den Gesprächskreis ausgerichtet waren.

***

Während einige Übereifrige direkt gestenreich begannen, ihr überschaubares und begrenztes Lebenswissen herunterzubeten und dabei immer direkt in eine der Kameras lächelten, als ginge es darum, die Aufnahmeprüfung an einer Schauspielschule zu bestehen, verhielt sich Valentin lange Zeit auffallend still und distanziert. Er saß in seinem dunklen Anzug und mit übereinandergeschlagenen Beinen zwischen den Akteuren und schwieg. Dabei stützte er seine Ellenbogen auf die Armlehnen des Stuhles und faltete die Hände wie ein Mafia-Pate vor seinem Kinn. So wirkend ließ er, mehr gelangweilt als wirklich interessiert, seinen Blick von einem Redner zum anderen wandern. Seine braungebrannte Stirn lag dabei oft nachdenklich in Falten. Obwohl es sich um einen Eignungstest handelte, genoss Valentin jede Sekunde dieser Prozedur. Denn es war seine Bühne.

Er war der General, der Befehlshaber, und dort kämpften seine Untertanen verzweifelt mit Holzschwertern gegen Schlachtschiffe und Atomraketen. Er lächelte innerlich verächtlich über die strauchelnden, sich oftmals vergaloppierenden Kontrahenten mit ihren Traumvorstellungen und unrealistischen Berufswünschen.

Irgendwann während des Gespräches, ein etwa gleichaltriger Bewerber mit rotem Gesicht und einem gewaltigen Pickel auf der Nase gab gerade ein völlig überflüssiges Statement über den Wandel der Werbung im Laufe der letzten zwanzig Jahre von sich, wahrscheinlich das Thema seiner Diplomarbeit, fiel einem etwa 45-jährigen Mann mit Nickelbrille, den Valentin als seinen eigentlichen Hauptgegner herausgefiltert hatte, nichts Besseres ein, als den Fehler zu begehen, der ihm letztlich den Job kosten sollte. Er gab Valentin ein Stichwort und machte ihm buckelnd und unter Schmerzen still kreischend die Bühne frei.

„Sag mal, hast du gar nichts zu sagen? Sitzt hier die ganze Zeit rum und sprichst kein Wort."

Valentin sah Nickelbrille direkt in die Augen.

„Was würden Sie denn von mir erwarten?"

Nickelbrilles Augen funkelten gereizt. Er war erfahren genug, um zu wissen, dass man sich auf dünnes Eis begab, wenn man während eines Eignungstestes ein Streitgespräch mit einem Mitbewerber begann. Doch für einen Rückzieher war es nun zu spät.

„Dass du dich hier mal ein bisschen einbringst. Hast du kein Interesse an dem Job?"

Valentin lächelte. Sein Plan funktionierte. Er richtete sich ein wenig auf. Alle anderen schauten nun auf ihn und Nickelbrille. Sie ahnten, dass die entscheidenden Wortbeiträge direkt bevorstanden, die zumindest einem der beiden Männer das Genick brechen würden.

„Anscheinend haben Sie kein Interesse an der ausgeschriebenen Stelle, denn sonst würden Sie sich nicht so große Sorgen darum machen, wie sich Ihre Feinde auf dem Feld schlagen."

Nickelbrille wirkte plötzlich verunsichert. Seine Hände begannen zu zittern, und er kratzte sich an der Nase.

„Ich mache mir keine Sorgen, mein Junge." Er versuchte anscheinend, auf der Alters- und Erfahrungsschiene Punkte zu sammeln. „Es stört mich nur, mit welcher Arroganz und Hochnäsigkeit du hier diese Veranstaltung boykottierst, während andere versuchen, sich an den Gesprächen zu beteiligen. Wenn du das hier alles öde findest, kannst du ja gehen."

Sowohl Nickelbrille als auch alle anderen Teilnehmer wussten in diesem Augenblick, dass der gutaussehende, überaus selbstsicher wirkende Mann mit den schwarz glänzenden Haaren dieses Duell schon jetzt für sich entschieden hatte. Dieser richtete sich nun noch mehr auf. Nickelbrilles Nasenflügel bebten, als der Jüngere zu sprechen begann.

„Erstens sind Sie nicht in der Position, mich aus einem Raum zu weisen, und zweitens sorge ich auf meine Art für klärende Beiträge in dieser traurigen Veranstaltung. So habe ich gerade eben zum Beispiel den Damen und Herren an den Monitoren gezeigt, dass Sie nicht nur außer Stande sind, sich längere Zeit auf ein sachliches Thema zu konzentrieren, sondern zudem nur schwerlich in der Lage sind, mit Stress, Emotionen und Druck umzugehen. Und um nochmal auf die von Ihnen angesprochene Arroganz zurückzukommen, die Sie so aufmerksam beobachtend bei mir entdeckt haben wollen, kann ich Ihnen nur versichern, dass Sie damit ausnahmsweise ganz richtig liegen. Aber ich werde Ihnen auch sagen, warum ich mich so gebe: Ich halte es nämlich für überflüssig, sich mit zehn Menschen, die nach diesem Termin niemals mehr zusammenkommen werden, über Ideen, Marktansichten oder sonstige berufliche Vorgehensweisen zu diskutieren."

Jetzt war es Valentin, der direkt in eine Kamera schaute.

„Wenn ich jemanden von meinen Fähigkeiten und Qualitäten überzeuge, dann meine zukünftigen Chefs und nicht einen Haufen Amateure und Dilettanten ohne Visionen und Zukunft. Und ich werde es auch nicht mit blumigen Reden und Worthülsen tun, sondern mit Taten."

Nach diesen Worten ließ sich Valentin wieder in seinen Stuhl zurücksinken, faltete erneut seine Hände vor dem Kinn und ließ den Schwall von wütenden Ausrufen, Beleidigungen und Verwünschungen seiner nun allesamt verärgerten und kontrolllosen Gegner belustigt und amüsiert von sich abprallen. Nickelbrille saß geschlagen und völlig in sich zusammengesunken mitten unter den Aufgebrachten. Nur einmal sah er seinen Gegner noch an, und in seinem Blick lagen Zorn, Wut und kalte Verachtung.

$$* * *$$

Valentin hatte hoch gepokert. Entweder würde man ihn innerhalb der nächsten Minuten über die montierten Lautsprecher bitten, den Raum zu verlassen, um sich seine Papiere abzuholen, oder man würde ihn nach diesem Wortkrieg ins Büro der beiden Chefs laden, um ihm seinen neuen Arbeitsvertrag vorzulegen.

Obgleich er für sein unsoziales Verhalten, an dem er dringend etwas ändern müsse, gerügt wurde, geschah Letzteres.

Valentins Gehalt betrug im ersten Jahr 70.000 Euro und im zweiten 85.000 Euro. Im dritten überwand er, lächelnd und doch nicht ohne Schweiß auf der Stirn, die langersehnte 100.000er Hürde. Er verlangte sich und seinem 12-köpfigen Team das Letzte ab und schaffte es durch seinen unverwechselbaren Führungsstil und zahlreiche äußerst erfolgreiche und aufsehenerregende Kampagnen, immer größere und namhaftere Kunden an die Firma zu binden.

An seinem Sozialverhalten änderte er nichts.

***

Die Aufzugtür öffnete sich nahezu geräuschlos. Er trat ein und drückte den Knopf, der dafür sorgen würde, dass er ins Erdgeschoss gebracht würde. Während sich die Tür wieder schloss, sah er auf seine Rolex. Das Taxi müsste unten schon auf ihn warten.

Es war still im Aufzug. Irgendwie zu still. Valentin spürte, wie sich der enge Raum in Bewegung setzte und es rasant abwärts ging. Er lehnte sich an die Rückwand der Kabine und schloss die Augen. In Gedanken ging er nochmal sein erarbeitetes Konzept durch. Seine Ideen für das neue Produkt waren sensationell. Sehr teuer in der Umsetzung, sehr gewagt und sehr unkonventionell. Er hatte mit seinen Mitarbeitern während der letzten sechs Wochen an nichts anderem gearbeitet und nächtelang über Slogans, Zeichnungen, Filmmanuskripten und Plakatentwürfen gesessen. Nun befand sich sein Baby kurz vor der Geburt. Und Valentin stand vor dem absoluten Durchbruch, der für ihn endgültig die Eintrittskarte in die oberste Führungsetage bedeuten sollte. Und das mit gerade einmal 33 Jahren.

Er grinste siegessicher. Erst würde er den Vertrag unter Dach und Fach bringen, und dann würde er sich diese geheimnisvolle Verhandlungspartnerin gönnen. Mit seiner außerordentlichen Vorstellungskraft malte er sich aus, wie er sie in einem anonymen Hotelzimmer immer und immer wieder nehmen würde. Er stellte sich ihren makellosen Körper vor, ihren runden Po, ihre festen Brüste und ihren keuchenden Mund, der lüstern seinen Namen flüsterte. Als der Fahrstuhl anhielt, hatte er eine Erektion.

Die Tür öffnete sich, und Valentin trat heraus. Er durchschritt die Eingangshalle des Hauses, nickte dem Hausmeister in seiner kleinen Kabine nachlässig zu, trat durch die gläserne Schiebetür ins Freie und sah das große Mercedes-Taxi am Bordstein stehen, noch bevor er den Regen und die Kälte wahrnahm. Er öffnete die hintere Seitentür, warf Mantel und Aktentasche achtlos ins Wageninnere und schwang sich anschließend selbst hinein.

„Guten Abend", ließ er monoton verlauten. „Wir können." Valentin hatte die Fahrt schon mittags, unter Angabe seines Namens, der Adresse, der Abfahrtszeit und des Zielortes, vom Büro aus vorbestellen lassen. Der Wagen setzte sich gemächlich in Bewegung und fädelte sich wenige Augenblicke später fast geschmeidig in den immer noch regen Verkehr des Kölner Ringes ein.
Valentin fuhr, obgleich er sich erst vor wenigen Monaten ein sündhaft teures Audi-Cabriolet gekauft hatte, gerne Taxi. Es war für ihn der Inbegriff von Luxus und Erfolg, sich nicht Tag für Tag dem nervenaufreibenden Verkehr der Kölner Innenstadt auszusetzen, sondern entspannt und souverän durch das Chaos der Normalsterblichen chauffiert zu

werden. Dass er dabei stets hinten im Wagen saß, war für ihn eine reine Stil- und Klassenfrage.

Er ließ sich gelassen in den Sitz sinken und schloss erneut die Augen, als er bemerkte, dass seine Erektion noch immer nicht ganz abgeklungen war. Ja, er war geil. Geil auf das, was ihn erwartete. Geil auf das, was er erwartete.

Der Fahrer schwieg und konzentrierte sich auf seine Arbeit. Als er mit dem Wagen vor einer roten Ampel mit leicht quietschenden Bremsen zum Stehen kam, öffnete Valentin seine Augen und betrachtete erzürnt den Hinterkopf des Taxifahrers.

„Ich wäre Ihnen sehr verbunden, wenn Sie den Rest der Strecke etwas vorausschauender fahren könnten. Ich habe heute, im Gegensatz zu Ihnen, nämlich noch was Wichtiges vor."

Der Fahrer drehte sich nicht um, sondern ließ nur eine leise, fast flüsternde, unterwürfige Stimme erklingen.

„Es tut mir leid, der Herr. Ich mache diesen Job noch nicht so lange. Wird nicht wieder vorkommen." Valentin grinste. Er mochte es, wenn er standesgemäß behandelt wurde und die Menschen vor ihm buckelten.

„Das hoffe ich für Sie, denn sonst können Sie Ihr Trinkgeld vergessen."

„Natürlich, der Herr. Natürlich." Der Wagen fuhr wieder an, und Valentin schloss erneut die Augen, um den Abend in Gedanken durchzugehen.

„Darf ich Ihnen eine Frage stellen?" Die Worte des Fahrers rissen Valentin schon wenige Augenblicke später wieder aus seinen bildreichen Träumen.

„Kommt drauf an", erwiderte er gereizt. „Meine Bankverbindung werde ich Ihnen nicht verraten."

„Keine Sorge, der Herr. Wenn ich Sie mir so anschaue, sehe ich einen jungen und scheinbar erfolgreichen Geschäftsmann. Der Anzug, die Aktentasche, der Mantel." Die Stimme des Fahrers klang noch immer irritierend leise. „Könnten Sie einem einfachen Taxifahrer, der es im Leben nie zu etwas gebracht hat, erklären, wie man dahin kommt, wo Sie jetzt sind?"

Valentin wusste mit der Frage des Mannes nicht viel anzufangen. Er überlegte kurz, ob er sie mit einer flüchtigen Bemerkung vertreiben sollte wie eine lästige Fliege, entschied sich jedoch, dem armen Teufel eine lehrreiche Lektion zu erteilen.

„Wissen Sie", begann er. „Es gibt auf dieser Welt die verschiedensten Arten von Menschen. Die einen leben still und kraftlos vor sich hin. Ohne Ideen, Träume und Ideale. Sie vegetieren gedankenlos in den Tag hinein, gehen ihrer langweiligen, unwichtigen Arbeit nach, kriechen regelmäßig ihren Vorgesetzten in den Arsch und planen akribisch ihren armseligen Sommerurlaub, um sich dann zusammen mit anderen langweiligen und unwichtigen Kreaturen in einem drittklassigen Hotel gegenseitig vorzuspielen, wie glücklich sie doch sind. Diese Menschen sind tot, verstehen Sie? Sie arbeiten, fressen, scheißen, saufen, bumsen, wenn sie Glück haben und noch einen hochkriegen, und bewegen sich doch geistig keinen Millimeter. Sie sind wie an Land gespülte Pottwale, die nicht merken, dass ihnen die Kraft fehlt, um wieder zurück ins Meer zu kommen. Also liegen sie fett und untätig herum und glauben allen Ernstes auch noch, irgendwann wieder zurück ins rettende Nass zu gelangen. Doch warum sollten sie sich auch anstrengen? Noch haben sie ja etwas Wasser unter ihrem Leib, noch können sie atmen. Dass ihr dickes Hinterteil bereits langsam vor sich hin fault, merken sie nicht. Und dann ist es irgendwann zu spät. Ihnen wird in einem schmerzhaften Moment klar, dass sie ihr Leben verwirkt haben und dass sie nichts mehr ändern können. Na ja, und dann geht es halt zu Ende. Sie sterben und verrotten oft jahrzehntelang, noch bevor das Herz aufgehört hat zu schlagen."

„Und fahren dabei Taxi?"

Valentin lächelte. Ganz so dumm schien der Kerl nicht zu sein. Er konnte mit der Wahrheit umgehen und hatte allem Anschein nach Sinn für schwarzen Humor.
„Zum Beispiel. Aber nicht, dass ich Ihren Beruf nicht zu schätzen wüsste. Im Gegenteil: Leute wie Sie muss es ja auch geben." Er machte eine kleine Pause, um seine Worte wirken zu lassen. Er fühlte sich großartig und beschwingt von seinem Monolog.
„Doch dann sind da eben die anderen Menschen. Kluge, phantasievolle und strategisch denkende Individuen mit genauen Vorstellungen von ihrer Zukunft. Charaktere, die sich nicht mit dem Mittelmaß und dem grauen Einheitsbrei zufriedengeben. Personen, die aus der Masse herausbrechen, die etwas bewegen und schaffen wollen. Und diese Menschen sind es in der Regel, die die Entscheidungen treffen, Konzerne führen, Visionen verwirklichen und teure Anzüge, schnelle Autos und große Penthouse-Wohnungen besitzen."

„So wie Sie, mein Herr?"
Valentin grinste triumphierend.
„So wie ich."

Der Fahrer blickte noch immer starr nach vorne. Der Verkehr hatte etwas abgenommen, und es waren weniger Autos auf den Straßen zu sehen.

„Müssen Sie dabei manchmal auch über Leichen gehen?"

Valentin dachte kurz über die Frage nach, während er die Augen zum wiederholten Mal geschlossen hatte. Er bemerkte, dass der Wagen erneut gestoppt wurde. Diesmal jedoch sehr sanft und behutsam. Er lächelte befriedigt.

„Natürlich nicht im wahrsten Sinne des Wortes. Manchmal kommt es jedoch vor, dass so ein armer Verlierer auf der Strecke bleibt. Das ist halt der Lauf der Welt. Evolutionslehre – die Starken vernichten die Schwachen."

„Wie recht Sie doch haben."

Etwas in der Stimme des Fahrers ließ Valentin aufhorchen, und plötzlich stellten sich ihm die Nackenhaare zu Berge. Sein Herz schlug schneller. Er öffnete die Augen, und das Letzte was er in seinem Leben sehen sollte, war eine glänzende Nickelbrille hinter einer Feuer speienden Revolverlaufmündung.

„Wie recht du doch hast, mein Junge."

Leipzig

12.05.1996 / 0:50 Uhr

Der alte Landstreicher hatte ihn nicht kommen hören, und als er ihn schließlich bemerkte, war es schon zu spät. Zwei starke Hände packten ihn am Kragen und warfen ihn mit voller Wucht gegen die Außenwand der verlassenen Bushaltestelle. Als ihn die schweren Stiefel daraufhin wieder und wieder trafen, fing er stumm an zu beten. Seine verschmutzten Wollhandschuhhände bemühten sich, das bärtige Gesicht zu schützen. Er spürte die regennasse Straße unter sich, während Rotz und Blut wie Sturzbäche aus seiner Nase flossen. Der alte Mann versuchte nicht einmal, sich zu wehren. Er hatte solche Momente schon zu oft erlebt, und die Erfahrung hatte ihn gelehrt, in Augenblicken wie diesen einfach ruhig liegenzubleiben, seine Fresse zu halten und keine Gegenwehr zu zeigen.
Denn irgendwann würde es schon vorbei sein.
Irgendwann.
Und dann würde alles wieder gut.

Sein Angreifer hielt plötzlich inne, beugte sich über ihn, griff erneut zu und brachte ihn unsanft auf die Beine zurück, die Finger eisern im Stoff des Parkas verkrampft. Nun waren sie auf gleicher Augenhöhe, und der Alte sah zum ersten Mal den Schädel des Schlägers.
Blass sah er aus.
Blass und wütend.
Und natürlich kahlrasiert.
Wie immer!
Seine Nase schmerzte fürchterlich. Er bekam kaum Luft, musste husten, und ein roter Klumpen aus Schleim und Blut

traf seinen direkt vor ihm stehenden Peiniger am Kinn. Dieser zog den Alten nun noch näher zu sich heran, während Blitze des Hasses aus seinen dunklen Augenhöhlen zuckten. Dann bewegten sich, kaum wahrnehmbar, die schmalen Lippen des Tieres, und ein zischendes Etwas drang durch die Ohren des alten Mannes direkt in dessen Gehirn. Die Stimme war heiser und eisig.

„Hey, Zecke. Wie fühlt es sich an, wenn man weiß, dass der Tod direkt vor einem steht?"

1:10 Uhr

Er hatte den Alten auf einen der Plastiksitze des Bushäuschens gesetzt und an die Wand gelehnt. Selbst wenn man direkt vor der Haltestelle stand, konnte man nicht erkennen, dass der Obdachlose tot war. Er wirkte eher wie jemand, der friedlich seinen Rausch ausschlief. Zudem würde er in dieser einsamen Gegend frühestens in fünf bis sechs Stunden entdeckt werden. Gerd hatte dem Landstreicher mit einem Tuch aus dessen Rucksack provisorisch das Gesicht gereinigt und ihm zudem die verdreckte Schirmmütze weit über die Augen geschoben.

Nach vollendeter Arbeit betrachtete er stolz und zufrieden sein Werk. Eine Ratte weniger, dachte er und spuckte dem Alten angewidert auf den Schirm seiner Mütze.
„Letzter Gruß vom Sensenmann", flüsterte er anschließend beschwörend und rümpfte die Nase. Er suchte in der Innentasche seiner Bomberjacke nach Zigaretten, fand schließlich welche und zündete sich genüsslich eine an.

1:25 Uhr

Gerd marschierte durch die menschenleeren Straßen. Seine mit Eisen beschlagenen Stiefelabsätze verursachten einen fast hypnotischen Klang in den tiefen Schluchten menschlicher Ex-Hochbehausungen. Diese ragten links und rechts von ihm fünfzehn Stockwerke in die Höhe, und alle waren sie leer, unbewohnt und oftmals ohne wirklichen Besitzer.

Der goldene Westen war noch zu nah, und das Gute in der Heimat schon zu weit weg. Der Stadt Leipzig, die wenige Jahre später mit ihrer völlig überzogenen und utopischen Selbstinszenierung vergeblich versuchen würde, die Olympischen Spiele nach Sachsen zu holen, fehlte es heute, sechs Jahre nach der Einheit, sowohl an Attraktivität, um diese ruinösen Kolosse mit Leben zu füllen, als auch an dem nötigen Kleingeld, um sie einfach abreißen zu lassen. Und so starben nach und nach ganze Straßenzüge einfach aus. Moderne Geisterstädte; frisch renoviert, einige noch mit Baugerüsten verkleidet, bezugsfertig und doch verwahrlost und verkommen.

Doch nie ganz ohne Leben.

Die Hochhäuser waren, nachdem auch die letzten braven und desillusionierten Bürger das Weite gesucht hatten, schnell zum perfekten Paradies und Rückzugsort für Obdachlose, Hausbesetzer ohne politisches Rückgrat, Autonome, Dealer, gesuchte Verbrecher, illegale Einwanderer, Menschenhändler und ihre osteuropäischen Bettel- und Prostitutionsopfer, Drogenabhängige, Straßengangs und herumstreunende Jugendliche geworden.

Aber auch normale Kinder liebten es, in den leerstehenden Hochhäusern *Verstecken* oder *Räuber und Gendarm* zu spielen. Sie liefen stundenlang wie unerschrockene Abenteurer mit ihren Spielzeugpistolen durch die tristen Treppenhäuser, erkundeten Keller, Fahrstuhlschächte und Dächer oder gingen einfach in eine der ca. 3500 verlassenen, meist offenstehenden Wohnungen, um sich dort einen Unterschlupf oder eine geheime Höhle zu bauen. Wenn man die Fenster mit Decken abhängte, konnte man nachts sogar Kerzen, Taschenlampen oder kleine Lagerfeuer entzünden, ohne dass es auch nur eine Seele mitkriegte – oder mitkriegen wollte.

Gefährlich wurde es nur, wenn sich rivalisierende Gruppen oder Gangs in den Gemäuern begegneten oder sich zum *Hauen* verabredeten. Es war in den Jahren seit 1993 oft zu regelrechten Schlachten innerhalb der *Toten Riesen* gekommen, und nicht selten hatten dabei junge Menschen ihr Leben lassen müssen.

Wenn es auf dieser verdreckten Welt überhaupt etwas gab, was Gerd mochte, dann waren es diese scheinbar menschenleeren Hochhäuser, diese scheinbar menschenleeren Straßen. Hier gab es nur grauen Beton, verrammelte Geschäfte, zerstörte, völlig veraltete Telefonzellen, ausgebrannte Müllcontainer, keinen Strom und in der Regel auch keine Polizei. Obwohl er in der Innenstadt, nahe des Hauptbahnhofes, eine Zwei-Zimmer-Wohnung direkt unter dem Dach eines Altbaus gemietet hatte, hielt er sich die meiste Zeit über in seinem *Adlerhorst* auf, welcher sich im 15. Stock der Kieler Straße 9 befand. Von dort aus hatte er über eine schmale Treppe direkten Zugang zum Dach und von dort wiederum den perfekten Blick über den Stadtwald bis hin zum Völkerschlachtdenkmal und weiter bis zur City. Wie oft hatte er einfach nur allein dort gesessen und sich sinnlos betrunken. Und wie viele Stunden hatte er dort mit seinen Kameraden verbracht, während sie Überfälle und Hauereien geplant oder über das Zustandekommen einer neuen arischen Rasse diskutiert hatten.

Doch am liebsten war er allein.
Dort auf seinem Dach.
Dann waren die Wut und der Hass auf sich und die Welt nicht ganz so groß.

Im Treppenhaus von Nr. 9 war es dunkel und feucht. Hier war noch nichts von der warmen und frischen Frühlingsnachtluft zu merken. Stattdessen roch es nach Schimmel, Moder und menschlichen Ausscheidungen aller Art. Wie immer blieb Gerd kurz unten im Eingangsbereich bei den herausgerissenen Briefkästen stehen und lauschte. Wie ein Wolf reckte er dabei den geschorenen Schädel nach oben und wanderte im Geiste alle Stockwerke ab.

Nichts zu hören.
Er schien allein zu sein.

Er begann mit dem Aufstieg. Er hatte oben in seinem Horst noch eine halbe Kiste Bier gebunkert, und er freute sich auf die wohlverdiente Erfrischung. Was würde das für eine Aufregung unter seinen Kameraden geben, wenn diese von seiner Tat erfuhren. Auf die Schultern klopfen würden sie ihm und ihm die Hände mit dem Gruß ihres Führers und Idols entgegenstrecken. So, wie sie es immer taten. Und wieder einmal würde er sich als ihr alleiniger Anführer, als ihr alleiniger Kopf und Vordenker erweisen. Und Diana würde sich an ihn schmiegen und ihn ihre großen, festen Brüste spüren lassen. Und dann würden sie in den Nebenraum gehen, und sie würde ihn auf der verdreckten Matratze ranlassen. Und alles, während die anderen nebenan grölten und soffen.

Ein kaltes Lächeln lag auf seinem kantigen Gesicht, als er vor einer völlig zersplitterten Wohnungstür im fünften Stock plötzlich innehielt und erstarrte. Wie ein Jagdhund verharrte er. Das Haupt nach vorn gestreckt, den Oberkörper leicht gebeugt.

Witterung aufnehmend.

Er hatte etwas gehört.
Etwas, das definitiv nicht hierher gehörte.

Da war es wieder!

Und es schien direkt aus der Wohnung vor ihm zu kommen. Fast unbewusst glitt seine rechte Hand unter die Bomberjacke und umschloss den Griff der aufgebohrten Gaspistole, die er seit einiger Zeit immer und überall dabei hatte.

Da!
Etwas Hohes, Helles, Wimmerndes.
Und es kam tatsächlich aus der Wohnung. Es klang wie ein verletztes Tier oder wie das entrückte Kichern eines Wahnsinnigen.

1:47 Uhr

Mit erhobener Pistole und gespanntem Hahn setzte Gerd vorsichtig einen Stiefel vor den anderen. Dabei vermied er jegliches Geräusch. In der Wohnung war es wegen der vielen Fenster etwas heller als im Treppenhaus, und die an die Dunkelheit gewöhnten Augen hatten kein Problem damit, ihrem Besitzer die nötige Orientierung zu liefern.

Erneut vernahm er dieses seltsame Geräusch. Diesmal noch heller, noch leidender, noch unheimlicher. Es kam aus dem Zimmer am Ende des Korridors. Wenn das wieder einer dieser bekloppten Junkies ist, verpasse ich ihm `ne Ladung, dachte Gerd. Dann kriegt er seinen Goldenen Schuss direkt von mir. Den blas ich weg.

Die Tür hing nur noch halb in den Angeln, und in dem Raum schien es ein wenig dunkler zu sein als in den übrigen Zimmern. Vielleicht hatte jemand Vorhänge zugezogen oder Pappe in die Fenster geklebt. Gerd stand ruhig atmend neben dem Türrahmen.
Er spürte seine Anspannung, und er fühlte, wie gut ihm das tat. Er brauchte den Kick, die Konzentration, den Kampf. Und zum Kampf würde es kommen, wenn sich so ein asozialer Drogenkrüppel in seinem Revier aufhielt.

Junkies hasste er fast noch mehr als Ausländer, Schwule und Penner, nachdem sich seine kleine Schwester vor etwa zwei Jahren totgefixt hatte. Den Dealer, der seine Kati fast ein Jahr lang mit dem gestreckten, verunreinigten Stoff versorgt hatte, fischte man einige Wochen später mit eingeschlagenem Schädel, gebrochenem Genick und unzähligen Knochenbrüchen etwa dreißig Kilometer östlich von Leipzig aus der Elbe. Neben den zugefügten Blessuren hatte man ihm einen etwa 20 mal 20 Zentimeter großen Judenstern in die Brust geschnitten.

Die Täter wurden nie gefunden, und es ist fraglich, ob überhaupt jemals intensiv nach ihnen gesucht worden war.

Im Kopf überprüfte er die Waffe und jeden Muskel seines Körpers.
In dem Raum war es nun still.
Zu still.

Hatte der Eindringling Verdacht geschöpft? Hatte er ihn gehört? Oder war er schon völlig weggetreten? Gerd atmete tief aus und schloss dabei für einen Moment seine Augen. Plötzlich entfuhr seinem Mund ein wütender, markerschütternder Schrei. Er hob die Pistole, trat die Tür mit seinem Kampfstiefel aus der letzten Angel und rannte wie ein Stier mit hochgezogenen Schultern und gesenktem Kopf direkt in die Mitte des abgedunkelten Raumes. Da hörte er auf einmal wieder dieses asthmatische Ächzen und Stöhnen.
Dieses Wimmern. Direkt hinter sich.
Wie ein Raubtier schnellte er herum und ließ sich dabei zu Boden fallen. Und noch bevor er diesen berührte, hatte er auch schon geschossen.

1:55 Uhr

Gerd hatte die Vorhänge von den Fenstern gerissen, und nun durchflutete helles Mondlicht das fast leere Zimmer. Er saß noch immer fassungslos und gelähmt vor dem wimmernden Häufchen Mensch, das da, in blutige Handtücher gewickelt, vor ihm lag.

Der Säugling schlief jetzt. Um ihn herum nur Blut, Stofffetzen, Taschentücher und eine leere Flasche Cola. Gerd fingerte unbewusst nach einer Zigarette, zündete sie an und inhalierte tief. Danach stand er jedoch, einer unbewussten Eingebung folgend, auf und entfernte sich mit der Zigarette von dem Kind. Er trat ans Fenster und öffnete es, sodass der Qualm abziehen konnte. Frische, herrlich duftende Nachtluft strömte in die heruntergekommene Wohnung. Er lehnte sich gegen die Fensterbank und versuchte, seine Nerven zu beruhigen, während der Mond scheinbar amüsiert auf ihn herabblickte.

2:20 Uhr

Der Säugling war wieder erwacht und begann zu schreien. Gerd schmiss seine Zigarette aus dem Fenster und bewegte sich unbeholfen auf das Baby zu. Er fühlte sich mit seinen 28 Jahren plötzlich unfassbar hilflos und unfähig. Vorsichtig kniete er sich auf den verdreckten Teppich und berührte das Gesicht des Kindes mit seinem Zeigefinger. Unterhalb des linken Ohres hatte es ein kleines aber deutlich sichtbares Feuermal.

Er fasste sich ein Herz und nahm den Säugling, der noch immer in ein altes Stofftuch gewickelt war, zum ersten Mal auf den Arm. Dieser wollte sich jedoch nicht beruhigen lassen. Gerd stand auf und ging langsam im Zimmer auf und ab, das Baby behutsam in seinen Armen wiegend. Er hatte noch niemals ein Baby getragen und kam sich irgendwie albern, lächerlich und weibisch vor.

Was sollte er tun?
Die leibliche Mutter, wahrscheinlich so eine völlig kaputte Drogenkuh, würde bestimmt nicht plötzlich hereingeschneit kommen, um sich des ausgesetzten Säuglings anzunehmen.

Während das Baby immer weiter schrie, spürte Gerd, wie eine innere Unruhe in ihm heranwuchs. Er trat ans Fenster und verschloss es mit einer Hand. Anschließend ging er zurück zu den blutgetränkten Handtüchern. Die Körperflüssigkeit wirkte im Mondlicht schwarz und bedrohlich. Er legte das Kind zurück auf den Boden. Es war plötzlich ganz ruhig geworden und sah ihn mit großen, lebendigen Augen an.

Und endlich fasste er seinen Entschluss. Er fuhr sich mit der Hand übers Gesicht, schenkte dem Säugling einen letzten Blick und drehte sich um.
„Tut mir leid, aber ich kann das nicht."

Danach ging er aus dem Zimmer. Seine Schritte hallten durch den schmalen Flur. Sein Herz schlug ihm bis zum Hals. Im Treppenhaus stürzte er die Stufen nach unten. Vorsichtig sah er durch die Haustür. Es war niemand zu sehen. Niemand, der ihn verraten oder wiedererkennen konnte. Niemand, der ihm einen Vorwurf machen würde. Er verließ die Kieler Straße Nr. 9 und sah nicht ein einziges Mal zurück.

6:20 Uhr

Er wachte schweißgebadet auf. Der Traum war fürchterlich gewesen. Immer wieder hatte er den toten Landstreicher in der Bushaltestelle gesehen, und immer wieder war er auf ihn zugegangen. Immer wieder hatte er ihm die Schirmmütze vom Kopf geschlagen, und immer wieder hatten ihn große, anklagende Babyaugen angestarrt. Er fuhr sich mit der zitternden Hand über die Glatze, langte neben sich und fand eine Zigarette.

Draußen wurde es langsam hell, und Gerd hörte einen einfahrenden Zug im Hauptbahnhof. Er warf die Zigarette in eine leere Bierflasche und stand, noch immer unruhig und fahrig, auf. Er trug nur Shorts. Auf seiner muskulösen Brust war ein großes Hakenkreuz tätowiert. Auf seinem linken Oberarm stand in altdeutschen Lettern die Botschaft „Krieg macht frei“ und auf seinem rechten die Zahl 88.
Langsam ging er ins Badezimmer und setzte sich auf den Rand der Wanne. Laurie, so hatte er die Kleine spontan genannt, schlummerte friedlich in einem Meer aus Kissen und T-Shirts. Er hatte das Mädchen vor etwa einer Stunde mit der Spezialmilch aus der Notapotheke gefüttert und mit neuen und übergroßen Windeln unbeholfen gewickelt. Irgendwann war es friedlich in seinen Armen eingeschlafen.

Er war keine hundert Meter weit gekommen. Dann hatte er sich umgedreht und war wie ein Irrer zurück zu seinem Toten Riesen gerannt. Völlig außer Puste hatte er die Wohnung erreicht und sich vor dem Säugling auf den Boden geworfen. Wimmernd und flehend hatte er ihn in die Arme genommen, fest an sich gedrückt und hemmungslos zu weinen begonnen. Zum ersten Mal seit dem Tod seiner Schwester sackte er wieder völlig in sich zusammen und kauerte hilflos und klein in einer schwarzen Welt, die er schon lange nicht mehr verstand und noch nie verstanden hatte.

9:01 Uhr

„In der Braunstein-Allee hat sich heute Nacht allem Anschein nach ein Mord ereignet. Wie ein Polizeisprecher unserem Sender auf Anfrage mitteilte, wurde heute Morgen gegen sieben Uhr eine männliche Leiche in einer Bushalte-

stelle entdeckt. Es scheint sich dabei um einen Obdachlosen zu handeln. Nach Polizeiangaben wies der Mann starke Verletzungen im Gesicht und im Halsbereich auf. Die Spaziergängerin, die den Toten gefunden hatte, wurde mit einem Schock ins Krankenhaus eingeliefert. Wer sachdienliche Angaben zu diesem Verbrechen machen kann, möge sich bitte an eine örtliche Polizeidienststelle wenden.

Und auch im nächsten Fall bittet die Kripo Leipzig um Ihre Mithilfe. In den Morgenstunden meldete sich eine junge Frau mit ihren Eltern im Samariter-Krankenhaus. Sie gab an, in der vergangenen Nacht heimlich ein Kind zur Welt gebracht zu haben. Es handelt sich dabei um ein Mädchen. Aus Angst vor ihrer Familie geschah dieses in einem der verlassenen Hochhäuser in der Kieler Straße. Aus Verzweiflung ließ sie ihr Kind zurück. Einige Stunden später vertraute sie sich jedoch ihren Eltern an, die sie sofort zu dem Ort der heimlichen Entbindung fuhren. In der leerstehenden Wohnung fanden sie den ausgesetzten Säugling jedoch nicht mehr vor. Daraufhin fuhren sie zum Krankenhaus, in der Hoffnung, dass das Baby dort vielleicht von jemandem in die Babyklappe gelegt worden war. Doch weder in diesem noch in den anderen Krankenhäusern der Stadt und der näheren Umgebung war in der Nacht ein Neugeborenes abgegeben worden. Die Polizei geht mittlerweile von einer Kindesentführung aus. Wer Angaben zu diesem Vorfall machen kann, möge sich bitte ebenfalls bei einer Polizeidienststelle melden. Und nun zum Wetter."

10:03 Uhr

Während Gerd mit der friedlich schlafenden Laurie in einem abgewetzten Sessel saß und immer wieder sein Gesicht

175

in ihre kurzen schwarzen Haare drückte, kam die Sonderermittlungsgruppe „Braunstein-Allee" im zweiten Stock des Polizeipräsidiums zusammen. Paul Schumacher, Hauptkommissar im Morddezernat II und Leiter des 8-köpfigen Teams, fasste kurz alle Informationen zusammen, die sie bis jetzt über den Fall hatten. Anschließend verteilte er die Aufgaben, und die Frauen und Männer gingen an ihre Arbeit.

Es war nicht das erste Mal, dass in den letzten Monaten in Leipzig ein Obdachloser angegriffen worden war. Und es war auch nicht das erste Mal, dass dabei jemand zu Tode gekommen war. Die Polizei vermutete schon seit geraumer Zeit, dass diese Taten einen rechtsextremistischen Hintergrund haben könnten. Bis dato hatte es jedoch noch nicht eine einzige Verhaftung gegeben. Erschwert wurden die Ermittlungen dadurch, dass die Opfer zumeist in wenig bewohnten Vierteln attackiert worden waren, sodass es neben den kaum verwertbaren Spuren auch niemals brauchbare Zeugenaussagen gegeben hatte.

Doch diesmal sah es etwas anders aus. Obschon Schumacher auch jetzt nicht mit einem Zeugen rechnete, der ihnen bei der Lösung des Falles helfen konnte, gab es etwas, das ihn ein wenig zuversichtlicher in die Zukunft blicken ließ.

Neben einem gesicherten Stiefelabdruck an einer leicht sandigen Stelle neben der Haltestelle hatten die Beamten eine frische Zigarettenkippe in unmittelbarer Nähe des Tatortes gefunden. Die größte Hoffnung verband er jedoch mit einer Speichelprobe, die die Kollegen der Spurensicherung vom Schirm der Baseballmütze hatten nehmen können, die das Opfer getragen hatte. Zigarettenkippe und Speichel befanden sich bereits seit vierzig Minuten im Labor, und vielleicht konnten ihm schon am nächsten Tag erste Ergebnisse mitgeteilt werden.

11.30 Uhr

Er fühlte sich gut. Nachdem er dem Säugling erneut die Flasche gegeben hatte, so langsam entwickelte er eine gewisse Routine, kochte er Kaffee und aß kalte Ravioli aus der Dose. Dann setzte er sich vor den Fernseher und schaltete den Videorekorder ein. Die Kassette, die er sich anschauen wollte, hatte er nach langem Suchen schließlich unter dem Bett gefunden. Sie war noch in gelbes, vergilbtes Geschenkpapier verpackt, und es stand in geschwungenen Buchstaben *„Für mein Bruderherz zum Geburtstag"* darauf.

Rauchend griff er nach der Fernbedienung, wobei er feststellte, dass seine Hände leicht zitterten. Er führte es darauf zurück, dass er noch keinen Alkohol getrunken hatte, was zu dieser Uhrzeit sehr ungewöhnlich für ihn war.

Der Bildschirm begann zu flackern, und schließlich sah er das Gesicht seiner Schwester. Sie blickte keck in die Kamera, und ihre Augen strahlten vor Aufregung.

„Liebe Fernsehzuschauer! Sie fragen sich bestimmt, wo ich jetzt gerade bin. Ich werde es Ihnen sagen. Ich bin in Berlin, der alten und neuen Hauptstadt, und ich stehe direkt vor dem Brandenburger Tor." Die Kamera schwenkte wackelnd nach oben, und tatsächlich konnte man wenige Augenblicke später das gigantische Bauwerk mit der fünf Meter hohen kupfernen Quadriga sehen. Dann wieder das junge Mädchen: „Ja, wir schreiben das Jahr 1993, und wir befinden uns auf 10er Abschlussfahrt. Es ist Juni, sehr schön warm, und wenn Sie wollen, können Sie mit uns nun Berlin sehen und erleben. Deshalb rate ich Ihnen: Folgen Sie mir weiter, bleiben Sie nicht stehen!"

In der nächsten Einstellung saßen mehrere Jugendliche an Bistro-Tischen direkt vor dem Eingang von *„Joe am Ku'damm"*, als plötzlich das Telefon klingelte. Gerd schnellte erschrocken hoch, schaltete den Fernseher aus und suchte das nervende Gerät. Er fand es schließlich im Badezimmer unter einem Berg Wäsche. Bevor er das Gespräch annahm, schluckte er den Kloß herunter, der sich während der letzten Minuten in seinem Hals gebildet hatte.

„Ja?", fragte er mit belegter Stimme. „Alles in Ordnung, Kamerad. Und selbst?" Gerd trat ans Fenster und sah hinaus. „Nee, gerade erst aufgestanden", sagte er und spannte seine Armmuskeln an. „Natürlich war ich das. Habe euch doch gesagt, dass wir die Säuberungsaktion jetzt richtig klarmachen. Hat zumindest schön gelitten, die Zecke." Auf Gerds Gesicht lag ein harter Ausdruck, als er fortfuhr: „Nee, lass mal. Da habe ich jetzt keinen Bock drauf. Feiert alleine, oder kriegt ihr das nicht geregelt?" Er lief ein paar Schritte durch sein kleines Wohnzimmer. „Ich bin nicht sauer, Blödsinn. Ich will nur meine Ruhe." Genervt verdrehte Gerd die Augen und hielt das Telefon ein Stück weit von seinem Kopf weg. Dann sagte er abschließend: „Ja gut. Bis die Tage. Sieg Heil!"

Gerd warf das Telefon aufs Bett und ging langsam ins Badezimmer. Laurie war wach. Sie betrachtete ihn aus großen Kulleraugen, und als er sie hochhob, gab sie ein leises Seufzen von sich. Er roch an ihrem Köpfchen, streichelte ihr rotes Feuermal und lächelte sie zaghaft an.

23:05 Uhr

„Und Sie sind sich ganz sicher?"

„Natürlich! Ich hör es doch noch immer schreien. Direkt über mir. Das geht nun schon Stunden so."

„Vielleicht hat er Besuch mit Kindern."

„Der? Nein, bestimmt nicht! Wenn der Besuch hat, sind das immer irgendwelche besoffenen Skins. Ganz üble Leute. Nein, ich sage Ihnen: Der hat das Kind entführt und will es verkaufen. Man hört ja so viel über Menschenhandel und so."

„Schon gut, schon gut. Wir können uns die Sache ja mal ansehen. Wie heißt der Mann? Und wie lautet die Adresse?"

23:30 Uhr

Laurie versank regelrecht in Gerds schwarzem *German-Pit-Bull*-Shirt. Doch sie war wieder zufrieden. Sie hatte die letzten zwei Stunden fast durchgehend gebrüllt. Egal was Gerd auch versucht hatte, sie wollte sich einfach nicht beruhigen lassen. Voller Verzweiflung und Ohnmacht hatte er gespürt, wie langsam Wut und Aggressivität in ihm aufgestiegen waren. Während er sie immer wieder zu füttern versucht hatte, hatte er ein Bier nach dem anderen getrunken. Nun lag sie vor ihm auf seinem Bett, und er machte ihr eine neue Windel.

Gerd war innerlich wieder völlig ruhig und entspannt, und weder der Anblick noch der Geruch des dunklen Kindspechs brachten ihn durcheinander. Nachdem er Laurie wieder in sein Shirt gewickelt hatte, lümmelte er sich zu ihr aufs Bett. Er legte seinen Kopf neben ihren auf das Kissen und bewunderte ihr Gesicht, ihre friedlichen Züge, ihr einmaliges Feuermal, ihre stille Weisheit, ihre ungebrochene Kraft. Und immer wieder sog er gierig ihren Duft ein. Glücklich schloss er die Augen und war bereits wenige Sekunden später eingeschlafen.

23:40 Uhr

Schumacher war gerade zu Bett gegangen, als das Telefon klingelte. Ein Mitarbeiter des Labors teilte ihm mit, dass sie wie die Besessenen Stunde um Stunde an der Speichelprobe gearbeitet hatten und zu einem Ergebnis gekommen waren.

13.05.1996 / 0:22 Uhr

Schumacher eilte die breite Eingangstreppe hinauf und begab sich direkt in die zweite Etage. Im Einsatzraum warteten bereits zwei Kollegen der Sonderermittlungsgruppe auf ihn. Er hatte sie direkt angerufen, und sie hatten es wegen ihrer kürzeren Fahrtwege tatsächlich noch vor ihm geschafft.
Schumacher schüttete sich frischen Kaffee in einen Becher und nippte daran. Er war aufgeregt. Die Müdigkeit, die ihn noch vor einer Stunde fast umgebracht hätte, war verflogen. Da öffnete sich die Tür, und ein älterer, untersetzter Mann im weißen Kittel trat herein. In seiner Hand hielt er eine rote Heftmappe.

„Hallo Günther. Mensch, du bist ja wahnsinnig. Ich schätze, das dürfte absolute Rekordzeit gewesen sein, was?"
Der dickliche Mann mit dem überarbeiteten Gesicht lächelte gequält und erwiderte:

„Kann schon sein, Paul. Doch irgendwie kamen wir schneller voran als geplant. Die Analyse hat natürlich am meisten Zeit verschlungen. Doch als die DNA endlich bestimmt war, ging alles ganz schnell."

Er trat auf Schumacher zu und legte die Mappe vor diesem auf den Tisch. Anschließend nahm er ihm die Tasse aus der Hand und gönnte sich einen großen Schluck.

„Autsch, der ist ja heiß!"

„Komm!", forderte Schumacher ungeduldig. „Spann uns nicht auf die Folter." Auch die zwei anderen Männer standen jetzt direkt am Tisch. Der Labortechniker wischte sich über den Mund.

„Wie gesagt, wir hatten Glück. Ich verglich die Probe nach der Analyse direkt mit denen der stadtbekannten Gewalttäter mit rechtsradikalem Background. Und siehe da: Beim zweiten Namen gab es direkt eine Übereinstimmung. Dankbarerweise fängt sein Nachname mit *A* an."

Schumacher sah erregt und angespannt zu ihm hinüber. Der Techniker fuhr indes fort:

„Alberts, Gerd Alberts. Skin, Schläger, Möchtegern-Führer. Hat etwa zwanzig Glatzen um sich herum angesammelt und steht seit längerer Zeit immer wieder unter Beobachtung. Hat insgesamt schon drei Jahre im Knast gesessen. Unter anderem von 1988 bis 1990 in Bautzen II. Hat damals mit anderen Schlägern eine Gruppe von, und jetzt kommt's, Obdachlosen aufgemischt und einen Tippelbruder ins Koma getreten. Hatte damals einen guten Anwalt. Alfons Schäfer. Ihr wisst schon: Der ist doch jetzt NPD-Funktionär in Dresden und ständig im Fernsehen."

Schumacher war auf einmal sehr nervös.

„Und du bist dir ganz sicher? Keine Verwechslung möglich?" Der Laborant sah ihn gekränkt an.

„Paul, ich bitte dich."

„Entschuldige! Ich kann es nur kaum fassen, dass wir wirklich so dicht vor der Auflösung dieses Falles stehen. Vielen Dank, Günther. Hast einen gut bei mir."

Er schlug dem Kollegen auf die Schulter und griff nach der Mappe. Nachdem er gefunden hatte, was ihm wichtig erschien, langte er nach dem Telefon und veranlasste mit kurzen Anweisungen alles Weitere. Als er aufgelegt hatte, stand der Labortechniker noch immer im Raum.

„Mensch, Günther. Geh nach Hause und hau dich hin. Du hast genug geleistet heute."

Der Angesprochene lächelte unsicher.

„Ich weiß ja nicht, aber ich habe eben, als ich auf euch gewartet habe, im Raucherraum mit einem jungen Polizisten gesprochen, der vor etwa einer Stunde einen Anruf entgegengenommen hat."

Schumacher wurde langsam ungeduldig.

„Na und?"

Der Techniker gab ihm schweigend einen Zettel, den er zuvor aus seiner Kitteltasche geholt hatte. Schumacher überflog hastig die wenigen handschriftlichen Zeilen und starrte seine Kollegen anschließend erstaunt an.

„Männer, ihr glaubt nicht, was hier steht."

1:24 Uhr

In der Wohnung war es still und dämmrig. Silbernes Mondlicht fiel fast zärtlich durch die Dachfenster und streichelte den muskulösen, tätowierten Körper des Mannes, dessen rechter Zeigefinger sich seit geraumer Zeit schon in der geschlossenen Faust des gleichmäßig atmenden Säuglings befand.

1:25 Uhr

Schumacher hatte zwei Männer vom SEK auf dem gegenüberliegenden Hausdach postiert und ließ sich ständig über Funk mitteilen, wie es in der Wohnung aussah. Die Tatsache, dass der mutmaßliche Mörder unter Umständen einen Säugling in seiner Gewalt hatte, veränderte das weitere Vorgehen entscheidend. Die Gesundheit und das Leben des Kindes durften auf keinen Fall gefährdet werden.
Nachdem etwa zehn Minuten lang in der Wohnung keine Bewegung registriert wurde, gab er den Befehl zum Zugriff.

1:29 Uhr

Die zehn Männer stehen reglos im dunklen Treppenhaus. Sie tragen Schutzwesten, Sturmhauben, Helme und geladene, entsicherte Pistolen. Schumacher kommt leise die Stufen herauf. In der Nachbarwohnung verkündet eine Uhr hörbar die volle halbe Stunde. Er hebt den Zeigefinger, nickt dem Mann mit der Stahlramme kurz zu und formt mit den Lippen ein Wort.

„Go!"

Jetzt geht alles sehr schnell. Die Ramme kracht brüllend gegen die Stelle der Tür, an der sich das Schloss befindet, und wenige Sekunden später sind die Männer auch schon in der Wohnung. Starke Lampen jagen Lichtbalken durch die Räume. Es riecht nach Bier und vollen Windeln. Der Mann mit dem Hakenkreuz auf der Brust wird im Schlaf überrascht und leistet keinen Widerstand. Der Säugling beginnt lauthals zu schreien, als der Skinhead unsanft auf den Boden geworfen wird. Handschellen werden gezückt und sehr

eng angelegt. Dann wird der vermeintliche Mörder hoch-
gewuchtet und mit nach unten gedrücktem Kopf aus der
Wohnung geführt. Plötzlich reißt er sich los und rammt
dem neben ihm stehenden Beamten seinen Schädel gegen
die Stirn. Dabei brüllt er wie ein angeschossenes Tier. Drei
Maskierte reißen ihn erneut zu Boden, drücken ihm einen
Stiefel ins Genick. Der Skinhead gibt auf. Murmelt nur
noch leise vor sich hin. Er flüstert die ganze Zeit. Auch
noch, als er schon lange im Streifenwagen sitzt und durchs
nächtliche Leipzig gefahren wird. Auch noch, als der Säugling längst im Krankenwagen von fachkundigen Händen
untersucht wird und unablässig schreit.

11.05.2005 / 15:02 Uhr

Er trug das blonde Haar zu einem Pferdeschwanz zusam-
mengebunden. Nervös zog er an seiner Zigarette und betrachtete immer wieder das kleine Geschenk, das direkt vor
ihm auf dem Tisch lag.
„Du wolltest doch nicht mehr rauchen."
Er drehte sich um und sah das Mädchen, das dort in der Tür
des Besucherraumes stand. Unsicher erhob er sich, drückte
die Zigarette im Ascher aus und wandte sich dem Kind und
dessen Mutter zu, die inzwischen auch eingetreten war.
Er war so nervös, dass er kaum etwas sagen konnte.
Deshalb ging er einfach nur in die Hocke und sah das Mädchen an. Groß war sie geworden, seine Kleine. Groß und
noch viel, viel hübscher. Mein Gott, dachte er. Wie sich ein
Kind doch in einem Monat verändern kann.

Das Mädchen kam auf ihn zu und schlang seine Arme um
ihn. Er drückte sein Gesicht in die dunklen Haare und ge-

noss den einzigartigen Duft. Dabei presste er den kleinen, warmen Körper fest an sich.

„Herzlichen Glückwunsch zum Geburtstag, meine Liebe", flüsterte er mit kaum hörbarer Stimme.

„Du stinkst nach Qualm!"

„Entschuldige, Kleines. Ich verspreche dir, dass ich wirklich versuchen werde, mit dem Rauchen aufzuhören. Doch die Zeit hier drinnen geht so langsam vorbei, dass man dankbar ist für jede Abwechslung."

Die Kleine blickte ihn ernst an.

„Hauptsache, du versuchst es weiter."

Er lächelte und sah dem Mädchen tief in die Augen. Dabei streichelte er ihm zärtlich über das rote Feuermal unterhalb des linken Ohres.

Danach löste er sich von dem Kind und drehte sich zu der jungen Frau um, die die Szene schweigend beobachtet hatte.

„Hallo, Gerd. Schön, dich zu sehen."

Dabei kam sie auf ihn zu und legte ihm ihre Arme um die Schultern. Als sich ihre Lippen berührten, merkte er erst, wie sehr sie ihm gefehlt hatte. Wie sehr sie beide ihm gefehlt hatten.

„Seid ihr bald mal fertig mit dem blöden Knutschen?", wollte das Mädchen aufgeregt wissen. „Das ist ja ekelhaft."

Die Frau lächelte ihre Tochter an.

„Hast ja recht, Laurie. Ich finde auch, dass es langsam höchste Zeit wird, dass du endlich Papas Geschenk auspackst."

Der Anruf

„Guten Tag, Sie sind verbunden mit der Kanzlei Emerich und Schubert. Mein Name ist Cordula Jansen. Was kann ich für Sie tun?"

„Guten Tag, Frau Jansen. Können Sie reden?"

Cordula strich sich irritiert eine Haarsträhne aus dem Gesicht, während sich eine Mischung aus Angst und Unsicherheit in ihrer Magengegend ausbreitete und sie spontan frösteln ließ.

„Ich verstehe Ihre Frage nicht. Mit wem spreche ich denn?"

„Das tut nichts zur Sache", erwiderte die metallisch verzerrte Stimme an ihrem Ohr. „Ich will nur wissen, ob wir ungestört reden können."

Cordula blickte sich nervös um. Außer ihr befand sich in diesem Augenblick niemand anderes in dem kleinen Foyer der Kanzlei.

„Ja, ja", stammelte sie. „Ich bin allein."

„Gut", sagte die verfremdete Stimme. „Dann hören Sie mir jetzt genau zu. Ich bitte Sie höflichst, einmal aufzustehen und aus dem Fenster auf die Straße zu sehen."

„Aber …"

„Tun Sie bitte, was ich sage, Frau Jansen", unterbrach sie die Stimme forsch. „Meine Zeit ist äußerst knapp bemessen."

Mit zitternden Beinen erhob sich Cordula von ihrem Schreibtischstuhl und trat ans Fenster.

„Braves Mädchen. Und nun weiter: Vor der Bäckerei auf der anderen Straßenseite steht ein schwarzer Lieferwagen. Können Sie ihn erkennen?"

Cordula nickte, ohne zu realisieren, dass sie nichts gesagt hatte.

„Und sehen Sie auch den Mann mit der Sonnenbrille, dem Bart und der dunklen Mütze, der neben dem Wagen steht und telefoniert?"

„Ja", antwortete Cordula. „Ich sehe ihn."

„Schön, Frau Jansen. Das bin ich."

„Aber was wollen Sie? Warum rufen Sie mich an?"

Es entstand eine kleine Pause, und Cordula beobachtete, wie der Mann auf der Straße scheinbar gelangweilt zu ihr blickte und lässig eine Hand zum Gruß hob.

„Sie möchten wissen, warum ich Sie angerufen habe, Frau Jansen? Gut, dann will ich es Ihnen verraten. Ich habe vor, mit Ihnen ein kleines Spielchen zu spielen."

„Ein kleines ... Spielchen?"

„Wenn ich es mir recht überlege, ist es gar nicht so ein kleines Spielchen", erklang die metallische Stimme aus dem Hörer. „Es ist genau genommen sogar ein ziemlich großes Spielchen. Ja, fast schon ein richtiges Spiel."

Cordula sog die Luft ein und stützte sich mit der freien Hand auf der Fensterbank ab.

„Was wollen Sie?"

„Frau Jansen", begann der Mann auf der anderen Straßenseite. „Ich möchte, dass Sie gleich unter einem Vorwand die Kanzlei verlassen und hier zum Lieferwagen kommen."

„Aber ..."

„Bitte lassen Sie mich ausreden", unterbrach sie die Stimme vorwurfsvoll. „Als ich eben von meiner knapp bemessenen Zeit sprach, war das kein Scherz. Haben wir uns verstanden?"

„Ja", hauchte Cordula, die in diesem Augenblick realisierte, dass auch ihre Hände zu zittern begonnen hatten.

„Sie kommen also rüber zum Lieferwagen", setzte der Unbekannte wieder an. „Sie öffnen die hintere Tür und finden auf der Ladefläche einen schwarzen Aktenkoffer. Nehmen Sie ihn und verschließen Sie die Tür wieder. Soweit alles kapiert?"

„Ja", antwortete Cordula, die sich in der Zwischenzeit wieder an ihren Schreibtisch gesetzt hatte.

„Der Koffer ist ziemlich schwer, Sie müssten ihn aber ohne Probleme tragen können. Gehen Sie dann zurück zur Kanzlei."

„Und was mache ich anschließend?", fragte Cordula, die die Antwort eigentlich gar nicht so genau wissen wollte.

„Nun kommt der heikle Teil der Aktion", verkündete die metallische Stimme. „Passen Sie einen günstigen Moment ab und platzieren Sie den Koffer im Konferenzraum unter dem Tisch. Wo genau, überlasse ich Ihnen. Wir haben es jetzt halb zwölf. Sehen Sie zu, dass der Koffer gegen viertel vor zwölf an seinem Platz steht."

„Und dann?", wollte Cordula wissen, die sich mittlerweile vorkam, wie die unfreiwillige Hauptdarstellerin in einem schlechten Kriminalfilm.

„Dann haben Sie noch 30 Minuten Zeit, um das Nötigste zusammenzupacken und die Kanzlei wieder zu verlassen. Glauben Sie mir: Es ist in Ihrem eigenen Interesse, dass Sie die Zeiten genau einhalten." Cordula fuhr sich nervös durch die Haare. Sie wollte und konnte nicht glauben, dass ihr das alles gerade widerfuhr.

„Was ist in dem Koffer?"

Die Stimme lachte höhnisch auf.

„Können Sie sich das nicht denken, Frau Jansen?"

„Nein", erwiderte Cordula, die sich sehr wohl vorstellen konnte, was sich in dem Koffer befand.

„In dem Koffer befindet sich eine Bombe, die genau um fünfzehn Minuten nach zwölf detonieren und die gesamte Kanzlei in einen rauchenden Haufen Schutt verwandeln wird."

Cordula spürte, wie ihr schwindelig wurde. Sie versuchte, ihren Blick auf ein Ölgemälde zu fixieren, das an der gegenüberliegenden Wand hing, doch es wollte ihr nicht gelingen. Die Farben flossen wie in einem Strudel rotierend ineinander, und sie musste die Augen schließen, um nicht gänzlich in sich zusammenzusacken.

„Hören Sie ...", brachte sie schließlich gepresst hervor. „Herr Emerich und Herr Schubert pflegen jeden Mittag gegen zwölf gemeinsam im Konferenzraum ihr Mittagessen einzunehmen, um dabei aktuelle Fälle, Termine und Anliegen zu besprechen."

Aus dem Telefonhörer erklang ein grausames Lachen.

„Das, Frau Jansen, ist das, worauf ich spekuliere."

„Sie wollen ...?"

„Ja, ich will."

Cordula atmete tief durch und krallte eine Hand um die Armlehne. Die Gedanken schwirrten ihr wie Hummeln durch den Kopf und verursachten von einer Sekunde auf die andere einen heftigen, pochenden Kopfschmerz.

„Hören Sie", wisperte sie schließlich mit bebender Stimme, während sie all ihren Mut zusammennahm. „Sie glauben doch wohl nicht, dass ich auf so einen Blödsinn hereinfalle, oder? Erzählen Sie diesen Quatsch einem anderen. Ich werde jetzt auflegen."

Es entstand eine Pause, während der ausschließlich die Atemgeräusche des Unbekannten und der Verkehrslärm der Straße aus dem Telefonhörer zu vernehmen waren. Als

Cordula schon hoffte, der Anrufer hätte es sich vielleicht anders überlegt, erklang die Stimme erneut. Diesmal jedoch noch ruhiger und bedrohlicher.

„Frau Jansen, ich würde Ihnen wirklich raten, meine Anweisungen zu befolgen. Glauben Sie mir, Sie möchten nicht, dass ich wütend werde."

„Ach ja?", erwiderte Cordula mit einem patzigen Unterton. „Was sollte mich denn daran hindern, einfach den Telefonhörer aufzulegen und meine beiden Chefs und die Polizei zu verständigen?"

Der Fremde wartete erneut einen schrecklich langen Moment, ehe er antwortete:

„Was Sie daran hindern sollte, Frau Jansen? Die Tatsache, dass ich Ihren kleinen Sohn in meiner Gewalt und an einem sicheren Ort versteckt habe, sollte Grund genug sein."

Cordulas Atmung setzte zusammen mit ihrem Herzschlag für einige Sekunden aus. Der Kopfschmerz ließ sie fast aufstöhnen, und sie hatte das Gefühl, in einem Ozean aus schwarzen Wellen zu versinken.

„Sie … haben …?"

„Richtig! Und er wird sterben, wenn Sie meine Forderungen nicht zu meiner vollsten Zufriedenheit erfüllen."

***

„Frau Jansen, ich habe hier einige Notizen, die Sie bitte unverzüglich zu einem Aktenvermerk zusammenstellen. Es wäre schön, wenn das noch vor Mittag erledigt werden würde."

Cordula zuckte zusammen, als sie die Stimme von Conrad Emerich vernahm. Sie blickte hoch und sah, dass der junge Anwalt direkt vor ihrem Schreibtisch stand. Hatte er schon länger dort gestanden? Sie konnte sich nicht erinnern.

„Sehr gerne, Herr … Emerich."

Ihr Chef musterte sie in seiner ihm eigenen herablassenden Art und meinte:

„Sind wir ein wenig neben der Spur heute, Frau Jansen? Sie wirken auf mich ziemlich durcheinander und nervös."

„Nein, Herr Emerich", antwortete Cordula ergeben. „Mir geht es gut. Ich wollte nur gerade kurz mal rüber in die Bäckerei – mir ein Stück Kuchen holen. Ich glaube, ich bin etwas unterzuckert."

„Unterzuckert?", echote Emerich. „Dass das einer so süßen Person wie Ihnen passieren kann, wundert mich doch schon arg."

Cordula bemühte sich um ein Lächeln.

„Ja, manchmal passiert das eben. Kann man nichts machen."

„Gut", entgegnete Emerich. „Dann seien Sie doch so nett und bringen mir und Herrn Schubert auch etwas mit. Ich denke da an drei bis vier Sahneteilchen. Das Geld kriegen Sie natürlich nachher wieder." Er beugte sich ein wenig zu ihr hinunter. „Oder haben Sie nicht genug dabei, um es vorzustrecken?"

„Doch, doch", beeilte sich Cordula zu sagen, stand auf und ging zum Garderobenschrank. „Für ein paar Stückchen Kuchen wird es wohl reichen." Sie warf sich ihre Strickjacke über und stand auch schon vor der Tür, die direkt auf die Straße führte.

„Und den Aktenvermerk tippe ich Ihnen auch noch vor Mittag."

„Großartig", erwiderte Emerich, während er Cordula hinterherschaute, um dabei hauptsächlich ihren Po zu begutachten.

***

Sie überquerte die Straße, ohne nach links oder rechts zu sehen. Während sie lief, ließ sie den dunklen Lieferwagen keine Sekunde aus den Augen. Der Fremde vom Telefon war nirgends zu sehen.

Sie wollte sich schon der Wagentür zuwenden, als ihr die Bäckerei wieder einfiel. Als wenn das noch nötig wäre, dachte sie verzweifelt, entschied sich aber schließlich doch, den Auftrag von Emerich auszuführen.

Drei Minuten später stand sie mit fünf in Papier verpackten Tortenstückchen wieder vor dem Lieferwagen. Sie öffnete die Hecktür, fand auf der Ladefläche alles so vor, wie es ihr der Fremde angekündigt hatte, und griff nach dem Koffer. Er war wirklich ziemlich schwer, doch bis zurück in die Kanzlei würde es mitsamt der Tortenstücke schon gehen. Cordula verschloss die Autotür mit dem Knie, sah sich nochmals unbewusst nach dem Anrufer um und lief zurück zu dem einstöckigen freistehenden Kanzleigebäude auf der anderen Straßenseite.

***

Im Foyer sah sie sich hektisch und angsterfüllt um. Es war niemand zu sehen. Auch der Konferenzraum, der durch eine gläserne Tür komplett einsehbar war, schien menschenleer. Scheinbar waren Conrad Emerich und Christoph Schubert noch in ihren Büros. Cordula stellte den Kuchen auf ihren Schreibtisch und blickte auf die Armbanduhr. Es war dreizehn Minuten vor zwölf.

Sie schloss für ein, zwei Atemzüge die Augen und sah ihren Sohn Benjamin, wie er einige Tage zuvor aus Anlass seines

8. Geburtstages die Kerzen der Torte ausgeblasen hatte. Sie öffnete die Augen wieder und betrat den Konferenzraum.

Es war totenstill, und es roch nach neuem Teppich und den Lederbezügen der Sessel. Cordula inspizierte ihre Umgebung und den großen Tisch, der Platz für acht Personen bot, obwohl die zwei Anwälte und sie zurzeit noch die einzigen Menschen waren, die in der Kanzlei arbeiteten. Danach trat sie rasch einen Schritt nach vorne und rückte einen der Sessel zur Seite. Anschließend schob sie den Koffer so weit unter den Tisch, dass er fast unter der Mitte der dunklen Holzplatte stand. Als sie sich gerade aufrichten wollte, um den Sessel wieder an seinen alten Platz zu stellen, öffnete sich an einer der Längsseiten des Konferenzraumes eine Tür, und Cordula beobachtete mit vor Grauen geweiteten Augen, wie Emerich und Schubert staatsmännisch und mit erhobenen Häuptern das Zimmer betraten.

***

„Setzen Sie sich, Frau Jansen", tönte Schubert, der etwas ältere der beiden Anwälte, gebieterisch. „Wir haben mit Ihnen zu sprechen." Cordula erstarrte. In ihrem Kopf hörte sie das Ticken einer gigantischen Uhr, und während sie die zwei Männer beobachtete, wie sie sich langsam am Tisch niederließen, brach ihr der Schweiß aus allen Poren.

„Ich sagte, dass Sie sich setzen sollen", wiederholte Schubert und sah sie eindringlich an. Cordula tat, wie ihr befohlen. Sie schlug fahrig die Beine übereinander und erhaschte dabei einen Blick auf ihre Armbanduhr, die ihr verriet, dass es neun Minuten vor zwölf war.

„Nun, Frau Jansen", fing Emerich, ein aalglatter Karrieretyp und Sohn reicher Eltern, an. „Möchten Sie uns vielleicht etwas beichten?" Cordulas Augen weiteten sich vor

Panik, während sie damit begann, nervös mit ihren Fingern zu spielen.

„Ich weiß nicht, was …"

„Hören Sie doch auf mit diesem dümmlichen Herumgestottere!", fuhr Schubert sie gebieterisch an. „Wir wissen genau, was Sie gerade getan haben."

„Sie wissen …?" Auf Schuberts Gesicht erschien ein breites Grinsen.

„Glauben Sie allen Ernstes, in dieser Kanzlei passiert irgendetwas, ohne dass wir darüber informiert sind?" Cordula zuckte hilflos mit den Schultern und sah erneut voller Sorge auf die Uhr. Es war acht Minuten vor zwölf.

Christoph Schubert stieß verärgert die Luft aus, stand auf, bückte sich unter den Tisch, zog den schwarzen Koffer hervor und legte ihn auf die Holzplatte.

„Frau Jansen", brachte sich nun Emerich wieder ins Geschehen ein. „Um es kurz zu machen: Sie sind gefeuert!" Cordula hatte mit allem gerechnet, aber nicht damit.

„Wie bitte?"

„Sie sind gefeuert!", erwiderte Emerich und stand langsam auf. „Wir haben Sie gerade einem Test unterzogen, und Sie haben ihn leider nicht bestanden."

„Einem Test?"

„Richtig", meinte Emerich, während er damit begann, um den Konferenztisch herumzugehen. Dabei hielt er seine Hände gefaltet wie ein Geistlicher. „Gestatten Sie mir, dass ich weiter aushole?" Bevor Cordula etwas erwidern konnte, fuhr Emerich fort.

„Wir sind vor einigen Wochen von einer sehr interessanten Person angesprochen worden, welche uns anbot, für einen relativ geringen Betrag alle unsere aktuellen und zukünftigen Mitarbeiter auf Loyalität, Integrität und Belastbarkeit hin zu überprüfen." Emerich sah aus dem Fenster und wandte Cordula dabei den Rücken zu. „Wir sind eine aufstrebende, erfolgsorientierte Kanzlei, und wir haben in den vergangenen achtzehn Monaten bereits zahlreiche Fälle übernommen, die in den Medien für enormen Wirbel gesorgt haben. Denken Sie nur daran, wie wir für den vermeintlichen Mörder der kleinen Flora vor Gericht einen Freispruch erwirkt haben." Cordula hörte ihrem Vorgesetzten noch immer fassungslos zu, während sie wahrnahm, dass der große Zeiger ihrer Uhr bereits auf der Elf stand. „Sie müssen wissen, dass man sich als Kanzlei in der Öffentlichkeit nicht nur Freunde macht, wenn man Drogenhändler, Betrüger, Vergewaltiger und Mörder vertritt. Da ist es umso wichtiger, dass wir unseren Mitarbeitern blind vertrauen können. Dass wir die absolute Gewissheit haben, dass jedes noch so kleine Rädchen im System gefeit ist vor Bestechungsversuchen, Beeinflussbarkeit und Manipulation. Dabei spielt es keine Rolle, ob diese von der Presse, aufgebrachten Bürgerinitiativen oder möglichen Opfern unserer Klienten an uns herangetragen werden."

„Ich verstehe nicht", flüsterte Cordula.

„Frau Jansen!", rief Schubert, der jetzt ebenfalls aufstand. „Sie haben gerade bewiesen, dass Sie nicht in der Lage sind, in Krisensituationen souverän und besonnen zu agieren. Sie waren bereit, eine Bombe in die Kanzlei zu bringen, nur um das Leben Ihres Kindes zu retten."

„Aber …"

„Nichts aber!", donnerte Schubert. „Sie haben uns bewusst einer tödlichen Gefahr ausgesetzt. Wir können nur froh sein, dass es sich hier lediglich um einen Test gehandelt hat."

„Was hätte ich denn tun sollen?", wimmerte Cordula. „Der Mann sagte, er würde meinen Sohn umbringen, wenn ich nicht täte, was er von mir wolle."

„Sie hätten uns informieren müssen, Frau Jansen! Gemeinsam hätten wir einen Weg aus der Misere gefunden. Aber Sie haben aus rein egoistischen Beweggründen entschieden, uns und die Kanzlei einem Verrückten zu überlassen." Cordulas Augen füllten sich mit Tränen, während sie noch immer wie gebannt auf den schwarzen Koffer blickte.

„Das heißt, in dem Koffer befindet sich gar keine Bombe?"

„Wie blöd sind Sie eigentlich, Frau Jansen?", fragte Emerich seelenruhig, der sich wieder zu Cordula umgedreht hatte. „Glauben Sie, wir sind verrückt?"

„Aber warum haben Sie meinen Sohn mit ins Spiel gebracht? Wissen Sie, was ich für Ängste ausgestanden habe?" Emerich fuhr sich durch sein streng nach hinten gekämmtes Haar und lächelte diabolisch.

„Ich gebe zu, dass das etwas makaber war, aber schließlich mussten wir auf Nummer sicher gehen. Wenn der Anrufer Ihnen lediglich ein paar Tausend Euro für Ihren Verrat geboten hätte, wären Sie unter Umständen nicht in die Situation gekommen, ernsthaft über die Forderung nachzudenken." Cordula schüttelte den Kopf.

„Und Sie haben vor, diese Art von Test in Zukunft mit allen Ihren neuen Mitarbeitern durchzuführen?"

„Selbstredend", antwortete Emerich, der immer noch selbstverliebt und arrogant vor sich hin lächelte. „Wie gesagt: Wir sind dabei, eine Kanzlei aufzubauen, die schon in wenigen Jahren zu den bedeutendsten der Stadt gehören wird. Da überlassen wir nichts dem Zufall." Cordula senkte den Kopf und erhaschte dabei einen Blick auf ihre Uhr. Es war eine Minute vor zwölf. Dann murmelte sie:

„Bastarde." Die Männer lachten, hoben die Hände und klatschten sich ab.

„Frau Jansen", meinte Schubert schließlich noch immer grinsend. „Ihre Meinung bleibt Ihnen natürlich unbenommen. Und jetzt verlassen Sie bitte die Kanzlei. In einer halben Stunde stellt sich hier Ihre mögliche Nachfolgerin vor, und wir wollen nicht, dass Sie sich begegnen."

„Sie haben bereits …?"

„Richtig erkannt, Frau Jansen", antwortete Schubert voller Genugtuung. „Wir hatten sowieso vor, eine zweite Sekretärin einzustellen. Wie sich gezeigt hat, waren unsere Vorkehrungen gar nicht so verkehrt."

„Und ich soll jetzt sofort …?"

„Ja", meinte Emerich trocken. „Die Entlassungspapiere werden Ihnen in den nächsten Tagen zugestellt. Und nehmen Sie das Foto von Ihrem Sohn mit, das auf Ihrem Schreibtisch steht. Das brauchen wir hier nicht mehr."

***

Verärgert und gedemütigt verließ Cordula den Konferenzraum und begab sich unmittelbar zu ihrem Schreibtisch. Dort zog sie eine Schublade auf, holte ihre Handtasche heraus und begann damit, ihre wenigen persönlichen Habseligkeiten in ihr zu verstauen. Zum Schluss steckte sie das Foto ihres Sohnes hinein.

Danach verließ sie die Kanzlei, ohne ein weiteres Wort mit Emerich oder Schubert zu sprechen. Auf dem Bürgersteig blieb sie einen Moment lang stehen, um tief durchzuatmen. Noch immer erschien ihr das gerade Erlebte wie etwas völlig Irreales, wie ein böser, unwirklicher Alptraum. Ihr Blick fiel in diesem Moment wieder auf den dunklen Lieferwagen, der noch immer auf der anderen Straßenseite parkte.

Sie stutzte, als sie bemerkte, dass die Hecktür des Autos weit offen stand. Hatte sie sie vorhin, als sie den Koffer geholt hatte, nicht verschlossen?

Sie blickte sich um, überquerte, einer inneren Eingebung folgend, die Fahrbahn und befand sich wenige Sekunden später am Wagen. Sie sah in den Laderaum und stellte fest, dass er so leer war, wie sie ihn hinterlassen hatte. Cordula wollte sich schon abwenden, als sie zufällig den Briefumschlag auf der Ladefläche bemerkte, auf den jemand mit dickem Filzstift ihren Namen geschrieben hatte. Verwundert griff sie nach ihm, riss ihn auf und nahm zunächst ein Foto, dann einen Packen Geldscheine und schließlich drei eng beschriebene Blätter heraus.

In diesem Augenblick ertönte plötzlich der Knall einer gewaltigen Explosion. Die gesamte Straße erzitterte wie bei einem Erdbeben, und Staub, Papier, Glassplitter und Gesteinsbrocken regneten auf die Häuser, die Menschen und die Welt nieder.

$$***$$

Sehr geehrte Frau Jansen!

Ich freue mich, dass Sie diesen Brief nun in Ihren Händen halten, während Emerich und Schubert der Vergangenheit angehören.

Mein Name ist Jens Krüger, und ich bin der Vater der kleinen Flora. Vielleicht erinnern Sie sich: Meine 7-jährige Tochter wurde vor etwa einem Jahr entführt, in einen Keller gesperrt, tagelang missbraucht, erwürgt und anschließend in einem Müllsack in den Rhein geworfen.

Ihre beiden Chefs waren so freundlich, die Bestie, die meiner Flora das angetan hat, vor Gericht zu verteidigen und sogar einen Freispruch zu erwirken.

Als ich das Urteil hörte und in die greinenden Gesichter von Emerich, Schubert und dem Mörder blickte, wusste ich, dass mein Leben fortan nur noch einen Sinn haben würde.

Wahrscheinlich fragen Sie sich jetzt, warum ich diesen scheinbar komplizierten Weg gewählt und warum ich Sie mit in meine Pläne einbezogen habe. Lassen Sie es mich kurz erklären:
Natürlich hätte ich die beiden Anwälte auch an einer anderen Stelle und zu unterschiedlichen Zeitpunkten töten können, doch es war mir wichtig, dass es genau dort geschieht, wo sie die Verteidigung dieser Bestie geplant und durchgesprochen haben. Es war mir wichtig, dass von diesen Kreaturen nichts übrigbleibt; keine Körper und auch keine Kanzlei.
Aber die Explosion war nur der erste Schritt zur Vergeltung. Mein Weg ist noch nicht zu Ende, und für den letzten Schritt brauche ich die Hilfe einer Person, die auf meiner Seite ist.

Frau Jansen, ich möchte, dass Sie mir noch einmal helfen. Ich brauche den Namen und die Anschrift des Mörders meiner Tochter. Mir ist bekannt, dass Sie sämtliche Daten der Kanzlei nicht auf Ihren eigenen Computern, sondern auf ausgelagerten Clouds und Festplatten gespeichert haben. Das bedeutet, dass Sie von jedem Computer der Welt Zugriff auf die Dokumente und Informationen haben.

Ich appelliere in diesem Augenblick nicht an Ihre Vernunft. Ich appelliere an die Mutter in Ihnen, die gespürt und gefühlt hat, was es bedeutet, Angst um das eigene Kind zu haben.

Ich habe als Ehemann und Vater alles verloren, was man nur verlieren kann. Ich habe nichts mehr – nur meine Rache. Meine Frau nahm sich zwei Wochen nach dem Freispruch das Leben. Sie kam mit dem Verlust unserer Flora nicht klar, und mich hat nur der Gedanke an die wahre Gerechtigkeit am Leben gehalten.

Bitte verschaffen Sie mir den Namen und die Adresse des Mörders. Ich verspreche Ihnen, dass ich keine weiteren Aktionen unternehmen werde, nachdem getan wurde, was getan werden muss.

Ich bin heute zwischen 17 und 18 Uhr bei meiner Tochter und meiner Frau auf dem Westfriedhof (Grabstelle Nr. 1653). Sie haben es nun in der Hand, ob mich dort heute Abend eine Nachricht von Ihnen erwartet oder ein Einsatzkommando der Polizei.

Ich lege meine Zukunft vertrauensvoll in Ihre Hände.

Sollten Sie bezüglich des heutigen Vormittages befragt und vernommen werden, erzählen Sie den Beamten ruhig genau das, was passiert ist. Ich bitte Sie nur, meinen Namen, diesen Brief und Ihre mögliche Entscheidung auszulassen (es sei denn, Sie entschließen sich, mich zu verraten). Ich verspreche Ihnen, dass Sie keine weiteren Konsequenzen zu befürchten haben. Selbst wenn die Ermittler einen Zusammenhang zwischen der Explosion und meiner Person herstellen sollten, werden sie mich erst finden, wenn ich mei-

nen Plan in die Tat umgesetzt habe. Und zwar auf dem Friedhof, von wo aus ich meiner Frau und meiner Tochter in ein besseres Leben folgen werde.

Ich weiß, dass ich etwas sehr Schwieriges von Ihnen verlange. Ich möchte, dass Sie wissen, dass ich Ihre Entscheidung akzeptieren werde – ganz egal, wie sie ausfallen wird. Schließlich müssen wir alle mit den Dingen leben, die wir zu verantworten haben.

Herzlichst, Ihr Jens Krüger

PS: Das Foto zeigt meine Frau, mich und Flora am Tag ihrer Einschulung. Es wäre mir eine Ehre, wenn Sie es behalten würden.

PPS: Bitte nehmen Sie die 5000 Euro aus dem Briefumschlag, die mir Emerich und Schubert als Anzahlung für die Überprüfung der aktuellen und zukünftigen Kanzleimitarbeiter gezahlt haben. Ich brauche sie nicht mehr.
Es ist schon verwunderlich, wie sehr eine Perücke und eine falsche Brille einen Menschen äußerlich verändern können. Doch Ihre Chefs hätten mich bei ihrer Arroganz und ihrer Wahrnehmung der Welt wahrscheinlich nicht einmal erkannt, wenn ich unmaskiert an sie herangetreten wäre, um ihnen mein Angebot zu unterbreiten.

PPPS: Bitte verzeihen Sie mir, dass ich Ihnen Angst gemacht habe. Ihr Sohn war nie in Gefahr. Ich hatte mit Emerich und Schubert verabredet, dass sie Sie direkt nach unserem Telefonat ansprechen. Auf diese Weise konnten wir sicherstellen, dass Sie nicht die Möglichkeit hatten, in der

Schule Ihres Sohnes anzurufen, um sich nach ihm zu erkundigen. Sie waren ebenfalls zu keinem Zeitpunkt gefährdet, da ich die Bombe mit einem Funkempfänger versehen hatte und die Detonation somit per Sender manuell auslösen konnte. Diesen Punkt hatte ich mit Ihren beiden Chefs natürlich nicht besprochen.

***

Während das Chaos die Straße heimsuchte und immer mehr Feuerwehrwagen, Notärzte und Polizeibeamte am Explosionsort eintrafen, um festzustellen, dass es neben den beiden Anwälten und dem Kanzleigebäude keine weiteren Verluste und Schäden zu beklagen gab, faltete Cordula, die neben dem Lieferwagen auf einem Bordstein saß, den Brief zusammen und betrachtete das Foto der glücklichen Familie. Nach etwa einer Minute steckte sie es zusammen mit den Zetteln und den Geldscheinen zurück in den Umschlag und stand auf.

In dem Moment, in dem sie zufällig noch einmal ins Innere des dunklen Kastenwagens blickte, bemerkte sie hinter der Scheibe, die Fahrerkabine und Laderaum voneinander trennte, plötzlich die Umrisse eines menschlichen Kopfes. Sie wollte schon um den Wagen herumlaufen, als sie hörte, wie der Motor gestartet wurde.

Und dann schaffte es der Fahrer tatsächlich, sich unbemerkt durch das Gewirr aus Trümmern, Schutt, Einsatzfahrzeugen und Schaulustigen zu winden, um den Ort des Geschehens zu verlassen.

Die Entscheidung

Der Regen prasselte wie eine Urgewalt auf die dunkle Limousine nieder, die mit überhöhter Geschwindigkeit über die schmale, nahezu unbefahrene Landstraße schoss. Es war Heiligabend, und Paul wusste, dass er nur noch wenig Zeit hatte, um Weihnachten zu retten.

Während die Scheibenwischer Schwerstarbeit verrichteten, sah er erneut auf die Uhr, fluchte und beschleunigte abermals. In vier Minuten würde der Juwelier, bei dem er das sündhaft teure Armband für seine Frau bestellt hatte, seinen Laden schließen – und Paul hatte noch fünf Kilometer vor sich.

In diesem Augenblick erfassten die Scheinwerfer plötzlich ein Auto, das abseits der Straße im Graben lag. Paul bremste unbewusst und hielt am Fahrbahnrand. Rauch quoll aus dem Motorraum des Unfallfahrzeugs, und hinter den Scheiben waren schemenhaft Bewegungen zu erkennen.

Verdammt, dachte er und blickte mit einem Anflug von Panik auf die Uhr. Noch drei Minuten.

Er atmete tief durch, schüttelte resignierend den Kopf und verließ den Unfallort dann mit quietschenden Reifen.

Um sein Gewissen zu beruhigen, griff er nach seinem Handy, wählte umständlich die Notruf-Nummer und konnte zehn Sekunden später gerade noch bremsen, als ihm das Reh vors Auto sprang. Schwitzend und vor Angst zitternd kam er mitten auf der Straße zum Stehen.

Und während der Regen die Stimme aus dem Handy übertönte und der Juwelier mit dem Schlüssel in der Hand zur

Ladentür lief, um sie abzuschließen, wendete Paul entschlossen den Wagen und gab erneut Gas.

Eine Minute später war er wieder an der Unfallstelle. Er kletterte in den Graben, riss die verzogene Fahrertür auf und erblickte einen alten Mann, der hinter seinem Lenkrad eingeklemmt schien.

„Sind Sie verletzt?" Pauls Stimme klang heiser durch den Regen hindurch.

Der Mann drehte den Kopf in seine Richtung und schenkte ihm den Anflug eines Lächelns.

„Ich kann mein rechtes Bein nicht bewegen, aber sonst scheint alles in Ordnung zu sein. Habe die Tür alleine nicht aufbekommen – und ein Handy besitze ich nicht."

„Okay", antwortete Paul. „Dann schnappen Sie sich mal Ihre Wertsachen. Ich hol Sie da raus und bringe Sie zum nächsten Krankenhaus."

Paul löste den Sicherheitsgurt, fasste dem Mann unter die Arme und hob ihn vorsichtig aus dem Wagen. Anschließend half er ihm bis zu seiner Limousine und ließ ihn einsteigen. Als er wenige Augenblicke später ebenfalls wieder im Auto saß, wischte er sich erschöpft über die regennasse Stirn. Der alte Mann hatte sich ihm indes wieder zugewandt.

„Danke, dass Sie … *zurückgekommen* … sind."

Paul zuckte schuldbewusst zusammen, fing sich jedoch wieder und meinte mit einem Augenzwinkern:

„Ist doch selbstverständlich."

Paul startete den Motor, fuhr los und schaltete irgendwann das Radio ein. Und als wenige Sekunden später die ersten Akkorde von „Last Christmas" ertönten, sah er in das lächelnde Gesicht des Mannes und fühlte, dass er es gerade eben noch geschafft hatte, Weihnachten zu retten.

Am Strand

Der Mann saß einfach nur so da, an seiner Lieblingsstelle am Leuchtturm. Während die Sonne langsam und völlig ohne Eile blutrot im Meer versank, ließ er den Blick über den Deich, die vor ihm liegende menschenleere Dünenlandschaft und den breiten Sandstrand dahinter wandern. Er roch die salzige Nordseeluft, fühlte die letzten Sonnenstrahlen auf seiner Haut und hörte irgendwo in der Ferne sogar ein paar Möwen.

Er atmete tief durch und schloss die Augen. Wenn er diese Stille, diese Ruhe, diese Einsamkeit genoss, war er völlig bei sich. War er völlig in seinem Element und weit entfernt von Finsternis, Verzweiflung und Melancholie.
Konnte es wahr sein, dass ein Ort, an dem sich tagsüber Heerscharen von tumben Touristen tummelten, mit Anbruch der Dunkelheit so verlassen und einsam wirkte? Waren all diese Menschen denn blind und dumm, wenn sie nicht merkten, dass diese Stunden die schönsten und zauberhaftesten des Tages waren?

Einige Zeit später sah der Mann auf die Uhr und stellte fest, dass es kurz vor halb zehn war. Er hob die rechte Hand, fuhr sich durch das vom Wind zerzauste Haar und legte sie anschließend zurück in den Schoß.
In diesem Augenblick vernahm er auf einmal die ersehnten Schritte, wie sie leicht und gleichmäßig von links über den Deich auf ihn zukamen. Der Mann drehte den Kopf und erblickte die Frau, so wie er sie schon oft an dieser Stelle erblickt hatte.

Sie trug ihre hellblauen Laufschuhe mit den reflektierenden Streifen. Dazu halblange, schwarze Leggings und ein weißes, körperbetontes Top ohne Ärmel, das im Bereich des angedeuteten V-Ausschnittes bereits erste dunkle Schweißflecken erkennen ließ. Ihr blondes Haar hatte sie zu einem Pferdeschwanz gebunden, und in ihren Ohren steckten kleine, weiße Stecker, die, wie der Mann vermutete, wohl zu einem MP3-Player gehörten, den sie irgendwo unter ihrer Kleidung verborgen hatte.

Sein Herzschlag beschleunigte sich, und er bemerkte, dass seine Finger leicht zu zittern begonnen hatten. Er bemühte sich, die Frau nicht wie ein geifernder Spanner anzustarren. Sie nicht mit seinen Blicken auszuziehen und nicht in Gedanken mit den Fingerspitzen über ihre Brustwarzen zu streicheln, die sich überdeutlich unter dem dünnen Stoff des Trikots abzeichneten. Doch auch unter Aufbietung all seiner mentalen Kräfte gelang es ihm nicht, die Augen von der Joggerin abzuwenden, die er auf etwa 25 Jahre schätzte, und die sich ihm und der Bank nun unaufhörlich näherte.

Die Mundwinkel des Mannes zuckten, als er sich um ein zwangloses Lächeln bemühte. Und in dem Moment, in dem er realisierte, dass sie sein Lächeln erwiderte, gefror ihm das Blut förmlich in den Adern. Er hatte mit allem gerechnet, doch damit nicht. Schließlich war ihm so etwas noch nie passiert – zumindest nicht während der letzten Jahre.

Die Frau verringerte ihr Tempo und verharrte wenige Sekunden später, auf der Stelle tänzelnd, vor ihm. Ohne Warnung, ohne Vorankündigung und scheinbar völlig sorglos. Sie zog sich die Kopfhörer aus den Ohren, und der Mann vernahm einen Hauch von der schrecklichen Musik, wie sie junge Leute so hörten.

„Hallo!"
Ihre Stimme klang völlig anders, als er sie sich im Geiste vorgestellt hatte.
„Hallo!", krächzte er zurück, während er ein wenig überfordert auf ihre blauen Sportschuhe schaute, die ständig in Bewegung waren.
„Ich habe Sie schon in den letzten Tagen hier sitzen sehen", sagte die Frau, ohne daran zu denken, ihr Tänzeln zu unterbrechen. „Machen Sie auch Urlaub?"

„Ja", log er und hob den Kopf ein wenig, um seinen Blick nun auf die Taille der Joggerin zu heften. „Urlaub! Ist schön hier."
Die Frau lachte und wischte sich dabei einige Schweißtropfen von der Stirn.
„Da haben Sie recht. Für mich gibt es auch nichts Schöneres als einen entspannten Urlaub an der Nordsee. Vor allem während der Abendstunden. Da kommt einem die Natur fast so vor, als gehöre sie einem ganz alleine."
„Na ja", entgegnete der Mann verkrampft und hob den Kopf erneut ein wenig. Er stierte nun auf die Brüste der Joggerin, die trotz eines Sport-BHs munter und keck vor sich hin wippten. „Fast … ganz allein. Manchmal trifft man schon … Leute."
„Ja", antwortete die junge Frau zustimmend. „Aber nur selten. Und die sind dann auch nicht so nervig und laut wie diejenigen, denen man am Tag so begegnet."

Der Mann zwang sich, den Kopf ein weiteres Stückchen zu heben, um der Frau ins vor Anstrengung leicht gerötete Gesicht zu blicken.

„Stimmt wohl", knurrte er endlich mit belegter Stimme. „Um diese Uhrzeit ist alles ein bisschen entspannter und friedvoller."

„Friedvoll ist ein schönes Wort", erwiderte die junge Frau, der der Mann anmerkte, dass sie langsam etwas kurzatmiger wurde. „Das trifft es genau."

Er nickte bedächtig und fuhr sich erneut durchs Haar. Anschließend meinte er:

„Ich bin früher auch viel gejoggt."

Ihr Gesichtsausdruck veränderte sich kaum, als sie antwortete.

„Laufen ist eine tolle Sache. Macht den Kopf frei. Ich genieße mittlerweile jede Sekunde."

„Kann ich verstehen. Ist mir damals auch so gegangen."

Die Frau sah auf ihre Armbanduhr.

„Ich muss dann mal weiter. Liege schon fast achtzig Sekunden zurück."

Wieder nickte der Mann.

„Und jetzt geht's bis zum Dorf und danach unten am Strand wieder zurück?"

Die Frau wirkte für einen Moment überrascht.

„Woher wissen Sie das?"

Er grinste.

„Sie sind nicht die Einzige, die sich merkt, wem man hier in den Abendstunden so alles begegnet."

„Ach", lachte die Joggerin zwanglos. „Sie sind also auch ein aufmerksamer Beobachter?"

„Ganz genau", murmelte der Mann und fuhr sich immer noch eingeschüchtert und irritiert mit der Zunge über seine trockenen Lippen. „Sie können auf dem Rückweg ja mal in meine Richtung winken, wenn Sie die Höhe des Leuchtturms passieren. Ich bleibe hier bestimmt noch ´ne Weile sitzen."

„Gerne", erwiderte die Frau freundlich und drehte den Kopf in Richtung Meer. „Es ist sehr hell und wolkenlos heute. Da müssten Sie mich eigentlich sehen können. Man kann sogar die Schaumkronen der Wellen erkennen."

Der Mann lächelte, und er spürte, dass sich seine Finger ein wenig beruhigt hatten, wenn auch in seinem Inneren das totale Chaos tobte.

„Und sogar hören", flüsterte er fast. Und etwas lauter: „In Ordnung! Dann will ich Sie mal nicht länger aufhalten. Nicht, dass Sie Ihre Trainingszeit wegen mir noch komplett ruinieren und völlig aus dem Rhythmus kommen."

„Keine Sorge", sagte sie. „Die Zeit hole ich spielend wieder raus. Morgen Abend wieder hier?"

Er sah der sympathischen Frau direkt in die Augen, und plötzlich spürte er, wie ihn eine nie gekannte Mischung aus Panik und Traurigkeit fast zu übermannen drohte. Doch er beherrschte sich, schluckte seine Emotionen hinunter und meinte stattdessen nur vorsichtig:

„Ich werde ... auf jeden Fall ... hier sein."

***

Er sah sie schon von Weitem. Obwohl sie in der Zwischenzeit knapp vierzig Minuten gelaufen war, verrieten sowohl ihre Haltung als auch ihr Tempo keinerlei Anzeichen von Ermüdung oder Erschöpfung.

Er war aufgeregt, seine Hände hatten erneut zu zittern begonnen, und seine Lippen waren trocken und spröde. Zudem brannten ihm die Augen. Er vermutete, dass er etwas Sand hineinbekommen hatte, und das permanente Reiben mit den salzigen Fingern hatte den Schmerz nur noch verschlimmert.

Ihre Umrisse und Konturen wurden immer klarer, und er richtete sich auf seinem Platz ein wenig auf, um besser sehen zu können. Wie schrecklich anmutig und grazil sie doch wirkte. Wie besitzergreifend unbedarft und selbstsicher. Ihr weißes Trikot stach deutlich durch das Dämmerlicht hindurch, und dann und wann reflektierten die Streifen ihrer Schuhe irgendeine ihm nicht ersichtliche Lichtquelle. Gleich ist es soweit, dachte er erregt. Lange kann es nicht mehr dauern.

Und dann war sie endlich auf seiner Höhe, und obwohl sie gut 150 Meter entfernt war, kam es ihm so vor, als höre er ihren Atem und röche ihren Schweiß.
„Jetzt komm schon", wisperte der Mann von schmerzhafter Sehnsucht erfüllt. „Lauf einfach vorbei. Beweis mir, dass ich Luft bin."

Die Joggerin schien ihn tatsächlich vergessen zu haben. Ihn, den einsamen Mann auf seinem durchgesessenen Sitzkissen. Ihn, den Unscheinbaren und unsichtbar Nichtsnutzigen.
Statt sich dem Leuchtturm zuzuwenden und den Arm zu heben, lief sie nur kontinuierlich wie ein Roboter weiter Schritt für Schritt den Strand entlang, den Blick konzentriert stets zwei Meter vor sich auf den Sand gerichtet.

„Siehst du?", rief er etwa zwanzig Sekunden später triumphierend und hasserfüllt zugleich ins fast menschenleere Nichts hinein. „Du hast mich vergessen! Auch du hast mich vergessen! Du elende Nutte!"

Natürlich konnte sie ihn nicht hören. Wie auch, mit diesen weißen Knöpfen in den Ohren und dieser grässlichen Musik in ihrem Kopf? Und so hörte sie auch nicht, dass sie schon längst nicht mehr allein am Strand war.

**

Ein dunkler Schatten hatte sich aus der wogenden Dünenlandschaft gelöst, war schräg hinter ihr auf den Strand getreten und lief nun etwa zehn Meter, wie ein schemenhafter, lautloser Geist, hinter ihr her. Dort, wo der Sand durch Wellen und Wasser einen so festen Untergrund bildete, dass man nicht einsackte, wenn man seinen Fuß darauf setzte.

Der Mann am Leuchtturm hielt die Luft an. Sein Herz dröhnte wie ein Maschinengewehr, und er kaute ohne Unterlass auf seinen Lippen herum. Dass sie inzwischen bluteten, bemerkte er nicht.

Als der Schattengeist nur noch fünf Meter hinter der jungen Frau war und sie fast erreicht hatte, drehte die Ahnungslose sich plötzlich beim Laufen in seine Richtung, hob den Arm und winkte ihm fröhlich zu. Der Mann am Turm fühlte, wie sich ihm ein glühendes Messer ins Herz bohrte und ihn von Sekunde zu Sekunde mehr sterben ließ.
Er straffte den bebenden Oberkörper und erwiderte widerwillig und wie in Trance den Gruß mit seiner zitternden Hand.

Und dann hatte der Schattengeist die junge Frau erreicht. Er riss sie von hinten am Trikot und schleuderte sie äußerst brutal zu Boden, um sich anschließend mit seinem ganzen Gewicht auf sie zu werfen.

Und von einer Sekunde auf die andere brüllte, flehte und schrie der Mann am Turm, ohne es wirklich zu registrieren. Er wollte nicht glauben, was er da sah. Er wollte nicht wahrhaben, was da im Licht der Sterne und im Glanz des Mondes geschah. Er wollte nicht wahrhaben, *dass* es geschah.
„Nein! Nicht! Hören Sie auf! Lassen Sie sie los!"
Und schließlich nur noch flüsternd mit tränenerstickter Stimme:
„Sie hat mich doch gegrüßt. Sie hat mich doch gesehen und war … freundlich zu mir."

Er versuchte aufzustehen, doch sein Körper wollte ihm nicht gehorchen. Über den Strand hinweg und durch die Dünen hindurch drangen die verzweifelten und angsterfüllten Schreie der Frau, als der Schattengeist ihr die Kleider vom Leib riss. Und sie wurden noch markerschütternder und grauenhafter, als er sie schließlich vergewaltigte.

***

Der Mann am Turm, der alles tatenlos mit ansehen musste, konnte indes nichts anderes tun, als sein rotzverschmiertes Gesicht in den Händen zu vergraben. So sehr er sich auch anstrengte; ihm fiel keine Möglichkeit ein, die Hölle dort unten am Strand zu verhindern oder zu beenden. Er sah keine Chance, der jungen Frau zu helfen und somit sein

eigenes Seelenheil zu retten. Sein steifer Körper fühlte sich an wie der eines anderen.
Daran, dass er aufstehen und der Frau zu Hilfe eilte, war nicht zu denken, und sein Mobiltelefon lag bei ihm zu Hause auf dem Schreibtisch.

Irgendwann hob er den Blick und erkannte, dass der Schattengeist von seinem Opfer abgelassen hatte und wieder geduckt und schleichend wie ein blutrünstiges Raubtier in den Dünen verschwunden war.

Schuldbewusst, schluchzend und voller Selbsthass ob seiner Feigheit und Unfähigkeit wischte er sich die Tränen aus dem Gesicht, klammerte die Hände um die schmalen Gummireifen des Rollstuhls und setzte diesen langsam in Bewegung.

***

Er saß verstört und frierend in seiner Erdgeschosswohnung und starrte in die Dunkelheit des kleinen Gartens. Die halbleere Flasche Korn, die er neben sich auf den Boden gestellt hatte, buhlte lautlos um seine Aufmerksamkeit.
Doch er hatte genug.
Genug von allem.
Von sich, von seiner erbärmlichen Schwäche und von seinem ganzen kranken Leben.
Er hob nicht einmal den Kopf, als das Handy in seinem Schoß vibrierte.

„Was gibt's?"

„Hey!", erklang eine dunkle Stimme aus dem Hörer. „Ist da jemand schlecht gelaunt? Ich wollte nur wissen, ob es Ihnen gut geht."

„Nein, es geht mir nicht gut."

Der Mann hörte, wie sein Gesprächspartner überrascht die Luft einsog.

„Nicht? Ist doch alles so gelaufen, wie Sie es wollten."

„Tja", erwiderte der Mann im Rollstuhl. „Manchmal ändern sich Dinge eben."

„Was soll das denn jetzt heißen?", blaffte der Andere erbost. „Machen Sie jetzt bloß keinen Rückzieher! Sie schulden mir 2000 Euro!"

„Halten Sie Ihre verdammte Fresse, Sie erbärmliches Schwein!", schrie der Mann nun ebenfalls, während sein Blick die unzähligen Leichtathletik-Pokale, Urkunden und Medaillen erfasste, die in der ganzen Wohnung verteilt waren. „Sie bekommen Ihr Geld!"

„Und wann?"

„Wann immer Sie wollen. Es befindet sich in einem Briefumschlag, den ich mit Klebeband unter die Bank am Leuchtturm geklebt habe."

„Sind Sie bescheuert? Wenn ich Pech habe, wimmelt es da während der nächsten Stunden nur so von Polizei. Ich kann da doch nicht einfach hin, um mir die Kohle zu holen."

Der Mann griff nach der Schnapsflasche, drehte den Verschluss ab und setzte sie sich anschließend an die Lippen.

„Hallo? Noch da?", wollte der aufgebrachte Anrufer wissen. „Was soll ich denn jetzt machen?"

Der Mann im Rollstuhl setzte die Flasche ab und warf sie achtlos auf den Teppich. Anschließend sagte er:

„Warten Sie doch einfach ein paar Tage, bis Gras über die Sache gewachsen ist. Wenn Sie Glück haben, ist das Geld dann noch da. Und wenn Sie keine Geduld haben, ziehen Sie sich einen Jogginganzug an und drehen eine Runde. Es wird ja wohl niemand etwas dagegen haben, wenn Sie im Urlaub ein wenig für Ihre Gesundheit tun und nach einem Dauerlauf auf der Bank etwas verschnaufen."

Der Anrufer ließ ein verächtliches Lachen ertönen.

„Ich soll um diese Uhrzeit noch joggen?"

„Wo liegt das Problem?", antwortete der Gelähmte. „Ich wüsste nicht, dass es jemals jemandem geschadet hätte."

Kleidermarkt

Andreas starrte mit einer Mischung aus Schmerz und Verwunderung auf das Mädchen, welches direkt vor ihm auf der verschmutzten Matratze an der Wand kauerte und ihn aus großen Augen beobachtete. Es war völlig nackt und hielt noch immer das blutverschmierte Messer in seiner zitternden Hand.

„Warum hast du das getan?", fragte er mit sterbender Stimme, während er seine Hände auf die klaffenden Wunden in seiner Bauchgegend presste.

Das Mädchen antwortete nicht und drückte sich stattdessen nur noch stärker gegen die kalte Mauer. Es war, als befände sie sich in einer völlig anderen Welt, fernab jeglicher Realität.

Andreas versuchte vergeblich, auf die Beine zu kommen. Die Schmerzen und das Wissen, dass es bei Verletzungen dieser Art kaum Hoffnung auf ein Überleben gab, ließen ihn fast ohnmächtig werden.

Doch er gab nicht auf. Er ignorierte die aus den Stichwunden austretenden Blutbäche und kroch auf allen Vieren stöhnend und jaulend wie ein angeschossener Wolf auf das Mädchen zu. Gerade als er die Matratze erreichte, hämmerte es kräftig gegen die Holztür.

„Was ist da drinnen los? Sofort aufmachen!"

Andreas drehte den Kopf und musterte den altersschwachen Riegel, den er vorgeschoben hatte, um die Tür zu sichern. Lange würde dieser den massiven Attacken der Männer nicht mehr standhalten. Er wandte sich wieder dem Mädchen zu, welches ihn noch immer voller Angst anstierte. Andreas nahm erneut die dunklen Ränder unter den blutunterlaufenen Augen, den ausgemergelten Körper und die zahllosen Einstiche in seinen Armen wahr, und zu seinem Schmerz gesellte sich unendliche Trauer.

„Gib mir das Messer", flüsterte er röchelnd, während ihm Blut aus dem Mund rann und auf den Betonboden tropfte.

Doch das Mädchen schien ihn nicht zu hören. Es sah ihn nur schweigend und wie in Trance an, während es die Waffe nun wieder genau in seine Richtung hielt.

In diesem Augenblick begannen die Männer außerhalb des Raumes damit, mit ihren schweren Stiefeln gegen die Tür zu treten. Es krachte und knackte beängstigend.

„Mach auf, elender Kinderficker!", hörte Andreas einen von ihnen brüllen. „Wenn du dem Mädchen was angetan hast, reißen wir dir deine Eingeweide mit bloßen Händen heraus!" Er wälzte sich auf die Matratze, die Hand in Richtung des Kindes ausgestreckt.

„Los, Kleine. Sei vernünftig und gib mir endlich das Messer."

Plötzlich zerbarst das Türschloss samt Riegel unter den Tritten der Männer und ließ die Tür so brutal gegen das danebenstehende Regal knallen, dass sie dabei aus den Angeln sprang und krachend auf den Boden fiel.

Die drei Männer stürmten wie eine Herde wütender Büffel in den Raum, packten den blutenden Andreas an Armen und Beinen, zogen ihn von dem lethargischen Mädchen weg, stellten ihn auf die Füße und bearbeiteten seinen Körper anschließend mit so unbarmherzigen Fausthieben und Tritten, dass er binnen Sekunden das Bewusstsein verlor.

***

(Zwei Wochen vorher)

Andreas war erregt. Er kauerte in ungesunder Haltung im Licht einer kleinen Leselampe an seinem Schreibtisch, die linke Hand um ein halbleeres Glas Whiskey verkrampft, die rechte um die Computermaus. Seine Augen tränten vom stundenlangen Starren auf den Bildschirm, seine Fantasie produzierte vernebelte Wahnvorstellungen und Illusionen, und Unterhose und Hemd stanken nach Schmutz, Schweiß und anderen Körperflüssigkeiten.

Er fuhr sich mit dem Handrücken über die fettige Stirn, hob das Glas und stürzte den Inhalt hinunter, ohne sich dessen bewusst zu sein.

In der heruntergekommenen Dachgeschosswohnung, die er seit etwa einem halben Jahr bewohnte, war es unerträglich heiß, obwohl Andreas bereits am Vormittag alle Fenster aufgerissen hatte. Die Sonne hatte den ganzen Tag ohne Unterlass auf die Pfannen geschienen, und die fehlende Isolierung hatte dafür gesorgt, dass das Thermometer am späten Nachmittag über 45 Grad angezeigt hatte. Nun war es weit nach Mitternacht, und die Quecksilbersäule stand noch immer bei 33 Grad.

Andreas hatte nahezu den ganzen Tag vor dem Computer verbracht. Doch ihm machte das nichts aus. Er kannte dieses Gefühl der totalen Ermüdung, der totalen Erschöpfung bereits seit langer Zeit. Er hatte sich an diese Gemütsverfassung gewöhnt, und sie war zu seinem krankhaften Lebensinhalt geworden.

Irgendwann in den frühen Abendstunden hatten die unbekleideten Mädchen und Jungen auf dem Monitor vor seinen

Augen zu tanzen begonnen. Irgendwann war er nicht mehr in der Lage gewesen, zwischen Fotos und Filmen zu unterscheiden, und irgendwann hatte ihn schließlich das Fieber übermannt. Wie im Rausch hatte er, stets von schlechtem Gewissen und gieriger Faszination gepeinigt, Hunderte von Körpern, Gesichtern und Augenpaaren im geheimen Darknet betrachtet und studiert. Immer auf der Suche nach dem Moment des Erkennens. Immer auf der Suche nach dem einen Mädchen, das ihn seit nunmehr 9 Monaten permanent in seinen Träumen besuchte, das sich zärtlich an ihn schmiegte und dem er sanft über Rücken, Arme und Gesicht streichelte.

Er griff erneut nach dem Glas, setzte es an die Lippen und verschluckte sich an dem nicht vorhandenen Inhalt.

Und endlich sah er es. Das Objekt seiner Begierde, seiner Obsession, und obschon er bereits nicht mehr klar denken konnte, war er sich völlig sicher.
Er schnappte nach Luft, schlug sich mit der Hand vor den schmerzenden Kopf und rückte etwas näher an den Bildschirm heran, um jeden Zweifel auszuschließen. Die Tränen liefen ihm wie glühende Lavatropfen über die stoppeligen Wangen, als sich sein hageres Gesicht in eine weltentrückte, grinsende Fratze verwandelte.

Das etwa 11-jährige Mädchen räkelte sich in Slip und dünnem Hemdchen auf einem weißen Laken, den Blick verführerisch in Richtung Kamera gerichtet, eine Hand scheinbar verspielt im Schritt. Er ließ das Glas auf den Teppich fallen und rieb sich die brennenden, nassen Augen.

Er stand von seinem Stuhl auf, lief in seiner verschwitzten Unterhose durch die unaufgeräumte Wohnung, trat auf Pizzakartons und gegen leere Bierdosen und setzte sich wieder. Und dann tat er endlich das, wonach er sich während so vieler bitterer Tage, Nächte, Wochen und Monate gesehnt hatte. Er langte nach seinem Mobiltelefon, bei dem er die Nummernunterdrückung bereits vor einer gefühlten Ewigkeit für genau diesen Anruf aktiviert hatte.

***

„Hallo?"
Andreas leckte sich über die trockenen, blutleeren Lippen und schloss für einen Moment die Augen.
„Ich rufe wegen Ihrer Annonce an", brachte er schließlich unsicher hervor.

Ohrenbetäubende Stille.

Andreas hörte nur das Rauschen in seinem Kopf, das brüllte, donnerte und schrie wie ein tosender Wasserfall. Irgendwann antwortete sein männlicher Gesprächspartner – kühl, vorsichtig und ständig bereit, die Flucht anzutreten.
„Welche meinen Sie?"
Andreas atmete tief durch und zählte langsam bis fünf. Jetzt bloß nicht nervös wirken, dachte er. Jetzt bloß nicht nervös wirken.
„Die Annonce in Ihrem Portal für individuelle Kindermode", meinte er schließlich. „Die im Internet."
„Die im Internet?", wollte die Person wissen, und Andreas fragte sich, ob er bei dem Fremden einen niederländischen Akzent heraushörte.

„Die, in der Sie das elf Jahre alte, unbenutzte Kommunionkleid zum Verkauf anbieten."

Wieder entstand eine längere Pause, und in Andreas keimte der Verdacht auf, dass er vielleicht etwas falsch gemacht hatte.

„Woher haben Sie diese Telefonnummer?", wollte der Mann mit einem leicht lauernden Unterton in der Stimme wissen.

„Von einem Gleichgesinnten aus einem anonymen Chatroom. Er hat wohl schon häufiger bei Ihnen bestellt und war immer sehr zufrieden mit der Ware. Er hat sich mir im Netz als *Der Blumenzauberer* vorgestellt."

„Okay", meinte der Mann nach einigen Sekunden scheinbar besänftigt. „Ich habe aber zurzeit kein Kommunionkleid im Angebot."

„Doch, doch", stotterte Andreas mit dem Anflug von Verzweiflung und schaute auf seinen Computermonitor, um sich zu vergewissern. „Ich habe es direkt vor mir. Es handelt sich um das Modell *Madeleine 8654*."

„Warten Sie einen Augenblick", antwortete der Andere, und Andreas hörte, wie am Ende der Leitung flinke Finger über eine Tastatur huschten.

„Und Sie haben tatsächlich Interesse an diesem Kleid?", wollte die Stimme schließlich wissen.

„Unbedingt."

„Nun, ich muss Ihnen leider mitteilen, dass die Annonce schon etwas älter ist und der Text nicht mehr den aktuellen Sachverhalt wiedergibt. Das Kleid, das Sie in der Anzeige sehen, dürfte in der Zwischenzeit einige Male benutzt worden sein. Es ist also nicht mehr ungetragen."

„Das macht nichts", beeilte sich Andreas zu sagen, der seine Emotionen kaum mehr unter Kontrolle hatte. „Das macht überhaupt nichts. So ein Kleid kann man ja auch ruhig öfters mal … anziehen."

„Wenn Sie meinen. Haben Sie sich das Foto in unserem Portal genau angesehen?"

„Selbstverständlich", erwiderte Andreas aufgeregt. „Es sieht ganz bezaubernd aus."

„Ob es jetzt allerdings noch genauso aussieht, kann ich Ihnen nicht sagen. Ich erwähnte ja, dass die Anzeige etwas älter ist."

Andreas musste seine ganze Kraft aufbringen, um die nächste Frage ruhig und gefasst zu stellen.

„Sieht das Kleid denn jetzt nicht mehr so … hübsch aus?"

„Wenn ich ehrlich bin, kann ich Ihnen das gar nicht so genau sagen. Ich denke aber, dass man ihm nach so vielen Monaten ansehen wird, dass es nicht mehr ganz neu ist. Es wird wahrscheinlich Gebrauchsspuren aufweisen."

„Aber es ist immer noch ein funktionstüchtiges Kommunionkleid, oder?"

„Davon gehe ich aus."

„Gut, dann will ich es."

„Haben Sie denn irgendwelche speziellen Wünsche? Sie wissen schon: Dinge, die wir im Vorfeld besprechen sollten."

„Nein, nein. Ich habe keine besonderen Wünsche", hüstelte Andreas. „Ich bin da eher konservativ eingestellt."

„Okay", erwiderte der Mann zufrieden. „Obwohl mit diesem Teil, wie ich es momentan einschätze, alles möglich ist. Wann wäre es Ihnen denn recht?"

„So schnell wie möglich."

„Mit den Zahlungs- und Kontaktmodalitäten sind Sie vertraut?"

„Äh, nein", musste Andreas zaghaft zugeben. „Ich habe noch nie … Kinderkleidung bei Ihnen bestellt."

„Dann diktiere ich Ihnen gleich eine sichere Internetadresse, über die Sie mich erreichen und über die wir alles Weitere vereinbaren können. Sie wissen, dass bei uns Geschäfte ausnahmslos per Vorkasse und in sehr diskreter und anonymisierter Form ablaufen?"

„Natürlich. Selbstverständlich."

„Es kann zudem sein, dass Sie unter Umständen eine längere Fahrt in Kauf nehmen müssen. Ich weiß zurzeit nicht einmal, wo sich das Kleid überhaupt befindet."

„Keine Ursache. Ich verfüge über ein Auto und genügend Zeit."

„Und Sie sind sich wirklich sicher, dass Sie genau dieses Kleid haben wollen? Ich hätte da auch noch einige andere im Angebot. Objekte wesentlich jüngeren Entstehungsdatums und teilweise sogar ... ungetragen. Macht die Sache natürlich ein wenig teurer."

„Nein, ich will nur dieses eine. Ich kann nicht sagen warum, aber es hat mich irgendwie ganz besonders ... angemacht."

„Dann will ich mal ein paar Nachforschungen für Sie anstellen. Ich hoffe natürlich, dass wir es nach so langer Zeit überhaupt noch im Sortiment haben."

Andreas spürte, wie ihm plötzlich schwindelig wurde.

„Wie bitte?"

„Sie haben mich verstanden. Ich hoffe, dass das Kleid noch verfügbar ist und nicht schon längst ausgemustert wurde."

„So etwas könnte passieren?", keuchte Andreas ungehalten.

„So etwas passiert leider immer wieder. Aber jetzt bewahren Sie mal die Ruhe. Ich bin mir sicher, dass ich das Kleid noch irgendwo auftreibe. Und jetzt gebe ich Ihnen erst mal die E-Mail-Adresse. Haben Sie einen Stift?"

***

Das Haus befand sich in einem Gewerbegebiet auf dem Gelände eines Schrottplatzes, auf dem sich neben unzähligen PKW-Wracks auch defekte Busse, ausrangierte Trecker, Wohnwagen und Militär-Lastwagen befanden. Andreas parkte seinen alten Polo vorsichtshalber etwa 200 Meter entfernt in einer Nebenstraße vor einer verlassen wirkenden Möbelfabrik. Er hatte kein Interesse daran, dass sein Auto im Nachhinein auf irgendwelchen Videoaufzeichnungen zu sehen war. Er öffnete das Handschuhfach, holte ein großes Klappmesser heraus und steckte es sich in die Innentasche seiner Jacke. Anschließend betrachtete er sein Gesicht stirnrunzelnd im Rückspiegel, fuhr sich erst über den angeklebten Vollbart, dann durch die ungepflegten, während der letzten Monate viel zu lang gewordenen und ergrauten Haare, wischte sich über die verschwitzte Stirn, setzte die verspiegelte Sonnenbrille aus dem 1-Euro-Shop auf und stieg aus.

Als er um Punkt 23 Uhr vor dem verrosteten Eisentor des Schrottplatzes stand, bemerkte er, wie sehr sein Herz vor Angst und Aufregung raste. Er rieb sich die feuchten Hände an der Jeans ab, atmete tief durch und zog sein Handy hervor. Dann wählte er die einprogrammierte Nummer, ließ, wie vereinbart, viermal durchklingeln und legte wieder auf. Wenige Sekunden danach hörte er, wie sich schwere Schritte langsam zwischen den Autowracks auf ihn zubewegten. Der riesige Mann, der einige Wimpernschläge später hinter einem alten Schulbus hervortrat und der auf Andreas wie ein Profi-Boxer wirkte, hielt einen großen Schäferhund an der Leine. Sein komplett rasierter Schädel war nahezu quadratisch, Kinn, Mund und Nase wurden komplett von einem dunklen Halstuch verdeckt. Er trat an den Zaun, stemmte die Fäuste in die Hüften und musterte Andreas mit einem teilnahmslosen Blick.

„Haben Sie mir nichts mitzuteilen?" Die Stimme klang hoch und kultiviert durch das Tuch hindurch und wollte so gar nicht zu der bulligen Statur des stiernackigen Torwächters passen.

Andreas, der sich mit seiner Sonnenbrille und dem falschen Bart in diesem Moment mehr als lächerlich vorkam, räusperte sich verlegen.

„Natürlich. Zum Laichen und Sterben ziehen die Lachse den Fluss hinauf."

Der Mann nickte.

„Willkommen im Paradies."

Er schob einen Schlüssel in das verrostete Schloss und drehte ihn mehrfach herum. Dann öffnete er das Tor. Das quietschende Geräusch, das dabei entstand, war so laut und durchdringend, dass es Andreas durch Mark und Bein fuhr. Nachdem der Bulle das Tor wieder verschlossen hatte, gingen sie gemeinsam schweigend über den Platz, auf dem es nach Öl, Gummi und Benzin roch.

Vor dem Haus, das sich bei näherer Betrachtung als ein windschiefes Bürogebäude mit verrammelten Fenstern und Wellblechdach entpuppte, blieb der Fremde plötzlich stehen.

„Sie kennen die Regeln?"

„Selbstverständlich", entgegnete Andreas eine Spur zu schnell.

„Dann halten Sie sich auch daran", sagte der Maskierte.

„Also, keine Namen und Geschenke, keine überflüssigen Gespräche, keine Video- oder Audioaufnahmen und vor allem keine Versprechen, die sich auf die Zukunft beziehen, verstanden?"

Andreas schluckte hörbar.

„Die sich auf die Zukunft beziehen?"

Der Mann schien hinter seiner Maske zu grinsen.

„Genau! Denn diese Mädchen haben keine."

„Verstanden", bemühte sich Andreas zu sagen und senkte den Blick.

Der Maskierte öffnete die Tür und ließ ihm den Vortritt.

In dem Raum, der tagsüber wohl tatsächlich als Büro des Schrottplatzes genutzt wurde, warteten zwei weitere Männer. Sie trugen verdreckte Overalls, grobe Stiefel und dunkle Skimasken und saßen vor einem großen Schreibtisch, der so mit Papieren, Zeitungen und Kartons überladen war, dass er eigentlich jeden Moment zusammenbrechen musste. Sie erhoben sich langsam und musterten Andreas von Kopf bis Fuß. Schließlich wies der eine von ihnen mit dem Blick auf eine Holztür, auf die jemand in unsauberer Handschrift das Wort „Privat" gekritzelt hatte.

Andreas` Nackenmuskulatur verspannte sich, während er am ganzen Körper leicht zu zittern begann.

„Okay!", raunte einer der beiden Overall-Träger. „Sie haben 60 Minuten. Und sehen Sie zu, dass das Mädchen nachher nicht schlimmer aussieht als jetzt. Wir brauchen die Kleine nämlich noch. Sie soll nächste Woche nach Paris verschickt werden." Andreas schluckte erneut.

„Ist sie denn jetzt da drin?"

Der Maskierte schüttelte den Kopf.

„Wir bringen sie gleich zu Ihnen. Gehen Sie doch vor und ziehen Sie sich schon mal aus."

***

Andreas betrat den Raum, der nur spärlich von einem guten Dutzend Teelichtern beleuchtet wurde, die auf dem Betonboden und den Fensterbänken standen. Er brauchte einen Moment, ehe sich seine Augen an die Lichtverhältnisse gewöhnt hatten.

Das Zimmer war, bis auf ein klappriges Regal neben der Tür und eine fleckige Matratze im hinteren Teil, komplett unmöbliert. Er setzte die Sonnenbrille ab, klappte die Bügel ein und legte sie ins Regal. Anschließend zog er das Messer aus der Jackentasche und wog es abschätzend in der Hand. Dann ließ er es in der Hosentasche verschwinden, bevor er widerwillig Jacke, Hemd, Schuhe und Socken auszog und die Klamotten ebenfalls ins Regal legte. Den falschen Bart behielt er vorsichtshalber noch dort, wo er war.

Endlich wurde die Tür geöffnet. Andreas` Herz setzte für einen Moment aus, als er das Mädchen sah, das von dem Riesen mit dem Halstuch ins Zimmer geführt wurde. In ihm krampfte sich alles zusammen, und er musste seine gesamte Kraft aufbringen, um sich nicht augenblicklich auf das kleine Wesen zu stürzen, welches in einen schmuddeligen Bademantel gehüllt war. Ruhig, sagte er sich. Die letzten Sekunden hältst du jetzt auch noch aus.

Der Mann führte das abwesend und regelrecht betäubt wirkende Mädchen zu der Matratze, zog ihm den Bademantel aus und wies es an, sich zu setzen. Danach drehte er sich zu Andreas um.

„Wollen Sie die Hose beim Sex anlassen?"

„Natürlich nicht", stotterte Andreas. „Ich ziehe sie gleich aus."

„Dann wünsche ich viel Spaß und gutes Gelingen."

Der Angesprochene versuchte ein Lächeln, während sich seine Hände zu Fäusten ballten.

„Danke", murmelte er schließlich. „Wird schon klappen."

„Und rufen Sie uns, wenn Sie Hilfe brauchen. Die Kleine kann zuweilen ganz schön kratzbürstig sein."

„Werde es mir merken."

Der Maskierte nickte und ging mit dem Bademantel in der Hand zur Tür.

„Und nicht vergessen: Eine Stunde und keine Sekunde länger."

„Schon klar", antwortete Andreas und hielt einen Daumen in die Höhe.

Sekunden später war der Fremde verschwunden, und Andreas mit dem nackten Mädchen allein.

Er konnte nicht glauben, dass er sie gefunden hatte. Die Haare waren kürzer und die Haut blasser als auf den Fotos im Internet – doch sie war es eindeutig.

***

Andreas ging zur Tür und schob den alten, wenig vertrauenerweckenden Riegel vor. Anschließend drehte er sich zu dem Mädchen um, das ihn nun verängstigt anstarrte, und ging barfüßig über den kalten Betonboden auf die Matratze zu. Dabei spürte er mit jedem Schritt das große Klappmesser in seiner Hosentasche. Er setzte sich vorsichtig auf den äußersten Rand der Matratze und versuchte dabei, möglichst ungefährlich und harmlos zu wirken.

„Hallo." Seine Stimme klang brüchig und viel zu kehlig.

Das Mädchen erwiderte seinen Gruß nicht. Es drückte sich stattdessen nur hilfesuchend gegen die fleckige Wand hinter sich.

„Du musst keine Angst haben, Kleines", flüsterte Andreas und zog langsam das Messer aus der Tasche. „Ich bin hier, um dich für immer zu erlösen."

Er legte das Messer neben sich auf die Matratze und streckte eine Hand nach dem Kind aus. Doch dieses wich noch weiter von ihm weg. In seinen Augen standen Angst und Panik.

Andreas wusste nicht, was er tun sollte. Die Sätze und Erklärungen, die er sich monatelang zurechtgelegt hatte, schienen wie aus seinem Gehirn radiert zu sein, und er fühlte sich wie ein kleiner Schuljunge. Er rutschte noch ein wenig näher an das Mädchen heran und registrierte enttäuscht, dass es mit jeder Sekunde stärker zu zittern schien.

„Warum fürchtest du dich denn?", tönte es krächzend aus seinem Mund. „Ich werde gut zu dir sein."

Das Mädchen zog die nackten, dünnen Beine so weit an den Körper heran, dass die Knie sein Kinn berührten. Es zitterte und bebte wie Espenlaub, während seine großen Augen durch ihn hindurch zu starren schienen.

Andreas spürte, wie ihm Tränen über das Gesicht liefen. Er wagte sich noch ein paar Zentimeter näher an das Kind heran und berührte mit seinem rechten Zeigefinger zaghaft einen Arm des Mädchens.

Augenblicklich zog es ihn weg.

„Mein Gott", flüsterte Andreas, als er die zahlreichen blauen Flecken, Blutergüsse, Einstichmale und Schnittverletzungen bemerkte. „Was hat man dir nur angetan?" Er musste alle Kraft aufbringen, um das Mädchen nicht einfach an sich zu reißen. Er entschied, sich stattdessen ein wenig zurückzuziehen, um dem völlig verstörten Kind ein wenig mehr Zeit zu geben. Wenige Augenblicke später kauerte er wieder am Rand der Matratze und musterte das Mädchen durch den Schleier seiner Tränen hindurch.

„Du musst keine Angst haben", wiederholte er sich irgendwann. „Ich werde dir nicht wehtun. Ich werde dafür sorgen, dass dir niemals mehr jemand wehtut. Das verspreche ich dir."

Das Mädchen hob in diesem Moment den Kopf und musterte ihn für einige schier endlose Sekunden. Andreas war es, als erkenne er ein zaghaft zartes Leuchten in seinen Augen. Hatte er es erreicht?

Vorsichtig tastete er sich wieder an das Kind heran, wobei er schnelle und abrupte Bewegungen vermied, um ihm keine Angst zu machen und um es nicht unnötig zu erschrecken.

Als er es fast erreicht hatte, fuhr plötzlich ein harter und unerwarteter Ruck durch den Körper des Mädchens. Es beugte sich blitzartig nach vorne, griff mit einer Hand nach dem Klappmesser, welches noch immer auf der Matratze lag, öffnete es mit geschickten Fingern und hielt Andreas die glänzende Klinge entgegen.

„Gott!", entfuhr es Andreas, während er etwas zurückwich. „Nein!"

Doch das Mädchen schien ihn nicht gehört zu haben. Wie von der Tarantel gestochen sprang es nun auf, stürzte sich auf ihn, warf ihn mit ungeahnten Kräften von der Matratze auf den kalten Boden und stieß ihm das Messer mit ohnmächtiger Wut immer und immer wieder schreiend in den Bauch.

***

Andreas kam langsam zu sich. Er registrierte benommen, dass er in einer riesigen Blutlache lag. Er rappelte sich mit schmerzverzerrtem Gesicht auf, während sich sein Körper anfühlte, als wären mehrere Panzer über ihn hinweggefahren.

„Das Schwein lebt ja noch", hörte er in diesem Augenblick eine Männerstimme sagen. „Da waren wir wohl nicht gründlich genug."

Andreas hob seinen Kopf und sah, wie der Mann mit dem Halstuch auf ihn zukam. In seiner Hand hielt dieser das Klappmesser. Der Maskierte ging vor ihm in die Knie und schenkte ihm einen eisigen Blick.

„Verabschiede dich von dieser Welt, Kinderficker", zischte er emotionslos und stieß ihm das Messer bis zum Schaft in die Brust. „Du wirst niemals mehr eines unserer Mädchen belästigen. Verrecke!"

Andreas spürte, wie ihm die Klinge in den Körper drang und in seinem Brustkorb ein erneutes Feuer des Schmerzes entfachte. Er fiel kraftlos zu Boden, unfähig, seine Hände auf die neue Wunde zu drücken.

Mit letzter Energie drehte er sich auf die Seite, um dem Mädchen, das nun wieder wie erstarrt und betäubt auf der Matratze hockte, einen letzten Blick zuzuwerfen.

„Du wunderschöner Engel", röchelte er, während der Tod seine Klauen bereits gierig und geifernd nach ihm ausstreckte. „Verzeih mir."

Als Andreas die Lider schloss, das Bild des abgemagerten und blassen Kindes noch immer wie auf seiner Netzhaut eingebrannt, zog er sich, einem unbewussten Impuls folgend, mit letzter Kraft den falschen Bart aus dem Gesicht.

Und plötzlich drang eine Stimme wie durch einen unendlich dicken und wabernden Nebel zu ihm hindurch. Eine leise, zaghafte, verängstigte und zutiefst verunsicherte Stimme.

„Papa? Bist du es?"

Die letzte Meditation

„Du atmest gleichmäßig ein und aus. Du bist entspannt, und du fühlst, wie dein Körper langsam von dieser wunderbaren Ruhe, dieser einzigartigen Wärme erfüllt wird. Deine Gedanken schweben vorbei wie weiße Wolken an einem blauen, sonnigen Himmel. Du fühlst die Entspannung, du fühlst die Ruhe, du fühlst die Wärme. Und du fühlst dich gut. Löse deinen Geist und lass ihn schweben. Löse deinen Geist und schicke ihn auf eine Reise. Eine Reise durch dein Leben."

Die flackernden Kerzen warfen ein nahezu gespenstisches Licht auf die vierzehn Menschen. Dreizehn von ihnen lagen ohne erkennbare Ordnung, scheinbar willkürlich verteilt, auf dem dunklen Teppichboden.

Der Vierzehnte saß.
Er hockte im Schneidersitz in ihrer Mitte und langweilte sich zu Tode.

Das war nun schon die zehnte Meditation, die René in diesem Sommer für die VHS durchführte. Wenn er alle bisherigen Meditationen der letzten Jahre zusammenzählte, käme er mit Sicherheit auf 50 bis 60 Stück. Und immer liefen sie, im Rahmen dieser Selbsterfahrungswochenenden, gleich ab.

***

Die wild zusammengewürfelten Gruppen aus zehn bis fünfzehn Leuten trafen sich stets freitags gegen 17 Uhr in diesem einsam gelegenen Tagungs- und Besinnungshaus mitten im Niemandsland. Anschließend wurden die Zimmer verteilt. Gegen 18 Uhr gab es das erste Plenum im Kaminzimmer, wo den aufgeregten Teilnehmern das Programm der nächsten zwei Tage verkündet wurde. Während dieses konspirativen Treffens beschloss man stets einheitlich, dass sich während des gesamten Wochenendes natürlich nur geduzt wurde.

Nach dem Abendessen wurden schließlich alle möglichen intelligenten oder weniger intelligenten Kennenlernspiele und Aktionen durchgeführt, um dem Einzelindividuum die Möglichkeit zu geben, sich in der Gruppe wohl und geborgen zu fühlen. Anschließend saß man stundenlang bei Wein und Bier entweder vorm flackernden Kaminfeuer oder auf der überdachten Außenterrasse, um sich einem Wildfremden gegenüber mal so richtig ordentlich zu öffnen.

Am zweiten Tag ging es dann ans Eingemachte. Morgens fuhr die komplette Truppe in einen Hochseilgarten, wo die Oberstudienräte, Ärzte, Autoverkäufer, Hebammen, Sekretärinnen und passionierten Hausfrauen gezwungen wurden, sich gegenseitig blind und bedingungslos zu vertrauen. Sie kletterten dabei in schwindelerregenden Höhen auf Bäumen oder Hängebrücken herum und wussten genau, dass sie durch den schwächlichen und schmalbrüstigen Kamin-Gesprächspartner vom Vorabend, der sich seit gefühlten zehn Jahren in der Midlife-Crisis befand, gesichert wurden.

Nachmittags griffen sich die Teilnehmer verschiedene Situationen ihres Lebens heraus und bearbeiteten sie auf irgendeine pseudo-künstlerische Weise. Die einen formten Statuen oder Masken aus Ton, andere malten Bilder, und wieder andere schrieben sich selbst stundenlang dümmliche Briefe, die sie anschließend in einer heiligen Zeremonie im Kamin verbrannten oder sich tatsächlich an ihre Heimatadressen schickten.

Am Abend wurde meistens mit allen zusammen gegrillt. Das ließ aus der Leidensgemeinschaft schnell eine Partygemeinschaft werden, hatte jedoch vor allem den tieferen Sinn, dass das Zusammengehörigkeitsgefühl noch weiter gesteigert wurde. Das war auch wichtig, denn später am Abend, wenn so ziemlich jeder bei sich oder einem Mitteilnehmer angekommen war, stand die Krönung des Wochenendes auf dem Programm:

Die Gruppenmeditation.

Diese Aktion, eine billige Mischung aus Ansätzen des Autogenen Trainings und Elementen von Fantasiereisen aus dem Lehrplan der Primarstufe, sollte die Teilnehmer endgültig zu sich selbst führen. Zu einschläfernder Kaufhaus- und Fahrstuhlmusik schickte der Leiter die erwartungsfrohen Menschen erst einmal kreuz und quer durch den eigenen Körper und schließlich kreuz und quer durch die eigene Seele.
Die Teilnehmer berichteten anschließend immer völlig gerührt und ergriffen von ihren Erlebnissen während der Traumreise. Es war sogar so, dass nicht wenige Menschen diese Wochenenden ausschließlich wegen der Meditation buchten.

René hatte mit der Zeit gelernt, dass das Meiste von dem Vorgetragenen in der Regel absoluter Quatsch und Müll war. Die, die wirklich etwas erlebt und gesehen hatten, hielten fast immer ihren Mund. Ein Phänomen, für das er äußerst dankbar war, denn er hasste nichts so sehr wie wahre, echte Gefühle, für die er in irgendeiner Form verantwortlich war und auf die er auch noch angemessen reagieren musste.

Nach der Meditation saß man wieder zusammen, um schließlich irgendwann im Bett und am nächsten Morgen, nach einer tränenreichen Abschlussreflexion und Verabschiedung, im Auto und somit für immer in der Anonymität des Alltags zu verschwinden.

Der 33-Jährige verabscheute diese links angehauchten, stets politisch korrekt auftretenden Selbsterfahrungs-Heinis. Aber er liebte die Wochenenden. Zum einen brachten sie ihm Geld ein, welches er als Zubrot zu seinem Gehalt als Versicherungsmakler für sich und seine Familie gut gebrauchen konnte. Zum anderen gaben sie ihm die Möglichkeit, mal wieder ein reges, ausgeglichenes und interessantes Sexualleben zu führen.

Er leitete die Selbstwahrnehmungskurse nun schon im vierten Jahr hintereinander gemeinsam mit Jasmin, einer etwa acht Jahre jüngeren Sonderpädagogik-Studentin aus München.
Sie sahen sich während des gesamten Jahres nicht ein einziges Mal. Absprachen bezüglich Vorbereitung und Durchführung der Seminare fanden ausschließlich am Telefon statt. Doch wenn sie sich nach vielen Monaten an ihrem ersten Wochenende des Jahres trafen, fielen sie meist sofort wie ausgehungerte russische Zootiere übereinander her. Das ging nun schon seit ihrer ersten gemeinsamen Veranstaltung so. Dass René eine Frau und zwei kleine Söhne zu Hause hatte, interessierte beide herzlich wenig.

***

Die Musik tönte ruhig und fast schon lethargisch aus den Lautsprechern der kleinen Stereoanlage. René konnte Lautstärke und Titel mit einer Fernbedienung steuern. So musste er nicht ständig zwischen den liegenden Personen hindurchlaufen.

Draußen war es bereits vollständig dunkel geworden, sodass kein Licht mehr durch die Vorhänge des Meditationsraumes fiel. Die Leuchtzeiger seiner Armbanduhr signalisierten ihm, dass es kurz vor elf war. Er musste an Jasmin denken, die sicherlich schon alle Überbleibsel des Grillfestes weggeräumt und gespült hatte und nun sehnsüchtig auf ihn wartete.

Sie hatte noch nie an einer seiner Meditationen teilgenommen. Und das war auch gut so. Er hatte nicht die geringste Lust, sich mit ihr über Fantasiereisen, innere Selbstfindung und wahre Gefühle zu unterhalten. Wenn er ehrlich war, wollte er eigentlich überhaupt nicht mit ihr reden.

Bei dem Gedanken an die vor ihm liegende Nacht musste er unwillkürlich grinsen. Meine Güte, dachte er. Diese Frau ist im Bett schon der Hammer. Und nicht nur im Bett.

Die kleinen Flammen tanzten stetig vor sich hin. Im Raum roch es nach einer penetranten Mischung aus Duftkerzen, Grillfleisch-Atem und ungewaschenen Füßen. Die dreizehn Teilnehmer befanden sich ruhig atmend in ihren Liegepositionen. Eine Frau, die auf dem Bauch lag, hatte Arme und Beine weit von sich gestreckt. Sie schien unbewusst die Sprungtechnik von Fallschirmspringern zu imitieren, die oft in einer ähnlichen Haltung durch die Luft schwebten, kurz bevor sich ihre Schirme öffneten.

René sah erneut auf die Uhr und wurde ungeduldig. Seine Beine waren ihm eingeschlafen, und die Musik, die er nun schon zum zigsten Mal hörte, ging ihm gehörig auf die Nerven. Kurz überlegte er, ob er sie nicht einfach mit der Fernbedienung weiterzappen oder durch eine harte Iron-

Maiden-CD ersetzen sollte, verwarf den Gedanken jedoch wieder. Eine der wichtigsten Regeln für Meditationsleiter bestand schließlich darin, den natürlichen, fließenden Lauf der Musik während einer Ruhephase nicht zu unterbrechen. Das könnte bei den Teilnehmern zu Unsicherheiten und sogar zu regelrechten Schockerlebnissen führen.

Vorsichtig streckte er die Beine von sich. Er wollte gerade herzhaft gähnen, als er plötzlich erschrak. Er hatte etwas aus den Augenwinkeln heraus bemerkt und schaute nun in die Ecke des Raumes, die am weitesten von ihm entfernt war. Dorthin, wo sich ein älterer Mann mit grauem Bart niedergelassen hatte. Dieser lag mit geschlossenen Augen auf dem Rücken, während die Hände gefaltet auf seinem Bauch weilten.

***

Renés Augen weiteten sich vor Angst.

Direkt über dem Körper des alten Mannes sah er eine nahezu durchsichtige Lichtspiegelung, eine Art schwirrenden Schatten, der sich wie ein dünner Rauchfinger im Wind hin und her wand. Mal schimmerte dieser wabernde Nebel wie Glitzerkonfetti, mal wie blaues Eis. Und dann bewegte sich die Erscheinung weg von dem alten Mann. Sie erhob sich in Richtung des Fensters, verharrte einige Sekunden vor den zugezogenen Vorhängen und war urplötzlich verschwunden.

René begann zu zittern. Seine Augen hetzten unruhig im Raum umher, während er sich auf die Lippen biss. Ich muss mich getäuscht haben, dachte er zweifelnd. Das kann doch überhaupt nicht sein. Er zwang sich erneut, den Blick auf den alten Mann in der Ecke zu richten und erkannte, dass dieser noch immer ruhig atmend auf dem Boden lag.

Ich habe die Schnauze voll, dachte René. Ich beende diese Scheiße. Die Bekloppten waren lange genug unterwegs. Er drückte einen Knopf an der Fernbedienung, und die Musik wurde leiser. Danach richtete er sich auf und erhob die Stimme.

***

„Und nun kommst du langsam zurück. Du kommst zurück von einer langen, schönen Reise. Das, was du gesehen hast, das, was du erlebt hast, gehört für immer dir. Es gehört zu dir. Komm jetzt langsam zurück, zurück in dein Leben. Und jetzt sind wir alle wieder hier. Hier in diesem Raum. Hier in dieser Welt. Und wenn ich langsam von der Drei bis zur Null rückwärts gezählt habe, bist du wieder in deinem Körper und fühlst dich ausgeruht und entspannt. Drei, zwei, eins, null."

***

Die Kerzen begannen unruhig zu flackern, als sich die ersten Teilnehmer langsam und scheinbar vorsichtig bewegten. Da reckte sich ein Mann, dort hustete eine Frau. Einige winkelten die Beine an, andere massierten sich ihre Glieder. Nach und nach kehrte das sichtbare Leben zurück in den dämmrigen Raum. Nur der ältere Mann in der Ecke zeigte keine Regung. René beobachtete ihn aufmerksam, während überall erste zaghafte Gespräche begannen.

Und plötzlich war es wieder da. Unbemerkt von den übrigen Teilnehmern schwebte es zum Fenster hinein, verweilte kurz schimmernd zwischen den Vorhängen und senkte sich wie ein sichtbarer Hauch von Nichts über den Körper des Mannes. Erneut fuhr René der Anblick dieser leuchtenden Wolke durch Mark und Bein. Er musste sich stark zusammenreißen, um nicht laut aufzustöhnen.

Der alte Mann bewegte sich, und während das Getuschel der übrigen Teilnehmer links und rechts von ihm lauter wurde, richtete er sich wie in Trance auf. René blickte ihm direkt ins Gesicht und sah, dass es nass von Tränen war.

***

Die anschließende Gesprächsrunde entwickelte sich wie immer. Die Teilnehmer hockten in einem engen Kreis zusammen und berichteten von ihren Erfahrungen und Gefühlen. Wieder einmal hatten die Kühnsten von ihnen sämtliche Länder, Kontinente und Planeten im Geiste bereist, und eine Frau mittleren Alters behauptete sogar allen Ernstes, sie wäre Gott begegnet.
Diesmal war es nur eine Person, die nichts über ihre Eindrücke sagen wollte, sodass die Reflexion länger dauerte als sonst. Aber vielleicht kam sie René auch nur länger vor, da alles in ihm danach drängte, aus dem Raum zu fliehen. Er hörte den letzten Rednern kaum noch zu und nickte nur dann und wann verständnisvoll und scheinbar verstehend in die Runde.
Der ältere Mann hatte sich nicht in den Kreis der Teilnehmer einfügen wollen. Er saß schweigend auf seinem Platz und starrte ins Leere.

***

Als René zusammen mit den anderen gegen Mitternacht den Meditationsraum verließ, empfing ihn Jasmin schon ungeduldig in der Küche des Tagungshauses. Sie hockte keck auf der Anrichte und nippte an einem Glas Rotwein.

„Was habt ihr denn so lange gemacht?", brach es verständnislos aus ihr heraus. „Habt ihr eine Orgie gefeiert?"

René ging zum Kühlschrank, griff sich eine Flasche Bier, öffnete sie mit seinem Feuerzeug und leerte sie in einem Zug bis zur Hälfte. Anschließend zündete er sich eine Zigarette an und inhalierte tief. Er lehnte sich erschöpft gegen die Kante der Arbeitsplatte.

„Frag nicht", schnaufte er. „Dann muss ich auch nicht lügen."

Jasmin kam auf ihn zu und blieb dicht vor ihm stehen. Er nahm ihr vertrautes, betörendes Parfum wahr, doch heute fand er es alles andere als erregend. Im Gegenteil: Er hatte das Gefühl, Jasmin nach dieser Meditation nicht ertragen zu können. Sie strich ihm mit zwei Fingern verspielt über den Oberarm. Sie trug ein enges Top, und ihre Brüste zeichneten sich deutlich sichtbar unter dem samtigen Stoff ab.

„Hey, mein starker Tiger. War es so anstrengend? Ich wüsste ja, wie ich dich ganz leicht auf andere Gedanken bringen könnte." Sie sah ihm tief in die Augen, doch René schaute demonstrativ an ihr vorbei. In diesem Augenblick kam die Frau in die Küche, die während der Meditation angeblich ihrem Schöpfer begegnet war, und strahlte die beiden selig an.

„Hallo ihr Lieben. Ich will ja nicht stören, aber wisst ihr, wo der Korkenzieher ist? Wir wollen uns nach diesem emotionalen Erlebnis noch mit ein paar Leuten ein Weinchen gönnen, und wir können den verflixten Öffner nicht finden." Jasmin trat einen Schritt von René weg und deutete auf einen Schrank.

„Ich hab ihn nach dem Grillen dort in die oberste Schublade gelegt, Renate. Und, wie hat dir die Meditation gefallen?"
Die Angesprochene verdrehte die Augen und faltete die Hände vor ihrem gewaltigen Busen.
„Kindchen, ich sage nur eines: Gott lebt, und er ist mitten unter uns. Ich bin ja so dankbar für das, was ich hier in diesen Tagen erleben durfte. René, Jasmin, ich danke euch! Eigentlich schade, dass ihr zwei kein Paar seid. Ich meine ja nur. Ihr habt das Potential, Menschen wirklich glücklich zu machen."
Mit diesen Worten schwebte sie zum angezeigten Schrank, fingerte umständlich den Korkenzieher heraus und verließ noch immer strahlend die Küche.
„Ihr habt das Potential, Menschen wirklich glücklich zu machen", äffte Jasmin Renate nach. „Du als angeödeter Meister der Illusion und ich als Spülfrau. Na großartig!" Sie trat wieder einen Schritt auf ihren heimlichen Liebhaber zu. „Warum hat das da drinnen denn so lange gedauert? Ich hab dich schon richtig vermisst." Der letzte Satz war mehr gehaucht denn gesprochen.

René zog erneut an der Zigarette und drückte Jasmin sanft aber bestimmt zur Seite.
„Keine Ahnung. Wollten halt alle noch irgendwas erzählen. Ich habe Kopfschmerzen und gehe ins Bett. Setzt du dich noch ein bisschen zu den Teilnehmern? Ich glaube, die sind alle auf der Terrasse." René leerte seine Flasche und stellte sie auf die Spüle. Die Zigarette drückte er im Waschbecken aus und warf sie anschließend in den Müll.
„Sei mir nicht böse, Jasmin, aber ich bin ziemlich alle. Ich sage den Leuten noch eben Gute Nacht, und danach bin ich weg." Er nickte seiner verblüfften und leicht enttäuscht

wirkenden Seminarpartnerin kurz zu und war auch schon verschwunden.

***

René saß am offenen Fenster und rauchte seine vierte Zigarette in Folge. Die innere Unruhe wollte und wollte nicht vergehen. Immer wieder sah er diesen leuchtenden Nebel vor sich, wie er den Körper des alten Mannes verließ und schließlich zu ihm zurückkehrte.

Jasmin war ihm völlig egal. Er hatte nicht die Lust verspürt, die Nacht mit ihr zu verbringen, und schon gar nicht hatte er das Bedürfnis gehabt, ihr von seiner Beobachtung zu berichten. Sollte sie doch sauer sein. Morgen früh wäre sie sicherlich wieder wie immer.
Er schnippte die Kippe aus dem Fenster und legte sich ins Bett. Die Ziffern seines Reiseweckers zeigten ihm an, dass es bereits kurz nach eins war. Er zog die Decke bis über seinen Kopf und schloss die Augen.

***

Irgendetwas hatte ihn geweckt. Er saß innerhalb einer Sekunde aufrecht im Bett und lauschte. Im Haus war es still. Von draußen kamen Wind- und Waldgeräusche zu ihm herein. Ein Blick auf den Wecker verriet ihm, dass es kurz vor drei war.
Und dann hörte er es. Da klopfte jemand leise an seine Tür. Jasmin!
Sie wollte sich anscheinend nicht geschlagen geben und einen letzten Annäherungsversuch bei ihm starten. Wahrscheinlich hatte sie bis jetzt mit den Teilnehmern unten auf

der Terrasse Wein getrunken und stand jetzt angeheitert und geil vor seiner Tür.

Ich tue einfach so, als würde ich schlafen, dachte René. Dann haut sie schon wieder ab. Doch Jasmin ließ sich allem Anschein nach nicht entmutigen, denn abermals ertönte dieses zaghafte Klopfen. René fluchte innerlich, schlug die Bettdecke zur Seite, schaltete die Nachttischlampe ein und ging zur Tür. Er drehte den Schlüssel und öffnete. Er wollte gerade zu einer Strafpredigt ansetzen, als er mitten im ersten Wort innehielt. Vor ihm stand nicht Jasmin, sondern der alte Mann mit dem grauen Bart.

***

Er wirkte schüchtern und unsicher und traute sich kaum, dem Seminarleiter ins Gesicht zu blicken. Auch René war vor Schreck kaum in der Lage, etwas zu sagen. Er brachte stattdessen nur ein krächzendes „Ja bitte?" hervor. Der Mann sah ihn jetzt direkt an.

„Entschuldige die Störung, René. Das Ganze ist mir furchtbar unangenehm."

Während der Mann sprach, wurde René klar, dass er die Stimme des Alten in den letzten zwei Tagen kaum gehört hatte. Überhaupt hatte sich dieser Teilnehmer während der ganzen Zeit auffällig zurückgehalten – und zwar so sehr, dass René nicht einmal seinen Namen kannte. Er öffnete die Tür ein bisschen weiter und wartete.

„Was kann ich für dich tun?" Der Mann verlagerte sein Gewicht von einem Bein auf das andere und richtete seinen Blick wieder zu Boden.

„Nicht hier zwischen Tür und Angel, bitte." René runzelte die Stirn.

„Na gut, komm rein. Ich muss mir nur eben was anziehen." Mit diesen Worten ging René zurück zum Bett, setzte sich auf die Kante und griff nach Jeans und T-Shirt, die unordentlich auf dem Boden lagen. Der Alte betrat den Raum, schloss die Tür und setzte sich zaghaft auf den einzigen Stuhl.

„Also, wie kann ich dir behilflich sein?" Beim Anblick des alten Mannes schossen ihm wieder die Bilder durch den Kopf, die sich während der Meditation unauslöschlich in sein Gedächtnis gebrannt hatten. Zugleich fühlte er die Angst zurückkommen. Er begann erneut damit, an seiner Unterlippe zu nagen. Der Alte räusperte sich und starrte auf seine Hände.

„Wie gesagt, das Ganze ist mir furchtbar unangenehm. Ich habe auch lange darüber nachgedacht, ob ich überhaupt zu dir kommen sollte. Es ist nur – es geht mir nicht so gut."

René sah den Mann erstaunt an.

„Es geht dir nicht gut? Bist du krank? Brauchst du einen Arzt?"

„Ein Arzt kann mir sicherlich nicht helfen. Nein, ich bin einfach nur ... verzweifelt."

Und dann brach es aus dem alten Mann heraus. Er vergrub sein Gesicht in den Händen und begann, heftig zu schluchzen. Seine hageren Schultern zuckten unter dem Weinkrampf, und René fühlte sich plötzlich hilflos und unfassbar unerwachsen.

Langsam stand er vom Bett auf und trat auf den Alten zu. Er kniete sich vor dem Mann auf den Boden und legte ihm eine Hand auf die Schulter. Und in dieser Haltung verharrte er einige Minuten. Irgendwann hatte sich der alte Mann wieder gefangen.

„Es tut mir leid, dass ich dich hier so belästige, doch ich wusste mir keinen anderen Rat. Das im Meditationsraum war einfach zu intensiv und zu … überraschend."

René erhob sich und ging langsam zurück zum Bett. Die Spannung, die sich in ihm aufgebaut hatte, war kaum noch zu ertragen. Dennoch bemühte er sich, nach außen hin ruhig zu bleiben.

„Erzähle einfach. Was ist los?"

Der Alte fuhr sich verlegen durch den hellen Bart und starrte anschließend sinnierend auf irgendeinen unbestimmten Punkt vor sich. Nach einigen Augenblicken hob er seinen Kopf und sah René direkt und unmittelbar in die Augen.

„Meine Marianne ist vor vier Wochen von mir gegangen. Es war dieser verdammte Krebs. Ich hatte sie nach Hause geholt, weil sie nicht im Krankenhaus sterben wollte."

Er wischte sich kurz über die Augen und setzte seinen Bericht fort.

„Alle ihre Freunde und Bekannten waren noch einmal da, um sich zu verabschieden. Das ganze Schlafzimmer war voller Blumen, und in dem Moment, als es vorbei war, schien die Sonne durchs Fenster. Ich hatte bis zuletzt ihre Hand gehalten, und irgendwann ist sie einfach eingeschlafen. Sie hat ganz friedlich ausgesehen. Und wunderschön war sie. So wunderschön." Er zog ein Papiertaschentuch aus seiner Hosentasche, schnäuzte sich und steckte es wieder ein.

„Wir waren über vierzig Jahre verheiratet gewesen, und am Ende war sie so schön wie an dem Tag, an dem wir uns kennengelernt hatten. Ich habe noch zwei Stunden bei ihr gesessen und mich irgendwann von ihr verabschiedet. Wir haben keine Kinder, weißt du? Wir hatten immer nur uns. Und jetzt ist sie fort."

Wieder schossen dem alten Mann die Tränen in die Augen, und wieder zuckten seine schmalen Schultern. René ließ ihn. Er saß betroffen auf dem Bett und hatte das Gefühl, sich nicht bewegen zu können. Es war nie sein Ding gewesen, sich wirklich für die Lebensgeschichten und Schicksale anderer Menschen zu interessieren. Er hatte zwar die Fähigkeit, Leuten, insbesondere Teilnehmern von Wochenendworkshops, durch scheinbar teilnahmsvolles Zuhören genau das Gegenteil zu vermitteln, wenn er jedoch ehrlich zu sich selbst war, berührten ihn diese gefühlvollen und intimen Geständnisse und Berichte nicht die Bohne. Doch jetzt war es plötzlich anders. René fühlte sich mit diesem Mann auf sonderbare Weise verbunden. Und genau deshalb konnte er nichts anderes tun, als schweigend auf seinem Bett zu sitzen und betreten den Kopf zu senken. Schließlich blickte der Mann wieder auf.

„Marianne und ich hatten uns vor einem halben Jahr hier angemeldet. Sie machte so etwas gerne. Sie war experimentierfreudig, liebte das Leben und die Gesellschaft anderer Leute. Ich mag nicht so gerne unter Menschen sein. Ich war am liebsten immer alleine mit ihr, in unserem Haus. Doch ihr zuliebe habe ich dem hier zugestimmt. Und plötzlich wurde sie so schrecklich krank, und dann kam alles ganz schnell. Ein Bekannter hatte gemeint, dass es mir vielleicht guttun würde, wenn ich an diesem Wochenende teilnähme. Dass es mich ablenken würde, meinte er. Und dass Marianne nicht gewollt hätte, dass ich mich im Haus verstecke. Und da bin ich halt mitgefahren." Er holte das Taschentuch erneut aus seiner Hosentasche und benutzte es in gleicher Weise wie wenige Minuten zuvor.

„Und dann kam das mit der Meditation eben. Ich habe so etwas ja noch nie gemacht. Hielt das immer für Unfug.

Doch es war ganz anders als erwartet. Es war wunderschön. Ich weiß, dass du mich jetzt sicherlich für verrückt hältst, doch ich habe etwas gesehen." Der Alte streckte das Kinn nach vorne und setzte ein entschlossenes Gesicht auf.

„Ich habe Marianne gesehen. Sie stand am Ufer eines Sees, und ich bin mit einem Ruderboot auf sie zugefahren. Um mich herum nur Wasser, und sie dort am Ufer. Sie kam immer näher und näher und hat ihre Hände nach mir ausgestreckt und gewinkt. Sie hat die ganze Zeit gelächelt und war so schön wie am ersten Tag." Er räusperte sich. „Doch plötzlich war das Bild verschwunden, und alles war fort, und ich war wieder bei den anderen in dem Raum. Alles war vorbei. Und dabei hätte ich sie doch so gerne noch mal in die Arme genommen. Sie noch einmal gedrückt und an ihrem Haar gerochen. Nur einmal noch, nur ein einziges Mal noch. Zum Abschied. Aber da war schon alles vorbei."

René starrte den Mann ungläubig an. Er wusste, dass Meditationsteilnehmer immer wieder intensive Erfahrungen während der geleiteten Fantasiereisen machten, doch noch nie war ihm die Bedeutung, die dieser so lässig runtergeleierte Programmpunkt für einige Menschen zu haben schien, so klar und deutlich geworden.

Er selbst hatte sich nie auf derartige Übungen einlassen können. Vielleicht war das auch ein Grund dafür, warum er die Berichte und Erlebnisse von Teilnehmern im Nachhinein immer belächelt und als Spinnerei abgetan hatte.

Der Alte richtete sich auf seinem Stuhl ein wenig auf.

„René. Ich brauche deine Hilfe."

Der Angesprochene räusperte sich verlegen und fuhr sich mit einer Hand durchs Haar. Alles in ihm schrie jetzt nach einer Zigarette.

„Was kann ich tun? Wie könnte ich dir helfen?"

Doch urplötzlich wusste René die Antwort auf seine Frage. Er wusste sie, noch bevor der alte Mann überhaupt etwas gesagt hatte.

***

Er hatte diesmal nur eine einzige Kerze angezündet. Der geräumige Meditationsraum wirkte durch diese spärliche Beleuchtung noch größer und geheimnisvoller. Die Vorhänge waren zur Seite gezogen, und er konnte das schwache Licht einiger weniger Sterne durch die Fenster hindurch sehen.

Der alte Mann saß wieder in seiner Ecke. René kniete etwa fünf Meter von ihm entfernt in der Mitte des Raumes. Er hatte die CD eingelegt, die Anlage überprüft und die Fernbedienung an sich genommen. Er betrachtete den Alten und wurde sich in diesem Moment bewusst, wie grotesk und unwirklich die ganze Situation war.
„Ich habe so etwas noch nie gemacht. Ich meine, so zu zweit, mitten in der Nacht."
Der Mann sah ihn lächelnd an und murmelte leise:
„Ich auch nicht."
René nickte.
„Ich habe ein wenig Angst. Komisch was?"
„Ich habe sehr viel Angst", meinte der Alte. „Und ich finde das ganz und gar nicht komisch."

René spielte einen Augenblick mit dem Gedanken, dem Mann von seinen Beobachtungen während der Meditation zu erzählen, doch im letzten Moment hielt er sich zurück. Er sagte stattdessen:

„Wollen wir beginnen? Wir haben es jetzt halb vier. Lange ist es draußen nicht mehr dunkel."

„Von mir aus kann es losgehen." Der Alte legte sich auf den Rücken und platzierte die gefalteten Hände auf seinem Bauch. „René? Ich wollte dir noch danken. Du bist ein guter Mensch. Deine Frau und deine Söhne müssen sehr stolz auf dich sein."

Ohne dass er es verhindern konnte, schossen René die Tränen in die Augen. Konnte seine Familie bei seinen ganzen Lügen und Betrügereien wirklich stolz auf ihn sein? Wohl kaum. Er selbst war es zumindest nicht. Er schluckte und räusperte sich.

„Ich danke dir. Und ich wünsche dir viel Glück."

Der Alte hob den Kopf und lächelte.

„Ach, ja", beeilte sich René zu sagen. „Sei mir nicht böse, aber ich glaube, ich kenne nicht einmal deinen Namen."

Der Mann ließ den Kopf wieder sinken und flüsterte schließlich:

„Karl. Mein Name ist Karl. Und jetzt lass uns anfangen."

***

Die Musik schien direkt aus dem Himmel zu kommen, und René fühlte sich so ruhig und sicher wie schon lange nicht mehr. Die Worte glitten wie Träume, wie lebendige Gedanken aus seinem Mund, und lange Schatten tanzten beruhigend zum Takt der Melodien.

***

René saß in der Mitte des Raumes und hielt seine Augen fest geschlossen. Irgendwann öffnete er sie und schaute in Karls Richtung. Und ohne zu erschrecken, ohne Angst und ohne Grauen sah er, was er sah. Diesen geisterhaften, schwach leuchtenden Nebel, diese schimmernde, leicht glitzernde Erscheinung direkt über dem Körper des alten Mannes.

Und René lächelte und nickte diesem Lichthauch freundlich zu. Dann erhob sich die Erscheinung. Sie schwebte majestätisch und anmutig zum Fenster und war einen Wimpernschlag später verschwunden. René verharrte noch einige Zeit ehrfürchtig und wie gebannt an seinem Platz.

Endlich stand er auf, schaltete den CD-Player aus, löschte die Kerze und warf noch einen letzten Blick auf Karl.

***

Als René den Wagen startete, war es kurz vor fünf. Der Horizont begann langsam zu glühen. Der Tag kündigte sich zaghaft und selbstbewusst zugleich an. Wenn er sich beeilte, konnte er um halb sechs zu Hause bei seinen Lieben sein. Dann hätte er noch zwei Stunden mit ihnen, bis er wieder fahren müsste. Zwei Stunden, in denen er ihnen wahrscheinlich nur beim Schlafen zusehen würde.

Er schaltete das Radio ein, steckte sich eine Zigarette zwischen die farblosen Lippen und gab Gas. Und während er dem aufkeimenden Morgen entgegenraste, dachte er an den alten Mann. Und er dachte daran, wie er ihn, in seiner Ecke des Meditationsraumes liegend, zurückgelassen hatte.

***

Die Ruder glitten sanft und lautlos durch das Wasser. Er wunderte sich, wie leicht es war, das kleine Boot über den See zu steuern. Die Luft war klar und frisch, und er kam dem Ufer immer näher. Sein Herz schlug ihm bis zum Hals, denn er hatte sie natürlich schon längst gesehen.

Wie schön sie war. Wie wunderschön.

Die Morgensonne tauchte die Berge, das Tal und den See in leuchtendes, warmes Rot. Karl blickte zu seiner Frau, und Freudentränen rannen ihm übers Gesicht. Irgendwann lief das Boot knirschend auf Sand, und Karl erhob sich. Er verharrte noch einmal für einen Moment und ließ seinen Blick ein letztes, ein allerletztes Mal über den hinter ihm liegenden See wandern.
Dann stieg er aus der wackeligen, schwankenden Nussschale und trat an den Strand.

Seine Frau kam lächelnd auf ihn zu, breitete die Arme auseinander und weinte vor Glück. Wie wunderschön sie doch war. Und wie zauberhaft ihr Haar roch. Karl schloss die Augen, spürte den Herzschlag seiner Marianne und wusste, dass er es geschafft hatte.

Er war zu Hause.

Nachwort

Ich möchte mich an dieser Stelle herzlich bei Ihnen dafür bedanken, dass Sie dieses Buch in Ihren Händen halten. Ich hoffe, dass es Ihnen ein wenig gefallen hat, wenn es auch so gar nichts mit den vier humorvollen Büchern gemeinsam hat, die ich bisher geschrieben habe. Gut, ein wenig von der eigentlichen und wahren Grundthematik der Karl-Bauer-Trilogie ist hier und da schon zu entdecken, aber im Großen und Ganzen ist „Ending Stories" halt eine komplett andere Welt. Eine wesentlich ernstere, dunklere und humorlosere Welt. Aber gerade deshalb ist „Ending Stories" auch meine Welt.

Kurzgeschichten begleiten mich nun schon fast mein ganzes Leben lang, und so war es für mich eine logische Konsequenz, irgendwann einmal ein Kurzgeschichtenbuch zu veröffentlichen. Während einige Texte von „Ending Stories" erst vor wenigen Wochen geschrieben wurden („Gut angekommen"), ist die älteste Geschichte („Zwanzig Stunden") bereits über 25 Jahre alt. Ich muss wohl nicht erwähnen, was diese Geschichtensammlung für mich bedeutet. Gaben und geben mir die einzelnen Texte doch immer wieder die Möglichkeit, mich während des Schreibens und beim anschließenden Lesen und Bearbeiten selbst zu finden, zu entdecken und zu erfahren.

Ich möchte an dieser Stelle darauf hinweisen, dass alle in diesem Buch vorkommenden Personen Produkte meiner seltsam verschrobenen Fantasie sind. Ähnlichkeiten mit lebenden oder bereits verstorbenen Personen sind definitiv nicht beabsichtigt. Zudem habe ich mir zuweilen das Recht herausgenommen, reale Dinge im Rahmen der künstlerischen Freiheit zu verändern, sodass sie für die einzelnen Geschichten passender und nachvollziehbarer wurden.

Ich danke allen Menschen, die mir bei der Entstehung dieses Buches geholfen haben. Da ist zunächst einmal mein Freund Bryan Marshall aus Irland, der mir das Cover gemalt und gezeichnet hat. Man kann sich vorstellen, wie schwierig es für mich war, ihm auf Englisch schriftlich mitzuteilen, worum es in den einzelnen Geschichten genau geht (das gelingt mir ja nicht einmal auf Deutsch). Dass am Ende genau das Cover dabei herauskam, das ich mir gewünscht hatte, grenzt schon fast an ein Wunder. Thank you. You`re a great artist and your drawing is incredible.

Als nächstes danke ich Christian Peitz, der mir erneut bei der Umschlaggestaltung und der Veröffentlichung des Buches half. Lieber Christian, du bist und bleibst ein Vollprofi und ein ständiger Lebensbegleiter.

Dann danke ich Mechthild Brünen, die mir seit 2010 als treue Lektorin zur Seite steht. Außerdem bedanke ich mich bei Manuela Bußkamp und Daniela Kosakowski fürs hartnäckige Fehlersuchen und Korrekturlesen. Ihr seid ein gutes Team, auch wenn jede von euch stets alleine gearbeitet hat.

Ich danke den vielen Menschen, die mich während der letzten zwei Jahre immer wieder engagiert haben, um in ihren Büchereien, Ladenlokalen, Wohn- und Esszimmern zumeist äußerst humorvolle, abgedrehte und intime Lesungen durchzuführen, damit ich mich als Vorleser erproben und zugleich neue Geschichten vor Publikum live testen konnte.

Ich danke meinen Eltern, meiner Familie, meinem Bruder Marco, Hubi, Nils, Daniel, meinem Seelenverwandten René Birkner, Elisabeth Lefering, meinen Jungs und Whiskey-

Kumpels Sascha Walde und Ralf Abeler, Susi, meinem ewigen Bodyguard Stephan Witte-Ameis, meinem Hausfotografen Thorsten Huwald, Daniel Kosakowski, Rolf Kosakowski, Torsten Sträter und meinen beiden allerallerbesten Freunden Oliver Könitz und Guido Zahlten für ihr Dasein, Schaffen und Wirken. Ihr alle kennt mich, und ihr wisst, was die Geschichten wirklich für eine Bedeutung für mich haben.

Schließlich bedanke ich mich bei den Presse- und Medienvertretern, mit denen ich in den letzten Jahren zusammenarbeiten durfte und die es immer wieder geschafft haben, dass so ein Typ wie ich auf die Titelseiten der regionalen Tageszeitungen und sogar in so manche Radiosendung kam. Danke!

Und ich danke Anke, Ronja und Maja. Ein Mensch kann einige Wochen ohne feste Nahrung überleben, doch nur wenige Tage ohne Flüssigkeit. Ihr seid das Wasser für mich. Ohne euch geht nix. Ich liebe euch!

Allen anderen Lesern, Kritikern und Gefährten wünsche ich alles Gute. Und freut euch gemeinsam mit mir auf meine neuen Buch-Projekte *„Meine Mutter, ihr einziges Kind und ich"*, *„Ich lüge, also bin ich!"* und *„Karl Bauer IV – Das wahre Ende einer Trilogie"*.

Dieses Buch ist u.a. Günter und Sabine gewidmet. Sabine, ich bewundere dich. Günter, ich werde dich nie vergessen.

Bis die Tage ... and keep on reading!

Swen Artmann, März 2016